PARADISE
CITY

Für Erika. Als ob alle Sterne lachten.

1

Die Luft ist kühler als in der Stadt, es sind nur dreiunddreißig, vielleicht fünfunddreißig Grad. Es riecht nach Wald. Sie hört einen Specht hämmern, einen Kuckuck rufen. Sie steht noch einen Moment einfach da und lauscht, hört andere Vögel, versucht, sie zuzuordnen. Ihr Gesang füllt die Stille. Liina weiß, dass sie der einzige Mensch weit und breit ist.

Eine Birke liegt quer über der Straße, rundherum einzelne Äste. Das letzte Sommergewitter ist eine Woche her, seitdem ist niemand diese Straße entlanggefahren. Über ihr rauscht es, sie sieht auf zu einem Schwarm blaugrüner Papageien. Das Rauschen verschwindet mit ihnen hinter den Baumwipfeln. Liina räumt erst die losen Zweige weg, will dann den Baum beiseiteschieben, packt mit beiden Händen einen dickeren Ast, zerrt daran. Der umgestürzte Baum bewegt sich ein paar Zentimeter, vielleicht eher Millimeter, mehr schafft sie nicht. Ein anderer Geruch breitet sich aus, ekelhaft süßlich. Fliegen schwirren davon, und Liina lässt von dem Baum ab und weicht zurück. Die verrottenden Überreste eines Wolfs. Sie stößt unwillkürlich einen Laut aus, den niemand hört, atmet durch, nimmt einen zweiten Anlauf und zerrt die Birke mit dem Kadaver darunter gerade weit genug beiseite, um mit dem eMobil daran vorbeischleichen zu können. Bevor sie aufsteigt, bleibt sie eine Weile im Schatten stehen und schließt die Augen, wartet, bis ihr Herz ruhiger schlägt. Zu viel Anstrengung tut ihr nicht gut. Ihr Oberteil ist durchgeschwitzt, die kurze Hose klebt an ihr. Sie setzt sich auf das Fahrzeug.

Unterwegs versucht sie, ihren Chef zu erreichen. Er antwortet nicht. Er wird wissen, was sie ihm sagen will: Sie versteht nicht, warum er sie in die Uckermark geschickt hat, um eine Geschichte zu überprüfen, die an Reizarmut kaum zu überbieten ist. Sie fühlt sich verarscht.

Wäre sie er, sie würde auch nicht antworten.

Eine halbe Stunde und einen Beinahezusammenstoß mit einem Reh später findet sie die kleine Ortschaft, in der sie ihre Kontaktperson treffen soll. Das Ortsschild ist abmontiert, nur das leere Gestänge begrüßt sie. Die grauen Häuser rechts und links sind verlassen, teilweise in sich zusammengestürzt. Zerbrochene Fensterscheiben, wo noch Fenster sind, mit Brettern verrammelte Türen, hinter denen es nichts mehr zu holen gibt. Die Vorgärten am Straßenrand sind überwuchert. In ehemaligen Garagenauffahrten blühen wilde Kräuter, Bäume wachsen aus Geräteschuppen. Von der Hauptstraße gehen keine Seitenstraßen ab. Sie muss einem Rudel Katzen ausweichen, weil sich die Tiere mitten auf der Straße sonnen und keinerlei Anstalten machen abzuhauen.

Liina hält vor der Dorfkirche und steigt ab. Es ist hier genauso still wie im Wald, nur Vogelgezwitscher, das Surren von fetten Bienen und Hummeln. Sie bleibt einen Moment stehen und sieht sich um. Der Schaukasten vor der Kirche ist leer, ein blauer Schmetterling, die Flügel so groß wie ihre Hände, landet für einen Herzschlag darauf. Die Kirchentür steht halb offen und sieht aus, als stehe sie immer halb offen. Sie hört Männerstimmen hinter der Kirche. Liina schiebt ihre Sonnenbrille ins Haar und ruft den Namen der Kontaktperson. Er ruft zurück: »Hier hinten!« Sie schiebt sich die Sonnenbrille zurück auf die Nase.

Hinter der Kirche ist der Friedhof, mit mehr Grasfläche als Gräbern. Seit zwei Jahrzehnten ist hier niemand mehr beerdigt worden. Ihn umgibt eine Steinmauer, die an mehreren Stellen bereits einsehen musste, dass die Bäume, die innen wie außen wachsen, stärker sind. Drei Männer mittleren Alters sitzen auf einer grün gestrichenen Holzbank in der Mittagshitze und blinzeln in die Sonne. Liina lächelt und streicht ihr Top glatt, zupft an den Shorts, fährt sich mit den Fingern durchs Haar, so dass die Männer es mitbekommen. Sie sollen glauben, dass es der Frau aus der Hauptstadt wichtig ist, was sie von ihr denken.

Die drei sind jünger, als sie dachte, das sieht sie erst, als sie vor ihnen steht. Vielleicht sind sie in ihrem Alter, Anfang dreißig. Ihre Körperhaltung lässt sie allerdings älter wirken – wie sie gekrümmt dort sitzen und ächzend die Beine ausstrecken.

Sie heißen Karl, Fritz und Igor, und es ist Igor, der behauptet, mit eigenen Augen gesehen zu haben, wie eine Frau vor zwei Tagen von einem Schakal zerfetzt worden ist. Igor hat es damit in die staatsweiten Nachrichten geschafft und ist so zum wohl berühmtesten Bewohner der Uckermark aufgestiegen. Er zeigt ihr die Kratzer an seinem Unterschenkel, die von dem gefährlichen Tier stammen sollen, aber bereits deutlich abgeheilt sind, was er bedauert. Wenigstens hat er noch Fotos davon, die er ihr zeigen kann. Auf einem sind oberflächliche Kratzer zu sehen, die genauso gut von einer Gabel stammen könnten. Ein dünner Blutstropfen scheint aus einem der

Kratzer hervorzusickern. Auf einem anderen ist das Bein mit einem weißen Verband dick umwickelt, er sitzt auf derselben Bank wie jetzt und hält strahlend beide Daumen hochgereckt in die Kamera. »Der Star der Uckermark«, nennt ihn sein Freund Fritz, und Karl zaubert aus einer altmodischen Kühltasche unter der Bank ein paar Bierflaschen hervor. Liina lehnt höflich bedauernd ab. Etwas anderes bieten sie ihr nicht an.

Die Männer denken, dass sie Karin heißt und Zoologin ist. Sie lächelt pausenlos, nicht zu selbstbewusst, eher etwas schüchtern, während sie sich die Geschichte mit dem Schakal noch einmal erzählen lässt. Der Wortlaut ist nahezu identisch mit ihrem Vorgespräch am Morgen und entspricht dem, was Igor in den Nachrichten aufgesagt hat. Liina zeigt ihm Bilder von Wölfen, Kojoten, Luchsen, Schakalen und sogar Hyänen und will wissen, welche Sorte Schakal es denn war. Nach einigem Zögern, Blinzeln und Augenreiben zeigt Igor selbstbewusst auf das Foto eines etwas zerrupft aussehenden Fuchses. Mit Kennermiene nennt er ihn »Goldschakal«, und Liina nickt feierlich.

Man einigt sich darauf, wie schrecklich der Vorfall war und dass dringend etwas gegen die Wildtiere hier draußen getan werden muss, Wildschweine, Wölfe, auch Bären gebe es wieder, was komme als Nächstes. Liina gibt vor, die Bedenken der Männer sehr ernst zu nehmen, und versichert ihnen, dass sie als Zoologin in Regierungskreisen einen guten Ruf genießt und deshalb die Probleme der Region bei nächster Gelegenheit ansprechen wird. Karl, Fritz und Igor leeren ihre Bierflaschen und berichten dabei von ihrem Alltag als hartem Überlebenskampf, drei Männer ganz allein im Dorf, die nächsten Menschen zehn Kilometer entfernt, alles schwierig, aber man kommt klar und will nicht jammern, irgendjemand muss ja die ländlichen Strukturen aufrechterhalten, auch wenn es die Regierung kritisch sieht und auf Umsiedlung drängt. Die Zoologin aus der Hauptstadt zeigt sich tief beeindruckt von so viel Unabhängigkeit.

Liina spielt Karin wie all ihre Rollen perfekt bis in die kleinsten Gesten. Manchmal kommt es ihr vor, als sähe sie sich selbst wie durch eine Kamera. Du solltest Schauspielerin werden, sagte ihre Schwester früher manchmal zu ihr, wenn sie sie durchschaute.

Liina lässt Karins Lächeln auf Höhe der Kirche, kaum dass sie außer Sichtweite ist, sterben. Sie setzt sich auf das eMobil und fährt zurück nach Prenzlau. Wieder versucht sie, ihren Chef anzurufen, bekommt nicht einmal ein Kontaktzeichen. Der Empfang in dieser entvölkerten Gegend ist alles andere als optimal. GPS, Galileo, alles funktioniert nur mit Unterbrechungen, die Geschwindigkeit der Datenübermittlung – sofern etwas übermittelt wird – ist zum Weinen.

Gestern sagte er ohne Vorwarnung: »Es gibt eine Planänderung, du musst in die Uckermark. Hier sind die Infos, du wirst mit zwei Personen reden, aber nimm dir Zeit, vielleicht ist noch mehr an der Sache dran.«

Natürlich hatte Liina längst von der Meldung gehört. Sie hält sie für Regierungspropaganda, um irgendein Programm für den Tierschutz streichen zu können, weil es zu teuer geworden ist. Die großen Umweltziele werden nicht angetastet, aber die kleineren Maßnahmen lassen sich nach und nach ausdünnen. Und es gibt noch ganz andere Interessen, die hinter einer solchen Meldung stehen könnten: Menschen, die in Randlagen wohnen, sollten Waffen mit sich führen dürfen, fordern einige. Das Jagen und Schießen von Wildtieren müsse wieder erlaubt werden.

In diesem Jahr gab es bereits mehrere Geschichten dieser Art. Einmal hieß es, mehrere Wildschweinhorden hätten vor München mindestens zehn Hektar Ackerland komplett zerstört und dadurch für empfindliche Ernteeinbußen gesorgt. Eine oberflächliche Recherche hat allerdings gezeigt, dass in Wirklichkeit der Boden nicht ausreichend gewässert worden war – was in den Zuständigkeitsbereich des Landwirtschaftsministeriums fällt. Von dort kam die Wildschweinmeldung. Vor zwei Monaten tötete angeblich ein Bär mehrere Hühner eines Bauernbetriebs. Dabei waren die Hühner den nicht eingehaltenen Hygienebestimmungen zum Opfer gefallen. Abgesehen davon sind Tierfarmen so gut gesichert, dass kein Bär auch nur in ihre Nähe kommt. Der für Tierschutz zuständige Minister hält es aber für kontraproduktiv, der Öffentlichkeit die wahren Hintergründe mitzuteilen.

Natürlich ist auch an der Schakalgeschichte kein Wort wahr. Liina versteht nicht, warum ihr Chef sie mit dieser Sache langweilt und nicht jemanden mit deutlich weniger Rechercheerfahrung. Offenbar will er sie eine Weile aus dem Weg haben. Oder es soll ein Denkzettel sein. Sich unterzuordnen ist nicht unbedingt ihre größte Stärke.

Sie nimmt exakt denselben Weg zurück, um nicht wieder Hindernisse wegräumen zu müssen oder am Ende noch in einem Schlagloch zu landen. Ihr gefällt es, durch die Sonnenstrahlen zu gleiten, die durch die Bäume brechen. Erst kurz vor Prenzlau lichtet sich der Wald wieder, wie vor jeder größeren Ortschaft sind erst Solaranlagen und Windräder, dann Gewächshäuser, Felder und Tierfarmen zu sehen.

Liina gibt das eMobil beim Verleih am Bahnhof zurück. Die Hitze macht ihr heute noch mehr zu schaffen als sonst. Ihr ist etwas schwindelig, und sie versucht, im Schatten zu bleiben. In einem Shop lässt sie sich Wasser nachfüllen, danach setzt sie sich im Stadtpark an den Fuß des Seilerturms und trinkt langsam ihre Flasche aus. Sie lehnt sich an die Mauer und schließt die Augen. Fünf Minuten Ruhe, mehr will sie gar nicht.

Dann steht sie auf und wird wieder zu Karin, der Zoologin, die wissen will, warum ein Schakal einen Menschen anfällt. Sie geht zum Gesundheitszentrum, in dem Dr. Ortlepp, die Ärztin, die die Tote untersucht hat, ihre Praxis hat.

Das Wartezimmer der Ärztin ist leer. Der medizinische Fachangestellte sagt ihr, dass es trotzdem eine Weile dauern kann, weil gerade Telesprechstunde ist.

Liina setzt sich so, dass sie aus dem offenen Fenster auf den Uckersee schauen kann. Mitten im Raum steht ein Ventilator, Klimaanlagen sind schon seit Jahren verboten, sie erinnert sich nur dunkel aus Kindertagen an sie. In den Tisch vor ihr ist ein Display eingelassen. Es zeigt Informationen zu Impfungen, Ernährung und Nahrungsergänzungsmitteln, Schwangerschaftsverhütung und Schwangerschaftsabbrüchen, zum Gesundheitschip und warum man ihn sich implantieren lassen soll. Außerdem kann man sich eine Übersicht auf sein Smartcase laden, auf der die wichtigsten Erste-

Hilfe-Maßnahmen erklärt sind. Ein Krug mit Wasser steht auf einem zweiten Tisch, daneben saubere Gläser. Liina nimmt sich eins, füllt es auf. Der MFA sieht zu ihr rüber, lächelt und scheint zu sagen: Trinken ist wichtig, besonders bei der Hitze. Sie ist froh, dass er es nicht laut sagt. Er ist knapp über fünfzig, wirkt aber so viel jünger und gesünder als die drei Männer auf der Friedhofsbank. Freundlicher und intelligenter außerdem. Liina nickt ihm zu, trinkt das Glas in einem Zug leer, macht sich eine Notiz: Waffenlobby checken? Dann löscht sie die Notiz. Die Geschichte interessiert sie nicht. Die Geschichte ist keine Geschichte. Sofort regt sich aber ihr schlechtes Gewissen, und sie gibt die Notiz erneut ein.

Wieder überkommt sie Müdigkeit. Sie will jetzt nicht einschlafen, aber wenig später schreckt sie verwirrt auf und muss sich erst einmal orientieren. Sie sieht zu dem MFA, der sie nicht zu beachten scheint. Liina richtet sich auf, nimmt das Smartcase und sieht sich den Film an, den sie mit der Brillenkamera von ihrem Gespräch mit Igor gemacht hat. Die Qualität ist einwandfrei, alle drei sind gut zu erkennen. Wie Igor beherzt auf den Fuchs deutet: Besser kann man es sich nicht wünschen. Liina nimmt die Sonnenbrille, die sie sich in die Haare geschoben hat, und steckt sie in den Ausschnitt ihres Tops.

Sie konzentriert sich auf ihre Rolle. Sie muss Karin spielen, weil sonst niemand mit ihr reden würde. Niemand spricht freiwillig mit den »Fanatikern« von der »Wahrheitspresse«, das gibt nur Ärger. Die staatlichen Nachrichtenagenturen beherrschen die Medienlandschaft, unabhängiger Journalismus wird von den offiziellen Stellen möglichst in Verruf gebracht, natürlich mit dem Vorwurf, alles andere als unabhängig zu sein: Die Finanzierung ist nur noch durch private Geldspenden teilweise aus dem Ausland möglich. Natürlich zahlt niemand für Nachrichten. Die meisten Leute scheint es nicht zu interessieren, ob wirklich stimmt, was berichtet wird. Es lügen doch sowieso alle. Wir können es ohnehin nicht ändern. Wozu im Dreck wühlen, wenn es uns doch gut geht.

Der Mensch glaubt sowieso nur, was er glauben will.

Der MFA ruft sie auf und weist ihr den Weg ins Behandlungszimmer.

»Dr. Müller«, sagt die Ärztin zu Liina und erhebt sich halb.

Liina nickt und lächelt und streckt die Hand aus. »Karin Müller«, sagt sie, lässt den Doktor weg, als fände sie den Titel unnötig, quasi unter Kolleginnen. »Freut mich sehr, Dr. Ortlepp, und danke, dass Sie sich die Zeit nehmen.«

Die Ärztin setzt sich wieder, deutet auf den Platz vor ihrem Schreibtisch. Sie faltet die Hände, zieht die Augenbrauen hoch und schnauft. »Was kann ich für Sie tun?« Sie sieht erschöpft aus. Und als wolle sie am liebsten sofort nach Hause. Vielleicht liegt es an der Hitze. Die Frau geht auf die sechzig zu. Sie trägt das Haar kurz und bemerkenswert mahagonifarben, ihre Augen sind braun. Keine Brille, ein klein wenig Augen-Make-up. Praktische Kurzarmbluse in hellblau, praktische weite, weiße Stoffhose. Der MFA trägt dieselbe Farbkombination.

»Wir hatten ja bereits gesprochen. Ich wollte Ihnen ein paar Fragen zu den Schakalbissen ...«

»Dazu kann ich Ihnen nichts sagen«, unterbricht Dr. Ortlepp.

Liina hat mit Abwehr gerechnet, sie nickt verständnisvoll. »Ich möchte nichts über die Patientin wissen, mich interessiert nur, ob es sich wirklich ...«

»Ich habe die Frau gar nicht untersucht. Deshalb kann ich Ihnen nichts sagen. Ich war nicht dort.«

»Oh, aber in unserem Vorgespräch ...«

»Sie haben gefragt, ob Sie vorbeikommen können, weil ich in der Nacht Notdienst hatte. Ich habe Ja gesagt. Sie haben mich nicht gefragt, ob ich die Frau untersucht habe.«

Liina reißt sich zusammen, bemüht sich, in der Rolle zu bleiben. Dr. Ortlepp mauert, sie lügt, aber Liina ist noch nicht klar, warum. Sie macht »Ah ...«, nickt, überlegt, wie sie weiter vorgehen soll.

Die Ärztin nimmt ihr die Entscheidung ab, redet in belehrendem Tonfall weiter. »Notdienst auf dem Land bedeutet: Man ist für ein riesiges Gebiet zuständig, das man unmöglich allein abdecken kann. Es gibt zwar Notfallpersonal an verschiedenen Außenposten, die näher dran sind, aber ich bin die einzige Ärztin. Es kann passieren, dass alle paar Minuten eine Meldung reinkommt. Nicht wenige nutzen den Dienst, weil sie kein Krankenhaus und kein Gesundheitszentrum in der Nähe haben, oder weil sie die Telesprechstunde verpasst haben.«

»Das muss schrecklich anstrengend für Sie sein.« Liina nickt. Die Ärztin will erst mal Verständnis. Ein wenig Mitleid. Allgemeines Lob. »Aber auch großartig, dass Sie das machen. Und dass es technisch möglich ist, auf diesem Weg alle zu versorgen. Wie läuft denn so ein Notruf genau ab?«

»Ganz oft sind es, wie gesagt, keine echten Notrufe. Jemand

pingt mich an und streamt die Situation. Ich sehe es mir auf dem Monitor an und entscheide, ob die Person zu mir kommen muss, ob es reicht, ihr einfach nur etwas zu verordnen oder einen Ratschlag zu geben, oder ob besser jemand von einer nahegelegenen Notfallstation einrückt. Das geschieht dann bei den echten Notfällen. Ich habe vor zwei Tagen den freiwilligen Sanitäter von der Station in Brüssow informiert. Er sollte die Erstversorgung und den Transport hierher übernehmen.«

»Dann haben Sie die Frau also später untersucht?«

»Nein, sie war schon tot, als der Sanitäter eintraf. Sie wurde vermutlich direkt in die Rechtsmedizin gebracht. Ich hatte gar nichts damit zu tun.«

»Konnten Sie die Bisswunden sehen? Waren es wirklich Bisswunden?«

Die Ärztin sieht aus dem Fenster. »Das ließ sich nicht erkennen.«

Liina nickt enttäuscht. »Kann ich mit dem Sanitäter sprechen? Oder haben Sie vielleicht den Namen der Toten?«

Die Ärztin zögert.

Liina winkt ab. »Datenschutz. Natürlich.«

Dr. Ortlepp zeigt auf Liinas Ausschnitt. »Wie kommen Sie zurecht?«

Einen Moment lang glaubt Liina, aufgeflogen zu sein. Das Kameraauge auf dem Brillenrahmen ist eigentlich nicht zu erkennen. Es sieht aus wie eine Verzierung, aber wer misstrauisch genug ist, wird sich denken, dass so ziemlich jeder Gegenstand zum Spionieren umgebaut sein kann. Dass jedes Gespräch heimlich aufgezeichnet wird. Diese Ärztin ist misstrauisch. Liina greift nach der Brille, ihre Finger streifen über die dünne Narbe zwischen den Brüsten. Die Brille hat den Ausschnitt weit genug heruntergezogen, dass die obersten Millimeter sichtbar sind.

»Vertragen Sie die Hitze?«

»Es geht. Ich bin manchmal müde. Heute besonders.«

»Wie lange ist die Operation her?« Die Ärztin sieht sie durchdringend an.

»Da war ich zweiundzwanzig.« Beim Lügen immer nah genug an der Wahrheit bleiben. Oberste Regel.

»Keine Komplikationen? Immunsuppressiva?«

»Ganz gering dosiert. Ich komme gut klar.«

»Soll ich Sie mal scannen? Sie sagen, Sie sind heute besonders müde.«

»Nein, wirklich. Es geht mir hervorragend.« Liina reicht es jetzt mit dem persönlichen Touch. Sie lächelt und macht eine wegwerfende Handbewegung. »Man wird heutzutage so gut betreut.« Als sich der Gesichtsausdruck der Ärztin fast unmerklich verändert, weiß sie, dass sie einen wunden Punkt getroffen hat. »Aber das wissen Sie natürlich am besten«, schiebt sie mit vor Begeisterung bebender Stimme nach. Jetzt hat sie etwas über Dr. Ortlepp erfahren. Diese Frau steht dem System kritischer gegenüber, als sie bereit ist zuzugeben. Interessant.

Die Ärztin legt die Hände flach auf den Schreibtisch. »Sie werden auch in Brüssow nichts Neues erfahren, weil man Ihnen keine Auskunft geben darf. Mit dem Sanitäter können Sie unmöglich reden.« Sie steht auf, macht eine ausladende Geste Richtung Tür. Das Gespräch ist beendet.

Liina verabschiedet sich, bedankt sich noch einmal dafür, dass sie vorbeikommen durfte. Sie versucht, nicht zu manisch zu lächeln, was ihr manchmal passiert, wenn sie frustriert ist und dagegen anspielen muss. Dr. Ortlepp begleitet sie zur Tür, treibt sie fast schon vor sich her, als könne sie es nicht erwarten, sie endlich loszuwerden. Dann legt sie eine Hand auf die Klinke, die andere auf Liinas Rücken, beugt sich über ihre Schulter und flüstert: »Es gibt diese Frau nicht.« Sie reißt die Tür auf, schiebt Liina über die Schwelle und ruft ihrem MFA zu: »Wir sind hier fertig. Den nächsten Termin, bitte.«

Hinter Liina knallt die Tür zum Behandlungszimmer ins Schloss.

2

Ihr Chef antwortet immer noch nicht. Diesmal klingelt es nicht ins Leere, ihre Anrufe landen direkt auf der Voicemail, aber sie hat keine Lust, eine Nachricht draufzusprechen. Sie sitzt im Zug von Prenzlau über Berlin nach Frankfurt und wird spätabends ankommen. Wahrscheinlich ist er dann längst zu Hause.

Die Agentur, für die Liina arbeitet, heißt Gallus, nach dem Stadtviertel, in dem sie gegründet wurde. Sie überprüft Meldungen, Reportagen, Interviews, Dokumentationen aus staatlichen Quellen. Manchmal konnten sie mit ihren Recherchen genug Staub aufwirbeln, um die Regierung zum Handeln zu zwingen. Oft genug verpufft, was sie zutage fördern. Aber wer dort arbeitet, sagt sich jeden Tag: Und wenn es nur eine einzelne Person ist, die wir überzeugen können – beim nächsten Mal sind es schon wieder mehr.

Das Rohmaterial, das sie gefilmt hat, wird sie später von zu Hause an Ethan schicken, der den Beitrag produziert. Sie hört noch einmal alles ab, überlegt dabei, wie es weitergehen soll und was die kryptische Anmerkung der Ärztin zu bedeuten hatte. Wollte sie Liina einfach nur loswerden? Oder ihr sagen: Die Geschichte ist Fake? Ihr Chef soll entscheiden. Schließlich war es seine Idee, sie derart zu langweilen. Also soll er auch für sie denken. Sie ist nur die Rechercheurin.

Sie fahren in Berlin ein, der Zug leert sich rasant, kaum

jemand steigt zu. Es geht schnell weiter. Liina wird wieder müde. Ein weiteres Mal ruft sie ihren Chef an, vergebens, dann schließt sie die Augen.

Sie wird erst in Frankfurt wach, kurz vorm Hauptbahnhof, und ärgert sich, weil sie verpasst hat, rechtzeitig umzusteigen, um auf direkterem Weg nach Lahnstadt zu kommen, und jetzt einen längeren Heimweg vor sich hat. Als sie in die Stadtbahn umsteigt, wundert sie sich über die vielen Hinweise auf Streckensperrungen und Umleitungen im Zentrum. Sie checkt die Nachrichten, obwohl sie weiß, wie wenig das bringt. Es kommt immer wieder nur die Meldung: »Schrecklicher Unfall am Theaterplatz«, die Rede ist von einer schwerverletzten Person. »Unfall« könnte genauso gut »Selbstmord« bedeuten, aber man spricht nicht gern von Selbstmorden. Weil sich offiziell so gut wie niemand umbringt.

Die Menschen um sie herum tuscheln. Einige sprechen von einem versuchten Anschlag, aber bei allem, was die alltäglichen Abläufe stört, wird erst mal ein Anschlag vermutet, was sich nie bestätigt. Andere stellen leise die Sicherheitsvorkehrungen an Bahnhöfen in Frage. »Früher nannte man das Personenschaden bei der Bahn«, sagt ein alter Mann zu dem etwa Zwanzigjährigen, der neben ihm steht. Nur weil Selbstmorde nicht mehr in den staatlichen Medien auftauchen, heißt es nicht, dass niemand darüber redet, im Gegenteil: Die Menschen sind nahezu besessen von dem Gedanken, jemand könnte sich umgebracht haben, sobald ein Unfall geschieht. Liinas Bahn fährt ein, und sie sucht sich einen Platz, vergisst das Ganze gleich wieder. Sie denkt darüber nach, es doch noch einmal bei ihrem Chef zu versuchen. Vielleicht war sie gestern zu unverschämt.

»Willst du mich loswerden?«, hat sie ihn gefragt, nicht gerade leise.

»Es ist nur für einen Tag, vielleicht ein paar Tage. Eine kleine Geschichte, sie muss gemacht werden. Wo ist das Problem?«

»Du hast gesagt, du bist an etwas Großem dran, wofür du mich brauchst, und jetzt ...?«

»Liina, bitte mach doch erst mal ...«

»Ich muss diesen Auftrag nicht annehmen. Ich arbeite nicht für dich, um so einen offenkundigen Schwachsinn zu recherchieren. Gib mir eine echte Story.«

Sie stritten sich, er drohte sogar damit, ihr gar keine Aufträge mehr zu geben. Er wusste, dass sie nicht nur wegen des Geldes für ihn arbeitete. Er wusste, dass sie seinetwegen zurückgekommen war. Sie nannte ihn ein verdammtes Arschloch und ließ ihn stehen. Er wusste, dass sie die Recherche machen würde. Sie hasste ihn dafür.

Seitdem haben sie nicht mehr miteinander gesprochen. Es ist eigentlich nicht seine Art, nachtragend zu sein.

Sie steigt in Lahnstadt aus und nimmt die Tram zu dem zehnstöckigen Gebäude, in dem ihre Eltern wohnen. Neunter Stock, Blick auf die Lahn und den Dutenhofener See. Seit Liina in der Stadt ist, wohnt sie wieder bei ihren Eltern. Sie hat einen Antrag auf eine eigene Wohnung gestellt, aber die Genehmigung lässt auf sich warten..

Das Smartcase öffnet auf ihren Befehl hin die Tür. Fast lässt sie es fallen, als sie hereinkommt und sieht, wer in dem großzügigen Wohnzimmer mit einem Glas Wasser in der Hand vor der Fensterfront steht und die mittelalterlichen Burgen auf den entfernten Hügeln zu bewundern scheint.

»Özlem«, sagt Liina.

Özlem Gerlach hat die Agentur Gallus zusammen mit Yassin Schiller gegründet. Liina sagt nie Chefin zu ihr. Aber sie nennt Yassin gern Chef. Mal im Ernst, mal scherzhaft. Er gibt ihr die Aufträge, während sich Özlem um den administrativen Bereich, die Finanzierung, die Sicherheit kümmert. Sie glaubt einen Moment lang, Özlem sei wegen des Streits mit Yassin hier, aber dann fällt ihr ein, dass sie bestimmt nur ihre Eltern besucht. Sie wohnt ein paar Häuser weiter. Man kennt sich vom Einkaufen, vom Sport, von Nachbarschaftsinitiativen.

»Da bist du ja«, sagt Liinas Mutter Satu. »Wolltest du nicht früher kommen?«

Özlem lächelt sie an, hebt das Wasserglas. »Anstrengender Tag?«

Liina bleibt stehen, hat das Gefühl, dass irgendetwas nicht stimmt. Ihre Mutter sagt: »Ich lass euch allein.«

Es stimmt definitiv etwas nicht.

Als Satu in der Küche verschwunden ist, fragt Liina leise: »Was hast du ihr gesagt?«

Ihre Eltern denken, Özlem betreibe eine Personalagentur. Sie denken auch, Liina arbeite als Dolmetscherin und Übersetzerin. Manchmal fragt sich Liina, was wäre, wenn ihre Eltern ebenfalls Tarnidentitäten hätten. Wenn ihre Mutter keine Datenarchitektin wäre und ihr Vater kein Ernährungsberater, und über diesen Gedanken muss sie jedes Mal lachen.

»Ich habe etwas von einem vertraulichen Übersetzungsauftrag erzählt.« Özlem nimmt auf dem Sofa Platz.

»Aha. Und was willst du wirklich? Soll ich für dich auch in der Pampa Schakale suchen?« Liina setzt sich in einen Sessel, von dem aus sie Özlem im Halbprofil sehen kann. Sie will direkten Blickkontakt vermeiden. »Okay, ich war sauer, aber ich hab getan, was ...«

Özlem unterbricht sie. »Es geht um Yassin.«

»Ich weiß. Ich war sauer, aber ich hab getan, was ich tun sollte. Will er, dass ich mich entschuldige?«

Liina merkt, wie sich ihr Herzschlag beschleunigt. Es ist Zeit für ihre Medizin. Sie beugt sich vor, greift in ihre Bodybag, zieht das Fläschchen mit den Tabletten heraus und nimmt eine.

»Alles okay?«, will Özlem wissen.

»Klar. Die Hitze, aber ich bin okay.« Sie merkt, wie sie ruhiger wird, und spricht weiter. »Ich mache diesen Job nun mal nicht, um Falschmeldungen hinterherzulaufen, die so offensichtlich falsch sind, dass wirklich niemand sie glaubt. So eine Schakal- oder Wolf- oder Bärenmeldung kommt doch alle paar Wochen. Ich meine, schön, dass wir dann alle wissen, was wirklich los war, aber da liegt der Impact auf die Meinungsbildung durch unsere Recherchen bei null, und ich will ...«

»Deshalb bin ich nicht hier.« Özlem lächelt wieder, was selten genug vorkommt, aber es wirkt nervös. Sie trinkt einen Schluck Wasser, stellt das Glas ab. »Yassin ist im Krankenhaus.«

»Ach verdammt, was ist mit ihm?«, fragt Liina erschrocken.

Özlem betrachtet sie aufmerksam. »Du kannst dir denken, warum ich extra hergekommen bin, statt damit zu warten, bis du morgen auftauchst.«

Liina sieht knapp an ihr vorbei, wartet ab.

»Ich weiß, dass ihr wieder was miteinander habt.«

Jetzt sieht sie Özlem direkt an. Ihr Herzschlag hat sich kaum erhöht. Die Tabletten wirken, wie sie es sollen.

»Und deshalb bist du hier?«

»Ja.«

»Wie ernst ist es?«

»Es kann sein, dass er die Nacht nicht überlebt.«

Ihr wird schwindelig. Sie glaubt für eine Sekunde, nichts mehr zu hören und nichts mehr zu sehen. Özlem ist aufgestanden, sie geht vor ihr in die Hocke, legt eine Hand auf Liinas Knie.

»Er hatte einen Unfall.«

»Was ist passiert? Ich will zu ihm.«

»Seine Frau ist bei ihm«, sagt Özlem.

»Was ist passiert?«, fragt sie wieder

»Er ist vor eine einfahrende Bahn gestürzt.«

Ihr fallen die Durchsagen am Bahnhof ein, aber die konnten unmöglich etwas mit Yassin zu tun haben. Özlem muss von jemand anderem sprechen. »Schwachsinn! Wieso sollte er sich denn umbringen wollen, und dann auch noch so?« Liina merkt, wie sich ihre Herzfrequenz trotz des starken Medikaments erhöht.

»Er wollte sich bestimmt nicht umbringen.«

»Was soll das denn für ein Unfall gewesen sein?«

Özlems Hand ruht weiter auf ihrem Knie. Sie spricht mit gedämpfter Stimme. »Ich habe etwas, das ich dir zeigen möchte. Wo sind wir ungestört?«

Sie sind allein im Wohnzimmer, aber der Raum wirkt so

offen und weitläufig, dass sich nicht das Gefühl von absoluter Privatsphäre einstellen kann. Liina steht auf und geht mit unsicherem Schritt voran, Özlem folgt ihr.

Ihre Eltern haben aus ihrem alten Kinderzimmer ein Gästezimmer gemacht. Oder vielmehr, aus ihrem und dem ihres Bruders. Liina wohnt hier seit einigen Monaten und hat sich immer noch nicht an den Durchbruch gewöhnt. Das Zimmer ihres Bruders ist der Wohnbereich, dort stehen zwei bequeme Sessel, dazwischen ein kleiner Couchtisch. Außerdem gibt es einen Schreibtisch samt Bürostuhl, an der Wand hängt ein großer Monitor. Bett und Kleiderschrank sind in ihrem Zimmer. Es soll wirken wie eine Hotelsuite. Liina hat den Schreibtisch in ihren Bereich geschoben und hält sich eigentlich nur dort auf. Sie vermeidet es, das Zimmer ihres Bruders zu betreten.

Sobald Liina die Tür hinter ihnen geschlossen hat, sagt Özlem: »Ich brauch dich jetzt. Du musst mir helfen. Oder vielmehr Yassin. Schaffst du das?«

Durch Liinas Kopf geht ein Orkan. Sie blickt wild von Özlem zur Tür zum Fenster zur Wand zum Boden, wäre am liebsten bewusstlos.

»Was ist mit ihm?«, fragt sie leise.

»Setz dich hierhin. In den Sessel. Ja? Du musst ganz stark sein. Ich weiß, dass du das kannst. Okay?« Özlems Stimme klingt dumpf, weit entfernt. In Liinas Ohren rauscht es.

»Hat er was gesagt?«

»Er liegt im Koma.«

»Überlebt er?«

»Ich weiß es nicht.«

»Aber wenn er stirbt, muss ich doch zu ihm!« Sie steht auf, will zur Tür. Özlem packt sie am Arm, hält sie zurück.

»Das geht nicht.«

Liina setzt sich wieder hin. »Warum nicht?«

»Niemand darf zu ihm. Nur seine Frau. Und die lässt dich ganz sicher nicht mal in seine Nähe.« Es sind harte Worte, aber sie sind nötig, damit Liina es versteht. Sie zwingt sich, ruhiger zu atmen, gibt Özlem ein Zeichen, dass sie einen Moment braucht.

Özlem hockt sich neben sie. »Geht's wieder? Wir werden uns jetzt gemeinsam etwas ansehen. In Ordnung?«

Liina nickt stumm.

»Es ist viermal dieselbe Szene, aber aus vier unterschiedlichen Perspektiven. Du wirst darauf Yassin sehen.«

Liinas Blick irrt wieder durch das Zimmer.

»Man sieht kein Blut oder so was.«

Liina sagt immer noch nichts.

»Es ist wirklich wichtig, dass wir es uns gemeinsam ansehen. Damit können wir ihm helfen. Alles klar? Er braucht dringend deine Hilfe.«

Das wirkt. Liina sieht Özlem direkt an und nickt wieder. Özlem setzt sich in den anderen Sessel und legt ihr Smartcase auf den Tisch, der vor ihnen steht.

Sie startet die erste Videosequenz. Das Bild kommt von einer der Überwachungskameras in der U-Bahn-Station Theaterplatz. Zu sehen sind herumlaufende und wartende Menschen. Liina erkennt Yassin erst, als Özlem mit dem Finger auf ihn zeigt. Sie sieht, wie er sich durch die Menschen am Bahnsteig schiebt, als wollte er möglichst ganz vorn einsteigen. Yassin, der auf den Fußballen wippt und den Kopf in die Richtung dreht, aus der gleich die Bahn kommen wird. Yassin, dessen Körper nach vorn schießt und im Gleisbett verschwindet, wo ihn die Bahnhofskamera nicht mehr einfängt. Liina stößt einen heiseren Schrei aus, wendet sich ab, hält sich die Augen zu. Özlem stoppt die Aufnahme und wartet. Erst rührt sich Liina nicht, sie sitzt vornübergebeugt, die Hände vors Gesicht geschlagen. Dann fangen ihre Schultern leicht an zu zittern. Sie weint leise. Özlem legt den Arm um sie. Wartet. Liina richtet sich mit einem Ruck auf, dreht ihr den Rücken zu und verlässt den Raum.

Als sie ins Zimmer zurückkommt, hat sie sich wieder im Griff. Sie hat sich das Gesicht unter dem Wasserhahn gekühlt, ein paar Minuten ins Leere gestarrt, noch eine Tablette genommen.

»Kann losgehen«, sagt sie zu Özlem, als wäre nichts geschehen.

Özlem fängt noch einmal mit dem ersten Video an. Dann zeigt sie ihr die Perspektive einer zweiten und einer dritten Kamera, dann die Aufnahme aus der Bahn selbst. Aus der vordersten Kabine, in der die Kameras für den Fahrtrechner installiert sind, ist zwar zu sehen, wie Yassin vor die gerade anhaltende Bahn stürzt und darunter verschwindet, aber nichts von dem, was am Bahnsteig hinter ihm möglicherweise geschehen ist.

Liina sieht sich alles an, ohne eine Reaktion zu zeigen. Sie wirkt nach außen konzentriert, während sie immer wieder denselben Gedanken kreisen lässt: Ich tu es für ihn. Ich muss ihm helfen.

»Wie hat er das überlebt?«, fragt sie Özlem.

»Der Zug war kurz vorm Stillstand. Der Wagen hat ihn zwar noch erwischt, aber er ist vergleichsweise glücklich gefallen, wenn man es so nennen will.«

»Aber du weißt nicht, ob er durchkommt.«

»Man hat ihn schon zweimal operiert. Das größte Problem ist ein schweres Schädel-Hirn-Trauma. Er ist noch nicht aufgewacht.«

Liina schluckt, nickt. Sie achtet auf ihre Atmung, auf ihren Puls. Beides ist halbwegs normal, trotzdem fühlt es sich an, als würde sich etwas durch ihren Unterleib graben, nach ihrem Magen greifen und ihn zusammendrücken.

»Erfährst du, wenn sich sein Zustand verändert?«

»Ich denke schon.«

»Du bist mit seiner Frau befreundet.« Sie merkt zu spät, dass es wie ein Vorwurf klingt.

»Wir kennen uns schon lange. Ich würde nicht sagen, dass wir befreundet sind.«

»Sie weiß von mir, oder?«

»Ich habe nichts gesagt.«

»Aber du hast vorhin so etwas angedeutet.«

»Es kann sein. Von mir hat sie's nicht.«

»Er hat sicher nichts gesagt.«

»Sie ist nicht blöd.«

»Ich habe nie verlangt, dass er sich trennt.«

»Du musst dich vor mir nicht rechtfertigen.«

»Ich will keine Beziehung kaputtmachen. Es wäre nie passiert, wenn wir früher nicht ...«

»Das musst du mit ihm klären. Nicht mit mir«, fällt Özlem ihr ins Wort. »Offiziell weiß ich von nichts, und wäre er nicht im Krankenhaus, hätte ich dich nie drauf angesprochen. Aber jetzt brauch ich dich. Hilf mir rauszufinden, was da passiert ist. Er war an etwas dran. Was weißt du?«

»Er hat mich weggeschickt, Schakale suchen.«

»Hat er dir gar nichts über die Sache gesagt?«

»Nur, dass es was Großes ist.«

»Sonst nichts?«

»Hast du etwa auch keine Ahnung, woran er gearbeitet hat?«

Özlem schüttelt den Kopf. »Wir wissen also beide gar nichts.«

»Nein.«

»Scheiße.«

»Durchaus.«

Özlem lacht trocken auf. Dann fragt sie: »Siehst du etwas auf den Videos?«

Sie zögert. »Ist dir etwas aufgefallen?«

»Nur die Videoblocker.« Özlem zeigt auf drei verschwommene Punkte. An diesen Stellen haben mindestens drei Personen mit illegalen Videoblockern gestanden. Ob es sich dabei um Aktivisten handelt, die gegen die Gesichtserkennung protestieren, oder ob da jemand etwas zu verbergen hat, können sie nicht wissen. Aber mindestens zwei der Blocker befinden sich in Yassins Nähe. Auch deswegen kann man nicht erkennen, ob er gesprungen ist oder gestoßen wurde.

»Nie im Leben ist er gesprungen«, sagt Liina.

»Man behandelt es als Unfall.« Özlem malt Anführungszeichen in die Luft.

»Und was sagt seine Frau?«

»Dass er in letzter Zeit komisch war und sie nicht viel von ihm mitbekommen hat.«

»Sie denkt, es war Selbstmord?«

»Klingt so.«

Liina fühlt eine bleierne Müdigkeit. »Du hast recht, sie weiß es.«

Özlem hebt nur die Augenbrauen und wartet darauf, dass Liina weiterspricht.

Sie wechselt das Thema. »Woher hast du die Aufnahmen?«

Özlem sagt nichts. Sie hat ihre Quellen, spricht aber nicht darüber, jedenfalls nicht mit Untergebenen.

»Okay, schon klar, du bist die Chefin. Aber ist die Quelle zuverlässig?«

»Ethan hat alle vier Aufnahmen intensiv geprüft und ist sich so sicher, wie man sein kann.« Ethan, Gallus-Redakteur, Spezialist für Audio- und Videotechnik. »Kein Deep Fake. Keine Manipulation. Zuverlässige Quelle.«

»Also sind die Videoblocker an den Stellen echt.«

»Leider.«

Draußen vor der Zimmertür kann Liina die Stimme ihres Vaters hören, seinen durchdringenden Bass, der alles zum Schwingen bringt, selbst wenn er glaubt, leise zu sprechen.

»Er ist nicht gesprungen«, sagt sie.

»Nein«, sagt Özlem.

»Und jetzt? Was tun wir?«

»Rausfinden, woran er gearbeitet hat.«

Liina sieht sich noch einmal die Videosequenz an, in der sich Yassin durch die Menge drängelt. Sie geht die umstehenden Personen in Zeitlupe durch, versucht, sich zu merken, wer wann wo steht.

»Und du bist sicher, dass diese Version unbearbeitet ist?«, fragt sie Özlem.

»Warum?«

»Irgendetwas stimmt nicht.« Liina vergrößert einen Ausschnitt: die beiden Personen mit dem Videoblocker, die direkt bei Yassin stehen. »Siehst du das?«

Özlem schüttelt den Kopf.

»Es ist ein anderes Muster. Vergleich das mal mit dem anderen Videoblocker ...« Sie verschiebt das Standbild, zeigt auf den grauen Fleck. »Sehr viel grober, fast wie früher, als man noch verpixelt hat. Aber diese beiden hier«, sie schiebt das Bild wieder zurück, »sehr elegant, wie ein gleichmäßiger silberner Fluss. Das ist eine andere Technologie.«

Özlem nickt langsam. »Das geb ich an Ethan weiter, damit er es prüft.«

Liina zieht das Bild ein klein wenig herunter. Yassins Halbprofil ist jetzt im Zentrum des Displays. Sie schluckt. »Er hatte jemand anderes zum Recherchieren«, sagt sie. »Das hat er mir gestern noch gesagt. Er brauche sowieso mehr als eine Rechercheurin, am liebsten hätte er gleich fünf, aber man könne in der Angelegenheit niemandem trauen.« Sie schluckt. »Ich dachte, er zieht mich ab, weil er mir nicht vertraut. Deshalb war ich so sauer. Einerseits behauptet er, mehr Leute zu brauchen, und dann schickt er mich weg. Ich versteh es nicht.«

Özlem nimmt ihr das Smartcase ab und steckt es ein. Sie rutscht im Sessel vor, bis sie auf der Kante sitzt. »Dann weißt du doch mehr als ich.«

Liina ist verwundert. »Er hat dir nicht gesagt, mit wem er zusammenarbeitet?«

»Willst du noch länger drauf rumreiten, oder können wir weitermachen?«, fragt Özlem genervt.

Liina schließt die Augen. Da ist etwas in ihrer Erinnerung. Sie versucht, sich Yassins Arbeitsplatz ins Gedächtnis zu rufen. »Kaya«, sagt sie. »Als ich reinkam, hat er mit einer Kaya gesprochen.«

»Kaya Erden?«

»Keine Ahnung. Wer ist das?«

»Legende des Investigativjournalismus, als er den Namen noch verdient hat. Sehr klug, sehr hartnäckig, schon lange im Geschäft, länger als wir alle.«

»Sagt mir gar nichts.«

»Du warst zu lange im Ausland. Ich verehre diese Frau. Von ihr hab ich mehr gelernt als an jeder Uni. Sie hat früher oft für uns gearbeitet. Der Skandal um die Erweiterung des Schiersteiner Hafens? Vor gut zehn Jahren?«

»Ach! Echt?« Liina nickt beeindruckt.

»Oh ja. Das war sie. Quasi im Alleingang hat sie das alles rausgefunden. Wegen ihr sind massenhaft Köpfe gerollt.«

»Gute Frau.«

»Ja, gute Frau«, wiederholt Özlem. »Yassin arbeitet immer nur mit guten Leuten.«

»Aber warum kenne ich sie dann nicht? Habt ihr in letzter Zeit nicht mehr mit ihr gearbeitet?«

»Hätten wir gern. Aber nach der Hafenstory hat sie sich zurückgezogen. Rente hat sie es genannt, und sie ist ja auch schon sechzig. Irgendjemand hat rausgefunden, dass sie an der Geschichte gearbeitet hat, danach wurde sie massiv bedroht.«

Liina kann das gut verstehen. Wer in ihrem Bereich die Recherchen macht, bleibt normalerweise geheim. Nicht nur, weil es sonst schwierig wird, die nächsten Storys zu finden. Immer wieder kommt es zu Angriffen auf die so genannte »Wahrheitspresse« – ein ironisch gemeinter Ausdruck für diejenigen, die sich noch mit Fakten und Analysen aufhalten und gern mal der Staatspresse widersprechen. Nur die Wahrheitspresse spricht von Staatspresse. Der Staatsfunk selbst bezeichnet sich als frei, kritisch und unabhängig.

»Wenn sie Yassin zugesagt hat, muss er an etwas ganz Besonderem dran sein.«

»Du meinst, sie müsste wissen, worum es geht?«

»Als Einzige.«

Liina steht auf. »Fragen wir sie.«

3

»Wir gehen noch mal raus.«

Sie fühlt sich fünfzehn Jahre zurückversetzt. Vielleicht ist das einfach so, wenn man wieder bei den Eltern wohnt.

Aus der Küche hört sie, wie ihr Vater aus einem »Komm nicht zu spät« schnell noch ein »Viel Spaß euch beiden« macht und ihre Mutter versucht, nicht zu kichern.

Kaya Erden geht nicht ans Telefon, also fahren sie zu ihr. Man braucht in einer Stadt mit zehn Millionen Einwohnern immer Geduld und Zeit für die Wegstrecken, besonders wenn man wie Özlem und Liina am Rand wohnt. Aber sie haben Glück, Kaya Erden lebt ebenfalls in Lahnstadt, sofern die Adresse noch stimmt, die Özlem in ihrer Gallus-Kartei hat.

Lahnstadt, das waren früher einmal die Städte Gießen und Wetzlar sowie die umliegenden Gemeinden und Kleinstädte von Leun bis Staufenberg. Sie sind zusammengewachsen und gehören als Verwaltungseinheit zu Frankfurt. Sichtbare Stadtteilgrenzen gibt es hier ohnehin nicht mehr. In Lahnstadt dürfen vorzugsweise ältere Menschen und Familien leben, aber wie überall sonst achtet das Siedlungsamt sehr auf eine altersmäßige und soziale Durchmischung bei der Häuser- und Wohnungsvergabe.

Die Bahnen fahren Tag und Nacht ohne Unterbrechung. Die beiden Frauen benötigen keine fünfzehn Minuten. Mit der Tram zum Lahnstädter Westbahnhof, dann weiter durch die historische Altstadt, einen Touristenmagneten mit Boutiquehotels, die optisch, wenn auch immerhin nicht in Sachen Komfort, eine spätmittelalterliche Lebenswelt vermitteln. Noch vor der chinesischen Leica-Siedlung mit ihren fassadenbegrünten Hochhäusern steigen sie aus und suchen im komplett sanierten Spilburg-Quartier – bis zum Ende des 20. Jahrhunderts eine Kaserne der damaligen Bundeswehr – nach Kaya Erdens Wohnung.

Laut der Adresse, die Özlem von ihr hat, befindet sich die Wohnung im Dachgeschoss eines ehemaligen Offizierswohnheims. Der Eingang ist, wie bei den meisten Wohnblocks, videoüberwacht, doch Liina hat schon nach Verlassen ihrer Wohnung den Videoblocker eingeschaltet. Er reicht für sie beide. Wenn sie Glück haben, hat die Sicherheitseinrichtung der Wohnanlage noch keine Sperre für Personen, die sich blocken.

Sie gehen durch einen kleinen Park auf das Gebäude zu. Auf der rechten Seite befinden sich mehrere Lokale, der Lautstärke nach sind sie gut besucht. Bei einer gesetzlich verordneten 20-Stunden-Woche für Personen im Anstellungsverhältnis und einer Beschäftigungsquote, die so hoch ist, dass man von Vollbeschäftigung sprechen kann, haben die Menschen Zeit und Geld zum Ausgehen. Besonders hier, wo die Mieten niedriger sind als im Metropolenzentrum. Özlem und Liina können eintreten, es reicht, einen Summer zu drücken und dem Sicherheitspersonal freundlich zuzunicken. Da die Sanierungen schon eine Weile her sind, gehört das Spilburg-Quartier längst nicht mehr zu den besseren Siedlungen. Die Sicherheit ist nicht auf dem allerneuesten Stand, die Kontrollen durch die privaten Sicherheitsdienste sporadisch.

Sie nehmen den gläsernen Aufzug ins Dachgeschoss. Die Wohnung ist links den Gang hinunter. Özlem klingelt und klopft, niemand öffnet. Sie ruft an, das Smartcasesurren ist draußen auf dem Gang deutlich zu hören. Nichts sonst rührt sich in der Wohnung.

»Sie muss zu Hause sein«, sagt Liina.

Niemand geht ohne Smartcase raus. Mit dem Smartcase bezahlt man, es dient als Personalausweis, sämtliche Zugangsberechtigungen – ebenso wie die Bereiche, für die man gesperrt ist – sind darauf gespeichert, die Gesundheitsdaten sind darüber im Notfall abrufbar, einfach alles. Das Smartcase ist ein flexibler Körperteil, und seit gefühlten Ewigkeiten reden Tech-Konzerne davon, dass es bald komplett unter der Haut verschwindet. In der chinesischen Siedlung wurde bereits eine Technologie entwickelt, die nicht gesundheitsschädlich und trotzdem leistungsstark genug sein soll, um sie nicht ständig operativ erneuern zu müssen. Die Nachfrage hält sich allerdings in Grenzen. Im Moment haben alle noch das kleine Zusatzgerät, mit dem das gesamte Leben organisiert, gesteuert, erledigt wird.

»Sie muss doch da drin sein«, wiederholt Liina und kann Özlem ansehen, dass sie darüber nachdenkt, wie sie in die Wohnung einbrechen können. Die Türen lassen sich nur mit entsprechender Autorisierung öffnen. Özlem klopft noch einmal.

»Feueralarm«, sagt sie schließlich. »Der entriegelt alles.«

»Und setzt mal eben das gesamte Gebäude unter Wasser?«

»Hast du eine bessere Idee? Die Polizei können wir schlecht rufen.«

»Vielleicht ist ein Nachbar autorisiert.«

»Jemand wie Kaya hat weder Zimmerpflanzen noch Haustiere. Sie würde niemandem Zugang zu ihrer Wohnung geben.«

»Sie muss doch Freunde oder Verwandte haben.«

»Liina, ich weiß es nicht. Ich habe mit ihr gearbeitet, ich war nicht mit ihr im Bett.«

Liina versucht, sich nicht provozieren zu lassen. »Was ist mit dem Sicherheitsdienst?«

Sie sieht Özlem an, dass sie lieber den Feueralarm auslösen würde.

»Was sagen wir denen?«

»Dass wir uns Sorgen um unsere Freundin machen.«

»Um unsere Freundin.«

»Tante?«, fragt Liina. Sie stehen wieder im Fahrstuhl, auf dem Weg nach unten.

Özlem nickt. »Einen Versuch ist es wert.«

Sie gehen zu dem Glaskasten, in dem das Sicherheitspersonal sitzt. Özlem tut, was sie immer tut, vermutlich auch dann, wenn sie allein ist: Autorität ausstrahlen. »Meine Tante, Kaya Erden, öffnet nicht. Ihr Smartcase ist in der Wohnung. Sie antwortet nicht. Ich muss sie dringend sprechen. Sie haben doch sicherlich die Autorisierung, um nach ihr zu sehen?«

Die blonde Frau Anfang zwanzig wirft ihrer Kollegin einen fragenden Blick zu. Diese checkt etwas auf dem Display vor sich, hält es dann der blonden Kollegin hin.

»Sie haben das Smartcase gehört?«

»Ja.«

Die blonde Frau nickt, tippt etwas auf dem Display an, aktiviert ihr Headset. Wartet. Steht auf und sagt: »Ich sehe nach. Bleiben Sie bitte hier.«

»Wir kommen mit.«

»Sie müssen warten.«

»Wir können am Aufzug warten«, sagt Özlem, und Liina nickt, mit großen, unschuldigen Augen, ganz in der Rolle der besorgten Nichte/Großcousine/Irgendjemand. Zu dritt fahren sie wieder rauf. Die Frau vom Sicherheitsdienst geht vor zu Kayas Tür, klingelt, klopft. Ruft an. Tut, was die beiden vor wenigen Minuten getan haben, nur dass sie nicht über einen Feueralarm nachdenken muss. Sie aktiviert ihre Autorisierung, ruft durch die geschlossene Tür, dass sie jetzt reinkommt, öffnet. Özlem läuft im selben Moment los, steht hinter der Frau, als die Tür ganz offensteht.

»Sie bleiben zurück«, sagt die Frau zu Özlem.

»Ich will wissen, was mit ihr ist.«

»Bleiben Sie hier stehen«, wiederholt die Frau und klingt mit einem Mal deutlich autoritärer als zuvor, was sogar Özlem zurückweichen lässt. Liina nähert sich langsam.

»Was ist los? Ist sie da?«, ruft Özlem in die Wohnung.

Es kommt keine Antwort.

»Hallo?« Özlem macht einen Schritt nach vorn, die Stimme der Sicherheitsfrau ist zu hören. Sie spricht nicht mit Özlem.

»Ich komme jetzt rein.« Özlem geht in die Wohnung, Liina folgt ihr. Sie stehen direkt in der offenen Küche, rechts ist der Wohnbereich, links sind Türen, wahrscheinlich Bad und Schlafzimmer. Auf der sauberen Küchentheke stehen eine fast volle gläserne Teekanne, eine halbleere Tasse, eine Schüssel mit Salat, der vor sich hingammelt. Das Smartcase steckt in einer Ladestation. Daneben liegt etwas, das Liina in ihrem Arbeitsumfeld immer häufiger sieht: ein Büchlein für handschriftliche Notizen.

Die Sicherheitsfrau spricht in ihr Headset. Als sie die beiden sieht, signalisiert sie ihnen stehenzubleiben. Erst auf den zweiten Blick sieht Liina, dass jemand in dem Sessel sitzt, vor dem die Frau steht. Ihr Körper verdeckt das meiste, aber Liina sieht einen über die Lehne herabhängenden Arm, ausgestreckte nackte Beine.

»Kaya?« Özlem geht ein paar Schritte weiter, um mehr zu sehen. »Oh Scheiße.« Jetzt bleibt sie stehen.

»Wie oft noch? Bleiben Sie weg«, sagt die Frau. Mit ausgebreiteten Armen kommt sie auf Özlem und Liina zu und schiebt sie aus der Wohnung. »Warten Sie unten. Die Polizei ist unterwegs.«

»Ist sie tot?« Özlems Stimme klingt so gepresst, dass Liina sie fast nicht mehr erkennt. »Warum ist sie tot?«

»Ich weiß es nicht.«

»Sie haben sie doch gesehen! Sagen Sie mir, was Sie gesehen haben!«

»Sie sah ganz friedlich aus.«

»Was für eine Scheiße!« Özlem wirkt, als wollte sie die Frau schlagen. Die Frau wirkt, als sei sie darauf vorbereitet.

»Ganz ruhig, ja?«

»Scheiß auf ganz ruhig, Sie sagen mir jetzt, was da drinnen los war! Ist sie wirklich tot? Haben Sie ihren Puls gecheckt, die Atmung? Sind Sie ganz sicher?«

Die Sicherheitsfrau nickt. Mittlerweile stehen einige Bewohner auf der Treppe und im Flur herum. Manche tippen etwas in ihre Smartcases. Entweder suchen sie nach einem Update, was passiert ist, oder sie posten, dass etwas passiert ist. Die Plattformen, auf denen sie es posten, werden alles, was für Unruhe sorgen könnte, gleich wieder löschen, aber bis dahin werden es andere lesen können.

»Wurde sie ermordet?«

Die Sicherheitsfrau will Özlem in den Aufzug schieben. Sie sieht Liina auffordernd an. Liina verschränkt die Arme und rührt sich nicht vom Fleck. Özlem wiederholt ihre Frage noch einmal sehr viel lauter. Ein Raunen geht durch den Flur.

»Wie kommen Sie darauf?«, fragt die Frau. »Warten Sie auf die Polizei. Als Angehörige erhalten Sie Informationen. Es geht schneller, wenn Sie mir schon mal Ihre ID zeigen.«

Özlem dreht sich um und geht durch die gaffende Schar hindurch die Treppe hinunter. Liina folgt ihr. Blaulicht schneidet durch die Nacht, Sirenen heulen. Sie sprechen erst, als sie das Gebäude verlassen haben und bis zur Frankfurter Straße vorgelaufen sind, wo sie auf die Tram warten, während mehrere Einsatzfahrzeuge der Polizei an ihnen vorbeirasen.

»Das war knapp«, flüstert Özlem. »Hoffentlich kommen die nicht an unsere Daten.« Es ist keinem privaten Sicherheitsdienst erlaubt, Personendaten auszulesen. Nicht einmal die Polizei darf es ohne richterliche Genehmigung. Was aber nicht heißt, dass sich alle daran halten.

Liina checkt, ob der Videoblocker noch eingeschaltet ist. Ihr GPS ist aus, sie löscht trotzdem sämtliche gesammelten Daten der letzten Stunde von ihrem Smartcase. Irgendeine

App sammelt immer, ohne dass man es merkt. Ihre Hände zittern, ihre Atmung geht zu schnell.

Özlem sieht, was Liina tut, und löscht ebenfalls ihre Bewegungsdaten. Es ist nur eine schwache Vorsichtsmaßnahme. Wer es darauf anlegt, kann über den Provider die Bewegungen nachvollziehen. Aber ohne die Daten vom Smartcase wird es immerhin schwerer.

»Scheiße, scheiße, scheiße, was für ein verfickter Dreck. Was ist hier los?« Ein junges Pärchen, das gerade an die Haltestelle kommt, sieht Özlem verstört an. Sie wirft den beiden Jungs einen bösen Blick zu. Sie drehen sich weg, gehen ein paar Schritte zur Seite und flüstern miteinander. Özlem betrachtet Liina genau.

»Das kann kein Zufall sein.« Liina bekommt den Satz kaum heraus, so sehr zittert sie. Vor Erschöpfung, vor Aufregung. Und vor Angst.

»Die Tram kommt gleich. Dann kannst du dich setzen.«

»Es geht schon.« Liina bemüht sich, souverän zu wirken. Es funktioniert nicht.

»Nicht zu übersehen … Hast du Tabletten dabei, oder was nimmst du in so einer Situation?«

»Ich bin selten in so einer Situation«, versucht Liina zu scherzen. Ihr Herz hämmert, sie kommt kaum mit dem Atmen nach. Sie sucht in ihrer Bodybag nach dem Medikament. Das flackernde Blaulicht der Polizeiwagen macht sie schwindelig.

»Hast du KOS nicht an? Du bist doch bestimmt gechipt? Gib mir dein Smartcase.«

Liina protestiert schwach, lässt sich aber das Gerät abnehmen. Özlem startet die App. KOS ist die allgemeine Gesundheits-App, bei Menschen mit chronischen Erkrankungen ist sie mit dem implantierten Chip verbunden, überwacht die Vitaldaten und schlägt Alarm, wenn etwas nicht stimmt. Sofort geht ein Alarm raus.

»Nicht hier«, flüstert Liina. »Wir müssen woandershin.«

»Wie soll das denn gehen?« Özlem legt einen Arm um Liinas Hüfte und hilft ihr auf einen der Haltestellensitze. Das Pärchen glotzt die beiden jetzt unverhohlen an. »Warum hast du die App ausgeschaltet?«

»Ich dachte, das sei heikel …«

»Wenn du jetzt auch noch stirbst, das wäre heikel.«

»Tut mir leid.«

»Gleich kommt ein RTW. Wo sind denn deine Medikamente?«

Liina findet sie nicht, bekommt Panik, weil ihr Herz zu schnell schlägt, woraufhin es nur noch schneller schlägt. »Özlem, wenn die Rettung kommt, fahr nach Hause.«

»Von wegen.«

»Ich komm schon klar.«

»Und ich komm mit ins Krankenhaus.«

Liina merkt, dass sie das Bewusstsein jeden Moment verlieren wird. Sie reicht Özlem ihre Bodybag.

»Nimm es und hau ab«, sagt sie.

Özlem sieht nach, glaubt, sie soll nach Tabletten suchen. Stattdessen findet sie ein kleines Notizbuch und sieht Liina fragend an.

»Von Kaya«, sagt Liina und fällt in ein tiefes Schwarz, noch bevor der Rettungswagen vor ihnen zum Stehen kommt.

Früher

Früher war noch gar nicht lange her, aber es war ein anderes Leben gewesen.

Sie war in Frankfurt geboren, aufgewachsen, zur Schule gegangen, zur Uni gegangen. Alles Wichtige in ihrem Leben war in Frankfurt passiert, von der ersten Liebe über die pubertäre Rebellion hin zur eigenen Wohnung und dem trügerischen Gefühl, erwachsen zu sein und keine Stützräder mehr zu brauchen.

Sie hatte gehofft, studieren würde ihr Möglichkeiten eröffnen, einen Weg durchs Leben zu finden, aber nachdem sie sich halbherzig durch fünf sehr unterschiedliche Fächer probiert hatte, musste sie einsehen, dass es offenbar keines gab, das zu ihr passte. Oder war es umgekehrt und sie passte nirgendwohin? Die Jahre vergingen, und obwohl sie immer wieder etwas Neues anfing, neuen Stoff lernte, neue Menschen traf, wurde sie das Gefühl nicht los, auf der Stelle zu treten.

Auf dem riesigen Main-Campus war ihr ein Politologiestudent aufgefallen. Weil er gut aussah, vor allem aber, weil ihn etwas Düsteres umgab, das sich nur dann zeigte, wenn er sich unbeobachtet glaubte. Von dieser Dunkelheit fühlte sich Liina angezogen. Er hieß Yassin. Sie wurden ein Paar. Liina glaubte, glücklich zu sein und etwas gefunden zu haben, wofür sie sich interessierte: Yassins bedingungsloser Einsatz für eine aufgeklärte Gesellschaft und gegen politisch motivierte Desinformation entfachte ein Feuer in ihr. Als hätte sie genau danach gesucht.

Dann wurde sie eines Morgens wach, fühlte sich schwach und müde. Es wurde nicht besser, nur schlechter. Die Diagnose schien alles auszulöschen, von dem sie sich erhofft hatte, es würde ihr endlich Halt geben. Sie beschloss, Yassin nicht mehr wiederzusehen. Kurz nach der Operation packte sie ihre Sachen und wollte weg. Ihre Mutter packte alles wieder aus.

Ihre Eltern, bei denen sie wohnte, bis sie sich wieder erholen würde, schickten Yassin in den ersten Wochen jeden Tag weg. Dann ließen seine Besuche nach, und schließlich gab er auf. Liina lernte, dass man sich von den wichtigsten Dingen im Leben trennen konnte und es trotzdem weiterging. Man konnte sich das Herz herausschneiden lassen, und trotzdem war es nicht vorbei. Man bekam einfach ein zweites Leben.

Es dauerte über ein Jahr, bis sie stabil genug war, um endlich fortgehen zu können. Zu dem Zeitpunkt war Liina fast vierundzwanzig.

Sie hatte noch nie nennenswert viel Zeit außerhalb von Frankfurt verbracht. Dort gab es alles. Dort lebten zehn Millionen Menschen. Wie alle Kinder war sie mit ihrer Familie schon mal in Berlin gewesen, gebucht hatten sie die Geschichtserlebniswoche »Berlin 2021« für fünf Personen, allerdings mussten sie spontan umbuchen, weil das Kinderprogramm dort ausfiel, und sie bekamen nur noch Zimmer und Touren für

»Berlin 1989«, was ihre Eltern schrecklich langweilte, Liina und ihre Geschwister aber nachhaltig verstörte.

Sie waren mit der Schule an die Nordsee gefahren, um sich anzusehen, wie viel Land das Meer in den vergangenen Jahrzehnten gefressen hatte. Aber die Computermodelle im Klassenzimmer hatten die Kinder nicht auf den kalten Wind vorbereitet, der an Haaren und Kleidung zerrte, nicht auf den Regen, der wie mit kleinen Nadeln ins Gesicht stach, und nicht auf den eisigen Sand, der sich trotz aller Vorsichtsmaßnahmen seinen Weg bis in Socken und Unterhosen zu suchen schien.

Natürlich war sie auch schon in anderen Großstädten gewesen, in Ruhrcity und Hamburg zum Beispiel, beide hatten nur ein Zehntel der Einwohner von Frankfurt, beide hatten ihr nicht gefallen. Reisen ins Ausland waren entweder extrem teuer, oder es war schwierig, ein Visum zu bekommen. Reisen war auch gesellschaftlich kein großes Thema. Den meisten Menschen fehlte die Lust dazu. Es war aufwändig und dauerte lange, und man wusste nie so genau, was einen dort wirklich erwartete. Man bevorzugte die Computersimulationen ferner Länder in den eigenen vier Wänden.

Liina hatte kein Fernweh gekannt in ihrem ersten Leben. In ihrem zweiten wollte sie nur noch weg.

Sie wählte die Gegend, aus der die Familie ihrer Mutter stammte. Nicht aus Sentimentalität, höchstens aus Neugier, vor allem aber, weil so viel dafür sprach.

In Finnland hob sich das Land schneller, als der Meeresspiegel anstieg, man war sicher, egal, wie nah am Wasser man wohnte. Im ganzen Land lebten nicht einmal halb so viele

Menschen wie in Frankfurt. Es gab keine Megacitys. Die Leere zwischen den Ortschaften entspannte sie. Die Art der Finnen – wortkarg, nicht aus der Ruhe zu bringen – machte sie glücklich. Obendrein bekam sie problemlos ein Visum für den fennoskandischen Raum.

Fast hätte man meinen können, es wäre Schicksal gewesen, dass sie im Geburtsort ihrer Urgroßmutter gelandet war. Tampere war eine kleine Stadt mit viel Freiraum, man fühlte sich weder bedrängt noch verloren. Es gab keine Hochhäuser. Das Leben verlief sehr viel langsamer. Man sah der Stadt an, dass sie über die Jahrhunderte gewachsen und nicht in den letzten Jahrzehnten durchgeplant worden war. Liina liebte es. Sie beschloss, für immer zu bleiben.

4

Etwas dreht sich. Es ist schwarz-weiß, oder hell-dunkel. Es dreht sich spiralförmig, und es ist alles, was es gibt. Dann wird es langsam bunt, ganz hinten fließt jede Farbe mit jeder Form zusammen wie in einem Mahlstrom. Sie kennt jemanden im Mahlstrom, wenn sie dort erst einmal ankommt, weiß sie, wer es ist. Ihr ist schwindelig, es ist ein schöner Schwindel, weil sie sich darin ganz gehenlassen kann. Als würde sie im Wasser treiben, schwerelos. Dann verblassen die Farben, die Leichtigkeit verschwindet aus ihrem Körper, der Mahlstrom ist mitten in ihrem Kopf, und sie öffnet die Augen.

Ihr Herz hat versagt. Sie hat versagt, weil sie nicht aufgepasst hat.

Sie schaut in ein grelles Licht. Zwei Sanitäterinnen sind bei ihr, eine nimmt ihr die Beatmungsmaske vom Gesicht, die andere liest die Werte ab, die sie von Liinas Chip empfängt. Den Chip hat Liina im linken Oberarm.

Die Sanitäterin mit der Beatmungsmaske legt eine Hand auf ihren Arm. »Wir fahren in die Dornbuschklinik. Keine Sorge.«

Liina nickt, konzentriert sich auf die Geräusche. Die Reifen auf dem Asphalt. Das diskrete Brummen der Geräte und des Motors. Niemand spricht. Etwas piept. Sie schließt die Augen.

»Bitte lassen Sie die Augen geöffnet, wenn es geht«, sagt die Sanitäterin, die ihren Chip gescannt hat.

Liina gehorcht und registriert die wechselnden Lichter, die außen vorbeiziehen, als würden sie dem Blaulicht wissend zunicken.

»Es tut mir so leid«, sagt Liina.

»Sie hatten gar keine Medikamente dabei.«

»Ich hab zu Hause was eingenommen. Wahrscheinlich hab ich vergessen, sie wieder einzustecken. Es tut mir leid.«

»Nicht entschuldigen, es ist alles in Ordnung. Dafür sind wir da, und bestimmt vergessen Sie sie so schnell nicht wieder«, sagt die Sanitäterin mit dem Scanner. Liina schätzt sie auf Mitte vierzig. Sie hat kurze schwarze Locken, durchzogen von einzelnen weißen Haaren, dunkelbraune Augen und Sommersprossen. Ihre Haut ist fast so dunkel wie die von Liina. Sie bemerkt Liinas Blick und lächelt. »Keine zehn Minuten, dann sind wir da.«

»Zehn?«

»Sie waren eine Weile weg. Nicht schlimm«, schiebt sie eilig nach, weil sie wohl die Panik in Liinas Blick bemerkt. Sie lächelt wieder. »Familie ist auch schon verständigt.«

Liina sieht ihre Bodybag auf dem Boden liegen. Offenbar durfte Özlem nicht mitfahren.

Als Liina wieder die Augen schließt, macht die Frau nur ein ermahnendes Geräusch. »Ich bin wach«, sagt sie. Die Hand der anderen Sanitäterin liegt immer noch auf ihrem Arm, sie spürt den leichten Druck. Notfallkontakt sind ihre Eltern. Sie werden sich Sorgen machen. Özlem wird ihnen irgendetwas Unverfängliches erzählt haben und Liina eine Nachricht schicken, welche Unverfänglichkeit es war.

Die Straßen sind fast leer, um diese Zeit sind nur wenige Fahrräder unterwegs, die Bahnen fahren zwar die Nacht durch, aber die Frequenz ist etwas geringer. Motorisierter Individualverkehr im Sinne von eMobilen oder was man einmal Auto nannte darf nicht ins Stadtgebiet, es sei denn, es handelt sich um Löschfahrzeuge, Rettungs- oder Polizeiwagen. Oder um Politiker.

Die Dornbuschklinik befindet sich in den denkmalgeschützten Räumen eines früheren Seniorenheims, der angrenzende moderne Teil mit den hochtechnisierten Operationssälen, Untersuchungsräumen, Laboratorien und Hörsälen für Studierende hat fünfundzwanzig Ebenen, fünf davon liegen unter der Erde. Der RTW fährt ins Erdgeschoss. Liina wird auf der Trage herausgefahren und in den Aufzug geschoben. Die Sanitäterin mit den schwarzen Locken begleitet sie, die andere verabschiedet sich. Der Fahrer des RTW lässt den Wagen auf die Induktionsfläche rollen, wo er wieder aufgeladen wird.

Im siebten Stock wird Liina von einem medizinisch-technischen Assistenten in Empfang genommen, der noch eine MRT von ihrem Herzen macht und sich ihre aufgezeichneten Kardiodaten der letzten Stunden und Tage ansieht. Liina liegt, wartet, schläft zwischendurch immer wieder ein, soll sich so oder anders hinlegen, hinsetzen, wieder hinlegen, atmen, Luft anhalten, ausatmen, bekommt Flüssigkeiten gespritzt, Blut abgenommen, sie macht die Prozedur widerstandslos mit. Sie kennt das alles schon.

Es ist sehr früher Morgen, als sie auf ihr Zimmer im obersten Stockwerk kommt und ungestört schlafen darf. Gegen Mittag wacht sie von allein auf, steigt vorsichtig aus dem Bett und tappst in das kleine Bad. Als sie von der Toilette kommt, erscheint ein Pfleger, bringt Kartoffeln, Gemüse und Tee. Während sie isst, klopft es an die Tür, und eine Ärztin mit einem »Wir müssen reden«-Blick tritt ein. Dr. Mahjoub.

»Ist es doch etwas Schlimmes?«, fragt Liina.

Dr. Mahjoub schiebt die Hände in die Taschen ihres weißen Kittels. »Ihr Herz arbeitet gut, im Rahmen seiner Möglichkeiten, und diese Möglichkeiten dürfen Sie nicht überstrapazieren. Sie haben in den letzten Tagen zu wenig Ruhephasen eingehalten und ihre Medikamente etwas kreativ eingesetzt.«

Liina verschluckt sich fast bei dieser Formulierung. »Ich habe sie nach Notwendigkeit genommen. Es waren immer Ausnahmesituationen, wenn ich …«

»Das ist ehrlich gesagt egal«, unterbricht Dr. Mahjoub. »Ich habe Ihre Werte analysiert, Sie nehmen zu schnell etwas ein. Sie wissen doch, dass es in bestimmten Situationen auch nichtmedikamentöse Möglichkeiten gibt, Blutdruck und Herzfrequenz zu regulieren. Das sollten Sie öfter tun.«

»Manchmal ergibt sich aber nicht die Gelegenheit …«

Wieder unterbricht die Ärztin. »Sie müssen sich die Zeit dafür nehmen. Sie haben doch wohl nicht vergessen, wie oft Sie schon dem Tod nah waren.«

»Nein«, sagt Liina kleinlaut. Sie beschließt, mitzuspielen, weil es einfacher ist, als zu diskutieren.

»Nehmen Sie es als Warnschuss, und seien Sie froh, dass es kein Infarkt war. Noch nicht.« Sie mustert Liina genauer, scheint jetzt erst festzustellen, wie elend sie aussieht, und wird etwas weicher. »Sehen Sie es doch mal so, Sie sind einfach etwas ganz Besonderes, und deshalb brauchen wir

Sie noch ein paar Jahre. Lebendig.« Ihre Mundwinkel zucken.

Liina lächelt. »Sie wissen, wie Sie Ihre Patientinnen motivieren, was?«

Dr. Mahjoub lächelt zurück. Sie kommt näher, setzt sich auf einen der Besucherstühle. »Mit dem Fötus ist alles in Ordnung.« Sie betrachtet Liina genau, will in ihrem Gesicht lesen.

Liina spürt, was von ihr erwartet wird, wer sie gerade sein soll: die selbstbestimmte junge Frau, die weiß, wie ihr Leben weitergeht. Die sich entschieden hat. Sie hält dem Blick der Ärztin stand und isst weiter.

»Wollen Sie es behalten?«

Sie hat den Mund etwas zu voll zum Antworten und schüttelt den Kopf, hebt eine Hand, um sich Zeit zum Runterschlucken zu verschaffen.

Die Ärztin glaubt, bereits die ganze Antwort zu kennen, und sagt: »Wollen Sie es gleich hier machen lassen? Dann sage ich in der Gynäkologie Bescheid.«

»Ich würde mich gern erst mal erholen«, sagt Liina, nachdem sie runtergeschluckt hat.

»Sie wissen, dass es sich bei Ihnen um eine Risikoschwangerschaft handelt.«

Liina nickt.

»Hatten Sie schon ein Gespräch mit der Gynäkologie?«

»Nein.«

Dr. Mahjoub beugt sich vor und stützt die Unterarme auf ihre Oberschenkel. »Ich muss ehrlich mit Ihnen sein. Es kann Sie umbringen. Eine gesunde Schwangere stirbt heutzutage nicht mehr bei der Geburt. Bei Ihnen ist das Risiko zu sterben allerdings extrem hoch. An Ihrer Stelle würde ich wirklich sehr bald mit unserer Gynäkologie reden, wenn Sie schon hier sind.«

Liina nickt. »Klar.«

Die Ärztin wirkt erleichtert und erhebt sich aus dem Stuhl. »Gut, ich sage denen, sie sollen jemanden bei Ihnen vorbeischicken. Die Entscheidung kann Ihnen letztlich natürlich niemand abnehmen, aber ...« Sie zögert. Offensichtlich würde sie Liina die Entscheidung sehr gern abnehmen, reißt sich aber zusammen. »Sie sollten die Risiken wirklich gut abwägen.«

»Natürlich.«

»Ich begleite Sie bei dem Gespräch, wenn Sie wollen.«

»Vielen Dank. Ich denke aber nicht, dass das nötig ist.«

»Ich an Ihrer Stelle ...«

»Bitte«, fällt Liina ihr ins Wort, und ihr Blick lässt die Ärztin verstummen. Mit einem halbherzigen Lächeln will sie gehen. »Wie lange muss ich noch hierbleiben?«, fragt Liina schnell.

»Von mir aus noch eine Nacht zur Überwachung. Wenn Sie früher gehen müssen, können wir gern darüber reden. Ihre Werte sind gut, und Ihr Chip speichert die Daten zuverlässig. Sie müssen KOS aber immer aktiviert lassen. Warum war es überhaupt aus?«

Liina tut überrascht. »Das muss ein Versehen gewesen sein, ich kann mir das nicht erklären.«

Dr. Mahjoub nickt. Liina sieht, dass sie ihr nicht glaubt. Gerade will sie weiterreden, aber die Ärztin sagt: »Sie können auch einfach nur die Verbindung zum GPS ausschalten. KOS funktioniert auch ohne. Es würde sich dann nur im Notfall selbst wieder mit einem Ortungssystem verbinden. Wäre das eine Option?«

»Es war wirklich ein Versehen«, sagt Liina.

Die Ärztin verabschiedet sich nur knapp und schließt leise die Tür. Dann ist Liina wieder allein mit sich, mit ihren Gedanken. Mit diesem Etwas in ihrem Körper, das sie nie wollte.

5

Sie hat neue Nachrichten. Ihre Eltern waren morgens da, um nach ihr zu sehen, aber man wollte sie nicht wecken. »Melde dich, wenn du wach bist! Wir haben dir was zum Wechseln mitgebracht.« Liina sieht sich um, entdeckt eine Stofftasche neben einem der Besucherstühle, vermutet darin die frische Kleidung. Ihre Schwester Magritt will wissen, ob sie sie besuchen kann. Ethan schickt ihr eine Liste mit Fragen zum Uckermark-Beitrag, die sie noch nachrecherchieren soll. Özlem schreibt: »Wir wollten in das kantonesische Restaurant, aber dann wurde dir schlecht. Wir waren nicht drin. Haben davor gewartet, bis es dir bessergeht. Mehr hab ich nicht erzählt.« Liina löscht die Mitteilung sofort und lässt sich zurück aufs Kissen sinken. Sie schreibt ihren Eltern, dass es ihr gut geht und dass sie spätestens morgen früh nach Hause kommt. Kein Besuch nötig. Das schreibt sie auch Magritt. Ethan erklärt sie knapp, dass ihr etwas dazwischengekommen ist, sie melde sich später. Özlem schreibt sie: »Ist Yassin auch hier?«

Es dauert keine zehn Sekunden, bis die Antwort kommt. »Ja.«

Scheiße. Sie glaubt nicht, dass sie die Disziplin hat, nicht hinzugehen. Seine Frau ist bestimmt bei ihm. Andererseits, sie ist ja nur eine Kollegin. Sie arbeitet nur mit ihm zusammen. Sie kennen sich nur von früher.

Özlem schreibt: »Tu's nicht.«

Liina antwortet nicht.

Seit einer Woche weiß sie, dass sie schwanger ist. Und ihr fällt nur eine Gelegenheit ein, bei der es passiert sein kann. Es gibt nicht viele Möglichkeiten. Yassin lebt mit seiner Frau zusammen, Liina wohnt bei ihren Eltern. Das erste Mal schliefen sie vor einem halben Jahr in seinem Büro miteinander. Es war das erste Mal seit über zehn Jahren. Danach versuchten sie, es nicht wieder so weit kommen zu lassen, was ihnen mal besser (selten), mal schlechter (meistens) gelang. Als Yassin ein Hotelzimmer buchen wollte, damit sie die ganze Nacht miteinander verbringen konnten (seine Frau war nicht in der Stadt), fand sie das so absurd, dass sie noch in der Lobby kehrtmachte. Es blieb beim heimlichen, hastigen Sex in seinem Büro. Sie verlangte nicht von ihm, sich von seiner Frau zu trennen. Sie wollte nie ein Bekenntnis von ihm. Sie spürte aber, wie unglücklich er mit dieser Situation war, für die er selbst keine Lösung wusste.

Es gab diesen einen sehr frühen Morgen im Juni, die Sonne ging gerade erst auf, Yassin hatte sich mit ihr verabredet. Sie öffnete die Tür zu seinem Büro und küsste ihn, als wäre für eine andere Begrüßung keine Zeit. Zwei Minuten später war er in ihr, sie zogen sich nie ganz aus, weil es schnell gehen musste, und dann hörte Liina auf dem Flur Schritte. Die Tür war abgeschlossen. Sie warteten einen Moment, hörten nichts mehr. Sie waren leise, wie immer. Yassin kam, sie nicht. Zunge, Finger, Schwanz?, fragte er, und weil es noch so früh am Morgen war, weil an diesem Tag die meisten der anderen gar nicht ins Büro kommen würden, weil die Schritte nicht mehr zu hören waren und die aufgehende Sonne so klar und warm durch Yassins Fenster schien, wurde es diesmal kein so hastiger, heimlicher Sex, sondern eine lustvoll ausgedehnte Begegnung, fast wie ganz früher, bei der alles zum Einsatz kam – Zunge, Finger, Schwanz. Da er ja schon gekommen war, hatte er sich kein neues Kondom übergezogen. Er ging davon aus, dass schon alles gut gehen würde. Momente, in denen sich jede Vernunft verabschiedet. Liina glaubte auch daran.

Jetzt denkt sie, dass es Özlems Schritte waren, die sie an jenem Morgen gehört hat.

Eine Schwangerschaft abzubrechen ist so unkompliziert wie eine Zahnreinigung. Es genügt, einen Termin zu machen. Beratung ist jederzeit möglich, aber anders als noch zu Beginn des 21. Jahrhunderts wird den Frauen kein schlechtes Gewissen gemacht. Die Durchführung ist nicht strafbar. Wer kein Kind will, muss kein Kind bekommen. Die Entscheidung sollte allerdings in den ersten drei Monaten getroffen werden. Betonung auf »sollte«. Doch kaum eine Frau braucht länger dafür. Die allermeisten Schwangerschaften werden sehr schnell festgestellt, weil fast alle jeden Monat standardisiert Blut und Urin zu Hause mit KOS überprüfen und auswerten lassen. Gibt es Auffälligkeiten, erfährt man es sofort. KOS wertet aus, welche Medikamente zu nehmen sind, und entscheidet, ob man einen Termin beim medizinischen Personal wahrnehmen soll. Vieles, was sich aus Blutbild und anderen gesammelten Daten ablesen lässt, kann durch die rechtzeitige Gabe entsprechender Medikamente oder durch konkrete

Handlungsanweisungen – essen Sie mehr/weniger von diesem/jenem, bewegen Sie sich mehr/weniger, achten Sie auf Ihren Schlaf, trinken Sie mehr Wasser/weniger Kaffee usw. – behoben werden. Deshalb sind die regelmäßigen Kontrollen so wichtig.

Liinas Medikamente werden per Drohne rechtzeitig geliefert, bevor sie ihr ausgehen. Manchmal sind zusätzliche Präparate dabei, weil sie zu wenig auf Vitamine oder Mineralstoffe geachtet hat. Oder eine Handlungsanweisung findet sich via KOS auf ihrem Smartcase, meistens: Achten Sie auf Ihre Ruhephasen. Wegen dieser Mitteilungen schaltet sie KOS manchmal aus und tut so, als würde sie schlafen. Sie weiß, dass sie der Forschung wichtige Daten vorenthält und die Algorithmen betrügt. Liinas Daten sind extrem kostbar. Sie sollte deshalb ein schlechtes Gewissen haben – auch weil sie ihre Gesundheit aufs Spiel setzt.

Sie steht auf, nimmt den Stoffbeutel und geht ins Bad. Als sie zwanzig Minuten später herauskommt, fühlt sie sich wie ein anderer Mensch. Gesund, kräftig, aktiv. Der Pfleger, der ihr Tablett abholt, erkennt sie fast nicht wieder. Sie sagt ihm, sie gehe zur Gynäkologie, um etwas zu besprechen. Er bietet ihr an, sie dort anzumelden, damit sie nicht warten muss. Sie lehnt dankend ab.

Auf dem Weg zum Aufzug versucht sie, sich einen Überblick zu verschaffen. Sie kennt das Krankenhaus zwar besser, als ihr lieb ist, trotzdem hat sie immer wieder Angst, sich in dem Gebäude zu verlieren. Eine große Tafel an der Wand verrät ihr, dass sich die Intensivstation im dritten Stock befindet. Sie glaubt nicht, dass man sie zu ihm lassen wird, aber vielleicht kann sie etwas in Erfahrung bringen. Oder ihn wenigstens aus der Ferne sehen.

Im dritten Stock steigt sie aus und geht suchend den Flur entlang.

»Kann ich Ihnen helfen?«, fragt ein Pfleger. »Die Intensivstation dürfen Sie nur mit Genehmigung betreten.«

»Ich bin hier Patientin«, sagt sie.

»Auf der Intensivstation sicher nicht.«

»Eigentlich suche ich Yassin Schiller. Der liegt doch hier?«

»Nur mit Genehmigung«, sagt der Pfleger und will weitergehen. Sie legt ihm die Hand auf den Arm.

»Bitte«, sagt sie. »Er ist mein Chef. Und ein enger Freund. Ich will nur wissen, wie es ihm geht.« Sie merkt, wie der Pfleger weich wird unter ihrem flehenden Blick, aber er ist Profi, sie müsste schon ganz andere Geschütze auffahren, um ihn umzustimmen.

»Tut mir leid«, sagt er und geht.

Sie muss sich etwas anderes überlegen, beschließt zu warten, bis die Tür wieder aufgeht. Vielleicht kann sie sich reinschleichen.

In den nächsten Minuten kommt nur Personal heraus oder geht hinein. Liina tut so, als sei sie mit ihrem Smartcase beschäftigt, macht sich möglichst unsichtbar. Irgendwann kommen zwei Männer heraus, die nicht so aussehen, als würden sie hier arbeiten. Liina drängt sich an ihnen vorbei durch die offene Tür, und sie unternehmen nicht einmal den Versuch, sie aufzuhalten.

Sie findet ihn gleich, weil Özlem vor dem Raum steht. Sie spricht mit einer Frau, die Liina den Rücken zugewandt hat.

Sie hat kurzes blondes Haar, nickt immer mal, presst sich beide Hände ans Gesicht, wie jemand, der versucht, nicht zu weinen. Özlem sieht Liina und gerät ins Stocken, fängt sich aber schnell wieder und redet eindringlich weiter.

Liina sieht durch die Glasscheibe in den Raum. Yassin ist so gut wie nicht zu erkennen. Er ist an Geräte angeschlossen, sein Kopf ist verbunden, das Gesicht verschwindet unter einer Atemmaske. Sie erkennt, wie sich sein Brustkorb unter der Decke hebt und senkt, so regelmäßig wie eine Maschine. Das ist nicht Yassin, schießt es ihr durch den Kopf. Yassin ist nicht in diesem Raum, in diesem Körper.

Sie hört, wie Özlem sich räuspert, und dreht sich um. Die Frau dreht sich ebenfalls um, sieht Liina, erstarrt.

»Ich komme gleich«, ruft Özlem Liina zu und klingt etwas überspannt, gar nicht wie sonst. »Willst du vielleicht draußen auf mich warten?«

Liina weiß erst nicht, wie sie reagieren soll, nickt dann aber und geht zurück zur Tür, die die Intensivstation vom Rest der Welt trennt, als die Frau auf sie zugestürmt kommt und sie am Arm zurückreißt. Liina stürzt fast durch den heftigen Schwung, mit dem sie herumgeschleudert wird. Die Frau packt sie mit der linken Hand am Hals und schreit sie an. Was hast du mit meinem Mann gemacht, Schlampe, Miststück, und so weiter. Liina wird schwindelig, sie versucht, sich zu befreien, aber je heftiger sie sich zur Wehr setzt, desto stärker wird der Griff an ihrem Hals. Özlem will die beiden trennen, bekommt einen Schlag auf die Nase, fängt sofort an zu bluten. Liina keucht, winselt, spürt als Nächstes das Knie der Frau im Magen. Sie sackt zusammen, kippt mit dem Oberkörper nach vorn, stützt sich mit den Händen ab und kotzt auf den Boden. Wieder wird alles um sie herum schwarz.

»Blutet sie?«, hört Liina einen Mann sagen.
»Was ist mit dem Kind?« Ein anderer Mann.
Gekreische, von der Frau, die sie angegriffen hat. Yassins Frau.
»Was für ein Kind?« Das klingt wie Özlem, aber jetzt rauscht es in Liinas Ohren. Und egal, wie sehr sie sich anstrengt, sie kann den Blick nicht scharf stellen, alles bleibt verschwommen. Sie macht die Augen zu, konzentriert sich auf das Rauschen, will, dass es das Geschrei der Frau überdeckt. Sie liegt offenbar auf einer Trage, man bringt sie weg. Das Gekeife wird leiser. Gemurmel und Schritte. Andere Raumumgebung, Aufzug. Menschen um sie herum atmen, schweigen. Dann wieder Flur, Schritte, Gemurmel. Sie merkt, dass sie in ein Bett gelegt wird, öffnet die Augen, scheint in ihrem Zimmer zu sein. Zwei Männer sind bei ihr.
»Wir machen einen Ultraschall vom Unterbauch«, erklärt der eine. Liina schließt die Augen, atmet ruhig, hört auf ihren Herzschlag. Sie spürt das kalte Gerät auf ihrem nackten Bauch. Minuten vergehen, ohne dass gesprochen wird. Liina stellt überrascht fest, dass sie Angst davor hat, dass dem, was in ihr wächst, etwas passiert sein könnte. Ihr Kiefer ist verspannt, Bauch, Arme, Beine völlig verkrampft. Sie zwingt sich zu entspannen.
»Sieht völlig okay aus«, sagt einer der Männer. »Wir nehmen Ihnen noch Blut ab, und dann warten wir. Wenn in den

nächsten Stunden keine Schmerzen und keine Blutungen auftreten, sind wir safe.«

Liina nickt mit geschlossenen Augen, lässt zu, dass man ihr in den Finger sticht, um an ihr Blut zu kommen.

»Oder wollen Sie es gar nicht?«

»Muss ich das jetzt entscheiden?« Sie klingt genervter, als sie klingen will.

»Nein, aber hier ist ein Vermerk, dass Sie vorhatten, die Gynäkologie aufzusuchen, um über einen Abbruch zu sprechen.«

»Ich schlaf jetzt«, sagt sie, wartet darauf, dass die Schritte der Männer sich entfernen, darauf, dass die Tür sich schließt.

Sie will das Kind nicht. Sie wollte nie Kinder. Eine Schwangerschaft ist für sie gefährlich, eine Geburt kann tödlich enden.

Nach einer Gefahr für ihr Kind hat sie sich noch gar nicht erkundigt. Die medizinische Betreuung ist in allen Bereichen so hochentwickelt, dass sie gar nicht daran gedacht hat. Die Kindersterblichkeit liegt gerade mal im Promillebereich. Seit vor nicht ganz zwei Jahrzehnten die Antibiotikaforschung ihren Durchbruch gegen die multiresistenten Keime hatte, geht es massiv bergauf. Das Massensterben in Europa konnte gestoppt werden. Wirksame Krebsmedikamente wurden entwickelt. Die Abstoßungsprobleme bei Transplantationen sind deutlich geringer geworden. Liinas Operationen wären ohne diese Entwicklung niemals möglich gewesen.

Und nun soll sie ihr gutes, zufriedenes, mehrmals gerettetes Leben riskieren für ein Kind, das sie nicht will? Sie kann nicht verlangen, dass Yassin sein bisheriges Leben für sie aufgibt, dafür ist das Risiko zu hoch, dass sie bei der Geburt stirbt. Und falls nicht, was soll sie mit einem Kind anfangen? Ihre Eltern würden sich vielleicht freuen und es aufziehen. Oder ihre Schwester, sie hat schon drei Kinder. Notlösungen gab es. Nur: Warum sollte sie dieses Kind wollen?

Aber wenn Yassin stirbt und das Kind das Einzige ist, was von ihm auf dieser Welt bleiben würde, dann muss sie es bekommen.

Yassin

Bei einer Demo gegen die Verstaatlichung der Medienanstalten hatte sie ihn schließlich angesprochen. Der Student der Politikwissenschaften Yassin Schiller war, wie sich herausstellte, einer der Organisatoren. Sie hatte gerade beschlossen, sich im nächsten Studienjahr für Computerlinguistik einzuschreiben und die Stadtplanung fallenzulassen, aber ausgerechnet für Stadtplanung interessierte er sich. »Du kannst die Zukunft mitgestalten, warum machst du damit nicht weiter?«

Tatsächlich war sie nur wegen ihm auf diese Demo geraten. Ihre Freundin Simona wollte unbedingt hingehen, sich die Kundgebung und die anschließenden Podiumsdiskussionen ansehen. Liina hatte genau darauf keine Lust, aber dann mitbekommen, dass Yassin dort sein würde. Deshalb ging sie mit. Simona verlor sich in Diskussionen mit anderen Demonstrierenden, und Liina sorgte dafür, dass Yassin irgendwann wie zufällig neben ihr stand.

Sie bekam von ihm, was sie wollte: Die Nacht verbrachten sie zusammen, die folgenden Tage und Nächte auch. Sie rechnete nicht damit, sich ernsthaft in ihn zu verlieben. Normalerweise wäre sie auf Abstand gegangen, hätte alles vage gehalten, aber diesmal verspürte sie keinerlei Bedürfnis, mehr Zeit für sich zu haben, im Gegenteil. Und dass er ihre Gefühle erwiderte, daran ließ er sie keinen Tag zweifeln.

Es war seine Idee, Liina für brisante Beiträge des Unifunks einzusetzen. Er war der Überzeugung, dass darin ihre Stärke lag: Menschen zum Reden zu bringen und Zusammenhänge zu erkennen. Der Unifunk war kein jugendlicher Entertainment-Channel für partybegeisterte Studierende, sondern ein hochpolitisches Instrument des AStA mit sechsstelliger Reichweite im Netz und Relevanz für andere Channels, schließlich handelte es sich bei der Frankfurter Uni um die größte Europas. Yassin war damals schon mit Özlem befreundet, und sie waren gerade im Begriff, Gallus zu gründen.

»Wir müssen es jetzt tun. Wer weiß, wie lange unabhängiger Journalismus noch erlaubt ist«, sagte Özlem.

In Liinas Wahrnehmung waren die öffentlich-rechtlichen Anstalten längst so eingeschüchtert von der Regierung, dass die Umwandlung zum Staatsfunk nur eine Formsache war. Was sollte eine Agentur bringen, die Fakten präsentierte? Das Interesse an Fakten war tot. Aber sie ließ sich darauf ein. Weil Yassin an sie glaubte. Zum ersten Mal im Leben hatte sie den Eindruck, etwas zu tun, was ihr wirklich lag.

Für Yassin sprach sie mit Unternehmensvorständen und Krankenhausleiterinnen, Bauarbeitern und Gefängnisärztinnen, je nachdem, welche Geschichte gerade an der Reihe war. Sie besorgte Daten und Fakten, filmte und fotografierte heimlich, und Yassin machte daraus Beiträge, die mit der Zeit immer mehr an Sprengkraft gewannen. Die Agentur Gallus erlangte unzweifelhafte Bedeutung in der journalistischen Szene und erhielt genügend Sponsoring aus dem In- und Ausland, um zu wachsen und sich immer weiter zu professionalisieren. Liina musste einsehen, dass ihre anfängliche Haltung offenbar zu pessimistisch gewesen war: Man konnte doch etwas tun und die Menschen erreichen.

Dann erhielt sie die Nachricht, dass sie krank war.

Sie überlegte noch, wie sie es ihm sagen sollte. Yassin liebte sie, und sie liebte ihn. Sie hatten keine konkreten gemeinsamen Pläne, aber Liina wusste, was er sich im Leben wünschte: sich voll und ganz auf seine Arbeit konzentrieren zu können, um etwas zu bewegen, eine feste Partnerschaft, Kinder.

Bis vor wenigen Stunden hatte Liina geglaubt, die richtige Partnerin für ihn zu sein. Sie wusste, dass er alles stehen- und liegenlassen würde, um für sie da zu sein, auch über einen langen Zeitraum, wenn es sein musste. Daran zweifelte sie keine Sekunde. Aber der Gedanke, dass er wegen ihr seine Ziele aufgab, war ihr unerträglich.

Liina wusste, dass es nur eine anständige Option für sie gab: Sie musste ihn gehen lassen, indem sie ging.

Sie saßen im Rebstockpark. Obwohl das Viertel bevorzugt für junge Familien und Senioren reserviert war, hatte er eine Wohnung in der Nähe, weil seine Mutter gute Beziehungen zur Stadtpolitik hatte. Sie sahen auf den Teich mit den Schwänen und Enten, ein riesiger Schwarm grüner Papageien flog kreischend auf die andere Uferseite, und Liina machte Schluss. Gib mir Zeit, ich muss mich um mich kümmern, nein du hast nichts falsch gemacht, ich brauche Abstand. Sie sagte nichts, womit sich irgendjemand hätte zufriedengeben können, aber sie schaffte es nicht, ihm die Wahrheit zu sagen. Sie ließ ihn zitternd und mit Tränen in den Augen zurück und stieg in die nächste Bahn nach Hause. Er würde noch wochenlang versuchen, mit ihr zu reden. Bis heute weiß sie nicht, warum er von einem Tag auf den anderen aufgab.

6

»Das ist nicht dein Ernst«, sagt Özlem, als sie in Liinas Krankenzimmer kommt.

»Danke der Nachfrage, es geht mir gut«, sagt Liina gereizt.

Özlem sieht nicht so aus, als habe sie vor, sich für ihren Ton zu entschuldigen. »Warum hast du mir nichts gesagt?«

»Özlem, ich glaube nicht, dass ich in irgendeiner Weise verpflichtet bin, dich zu informieren.« Liina zieht ihre Decke ein wenig höher, obwohl ihr eigentlich zu warm ist. Sie liegt bis auf die Schuhe vollständig angezogen im Bett.

»Ich dachte, wir hätten so etwas wie ein Vertrauensverhältnis«, sagt Özlem steif. Dann sieht sie sich um, hebt anerkennend eine Augenbraue. »Schönes Zimmer. Und ganz für dich allein.«

»Ich bin Spezialpatientin.«

»Die feine Dame.«

»Ha, ha, lustig.« Liina atmet durch. »Hast du dir das Notizbuch angeschaut?«

Özlem nickt, kommt näher und setzt sich auf einen der Besucherstühle. Sie zieht den Tisch näher heran und legt das Büchlein darauf. »Letzter Eintrag, irgendwas mit Yassin und einem Kringel, Datum von gestern, Pfeile und Durchgestrichenes, und irgendwas mit Armdt oder Anndt, Arndt vielleicht? Und noch ein Kringel. Ziemliches Geschmier, du kannst ja mal versuchen, es zu lesen.« Sie wirft Liina das Büchlein aufs

Bett. »Theresa kocht vor Wut, kannst du dir ja denken. Die Pfleger mussten sie rausbringen, damit sie nicht versucht, Yassin umzubringen.«

»Woher weiß sie Bescheid?«

»Keine Ahnung. Ich hab nichts gesagt. Aber ich hab dir auch gesagt, dass sie nicht blöd ist.«

Bis gerade eben hat Liina den Namen von Yassins Frau verdrängt. Natürlich kennt sie ihn, aber hätte Özlem sie gefragt, sie hätte ihn ihr nicht sofort nennen können. Theresa, die er drei oder vier Jahre nach ihrer Trennung kennenlernte, ironischerweise ist sie Architektin und arbeitet seit Jahren in der Stadtplanung. Sie ist etwas älter als er, so wie Liina, und verkörpert offenbar das, was er in ihr hatte sehen wollen. Jedenfalls anfangs, jetzt wohl nicht mehr. Sie hat ihn nie gefragt, warum die beiden keine Kinder haben.

»Das heißt Arendt«, sagt Liina und zeigt auf die handgeschriebene Notiz.

Özlem zuckt die Schultern.

»Arendt?«, wiederholt Liina. »Na?«

Sie zögert, schüttelt den Kopf. »Gesundheitsministerium? Meinst du?«

»Fällt dir sonst noch jemand ein?«

Özlem lässt sich Zeit. Sie geht ans Fenster, es zeigt nach Süden. Die Sonne wird von den getönten Scheiben gedämpft. Von der Hitze, die draußen herrscht, ist im Krankenhaus nichts zu spüren. Das Klimaanlagenverbot gilt hier nicht. »Er hat keinen Ton gesagt. Zu dir?«

»Ich weiß nun wirklich überhaupt nichts.« Liina versinkt in Gedanken. Das Gespräch, das zum Streit geführt hat, die

Unterhaltungen an den Tagen davor. Ging es dabei irgendwann einmal um das Gesundheitsministerium? Um Ministerin Arendt?

Özlem reißt sie zurück in die Gegenwart. »Was? Was denkst du gerade? Dir ist doch noch was eingefallen.«

»Moment.« Sie hebt einen Finger, denkt angestrengt weiter nach.

Sie kam in sein Büro, er wollte mit ihr reden. Geht es los?, fragte sie, freute sich. Du fährst morgen in die Uckermark, Infos hab ich dir geschickt, du brauchst heute den Tag als Vorbereitung, und das Material schickst du an Ethan, er macht den Beitrag, okay? Sie sah sich auf ihrem Smartcase an, worum es ging: Schakale, tote Frau, verletzter Mann. Und wurde laut. Er ließ es über sich ergehen, und in sachlichem Ton, aber ebenfalls laut, verkündete er, dass er seine Gründe habe. Kryptisch und vage, wie alles, was er vorher darüber gesagt hatte.

»Ich kenne Arendt«, sagt Liina. »Ich war mit ihr in einer Klasse, seit der Grundschule. Sie war meine Freundin.«

»Ach. Das wusste ich gar nicht.«

»Wir haben seit über zehn Jahren keinen Kontakt mehr.« Liina blättert in dem Büchlein, findet aber nichts mehr, was auf Yassin oder Simona Arendt hinweist. »Warum wollte er mich nicht dabeihaben, wenn ich sie kenne?«

»Vielleicht deshalb«, sagt Özlem.

»Ja, vielleicht.« Sie überlegt. Yassin und Simona konnten sich nie sonderlich gut leiden, deshalb kam es selten zu gemeinsamen Treffen, man lief sich auf Partys oder Veranstaltungen über den Weg. Yassin würde aber nicht vergessen haben, wer Simona war und heute ist. Hat er vorgehabt, eine

Geschichte im Gesundheitsministerium zu recherchieren? Dachte er, es wäre zu auffällig, wenn Liina Simona nach so vielen Jahren wiederbegegnete und anfing, Fragen zu stellen?

Hatte er geahnt, dass es lebensgefährlich werden würde, und sie rechtzeitig aus der Schusslinie genommen?

Aber wenn er das geahnt hätte, hätte er sich selbst besser geschützt. Was stimmte hier nicht?

»Ich verstehe es nicht«, sagt Liina schließlich. »Welche Story gibt es denn gerade zum Thema?«

»Keine wirkliche.« Özlem ist zögerlich. »Chip-Implantatpflicht für alle, kein großer Aufreger, aber das aktuellste Thema, das sie im Ministerium haben.«

»Er hätte doch bestimmt etwas gesagt, wenn er vorgehabt hätte, in diese Richtung zu arbeiten?«, gibt Liina zu bedenken. »Gibt es irgendwas vermeintlich Unscheinbares am Rande, das von den großen Themen verdeckt wird?«

Özlem dreht sich wieder zu ihr um, lehnt sich an die Fensterbank, verschränkt die Arme. »Was, wenn er gar nicht auf eine Meldung aus dem Ministerium reagiert hat, sondern wie in guten alten Zeiten auf eigene Faust ermittelt?«

In guten alten Zeiten, als sie noch investigativen Journalismus betrieben haben. Damit ist die Agentur von Özlem und Yassin gestartet. Sie deckten Skandale und Intrigen auf. Jetzt demaskieren sie in erster Linie Fake News, die von der Regierung verbreitet werden. Reagieren statt agieren.

Die privaten Spenden, die für die Arbeit von Gallus meist anonym reinkommen, reichen fast nicht mehr, um die Finanzierung aufrechtzuerhalten. Trotzdem wollen Özlem und Yassin noch nicht aufgeben. Möglich, dass gerade deshalb Yassin auf der Suche nach einer ganz großen Geschichte war.

»Gesundheitsdaten«, sagt Liina. »Die werden von uns allen gesammelt.«

»Das ist nichts Neues, und wenn du darauf hinauswillst, dass sich dabei nicht an die Datenschutzrichtlinien gehalten wird, vergiss es. Das interessiert niemanden.«

»Na ja, aber wenn die Leute erst mal verstehen, welche Auswirkungen das haben kann ...«

»Es gab Gerüchte, dass die Daten von der Regierung an private Forschungseinrichtungen ins Ausland verkauft werden, aber da hat niemand auch nur gezuckt. Niemand. Glaub mir. Kannst du dich an die Aktion erinnern, bei der Krankenakten von Leuten an Hochhauswände projiziert wurden, um zu zeigen, was da alles gesammelt und wie es verarbeitet wird? Welche Konsequenzen es haben kann?«

Liina schüttelt den Kopf. »Wann war das?«

»Vor zwei, drei Jahren?«

»Da war ich noch in Finnland.«

Özlem lehnt sich zurück, rutscht auf dem Stuhl zurecht. »Das waren Studierende, sie haben sich mit unserer Hilfe in das Gesundheitssystem gehackt – aber das ist jetzt nicht offiziell. Unser Name fiel zu keinem Zeitpunkt. Jedenfalls haben sie exemplarisch ein paar Akten herausgesucht, die zeigen sollten, dass sich Wohnungs- und Jobvergabe auf die Krankendaten stützt und deshalb bestimmte Menschen diskriminiert werden. Es gab auch da so gut wie keine Reaktionen.«

»Also lässt sich kein Skandal vermuten.«

»Ich weiß nicht, wie Yassin das sieht, aber soweit ich das beurteilen kann, gibt es da nichts zu holen. Vielleicht heißt es doch nicht Arendt, sondern irgendwas anderes.«

Liina wirft Özlem das Büchlein zu. Es fällt zu Boden, Özlem hebt es auf. Seufzend blättert sie darin herum, sieht sich wieder die letzte beschriebene Seite an. »Du hast recht, es heißt Arendt. Aber wir können beide danebenliegen. Vielleicht gibt es eine andere Person mit diesem Namen.«

»Kann seine Frau etwas wissen?«

»Nein.« Die Antwort kommt so schnell, dass Liina hellhörig wird.

»Nein?«

»Kann ich mir nicht vorstellen.«

»Die Möglichkeit besteht doch.«

Özlem sagt nichts.

»Du musst mit ihr reden, wir kommen sonst nicht weiter.« Als Özlem immer noch nicht antwortet und stur aus dem Fenster sieht, spricht Liina weiter. »Hast du was Neues über Kaya Erden gehört?«

Sie erntet einen misstrauischen Blick von Özlem, die offenbar darüber nachdenkt, ob der Themenwechsel eine Falle sein könnte. Endlich antwortet sie: »Nach allem, was ich von meinen Quellen zusammengesammelt habe, ist sie etwa zur selben Zeit gestorben, zu der Yassin vor den Zug gestoßen wurde.«

Es ergibt alles keinen Sinn. Yassin hatte noch gar nicht richtig mit seiner Recherche angefangen. Und wer hätte wissen können, wen er angeheuert hatte? Es sei denn, er war schon länger an etwas dran gewesen und hatte, ohne es zu bemerken, Staub aufgewirbelt, Spuren hinterlassen. In dem Fall müsste es Material geben ...

»Hast du dir seine Cloud angesehen? Ist da irgendwas drin?«, fragt sie Özlem.

»Verschlüsselt. Wir kommen nicht ran, aber ich habe jemanden damit beauftragt. Kann allerdings noch dauern, bis wir Zugang bekommen.«

Es klopft an der Tür, ein Pfleger kommt herein. »Frau Järvinen«, er hält inne, als er sieht, dass sie nicht allein ist.

»Schon in Ordnung«, sagt Liina.

Er tritt nah an ihr Bett heran und spricht gedämpft. »Ihre Werte sind unauffällig, sieht aus, als wäre alles in Ordnung.« Diskret deutet er mit seinem Blick auf ihren Unterbauch.

»Das heißt, ich kann mich selbst entlassen?«

»Wir empfehlen, noch eine Nacht zu bleiben, aber es ist eine Empfehlung. Wenn Sie wirklich heute schon gehen wollen, müssen Sie KOS eingeschaltet lassen und uns direkten Zugriff auf die Daten erlauben, nicht erst im Notfall.« Er hebt sogar mahnend den Zeigefinger. »Sonst verlieren Sie den Versicherungsschutz, soll ich Ihnen von Dr. Mahjoub ausrichten.«

»Mach ich.« Liina schlägt die Decke zurück. »Wie schalte ich Sie frei?«

»Dafür müssten Sie nur ...« Er deutet auf ihr Smartcase. »Könnten Sie das entsprechende Dialogfeld in KOS ...? Ich zeig es Ihnen.« Sie reicht ihm das Smartcase, er wischt und klickt mit geübter Hand darauf herum und zeigt ihr, wo sie bestätigen muss. Liina nimmt das Gerät, erlaubt der Gesichtserkennung, sie zu scannen, hat damit die Datenfreigabe an das Krankenhaus bestätigt.

»Na dann.« Sie klettert vorsichtig aus dem Bett. »Vielen Dank, und hoffentlich bis nicht allzu bald.«

Der Pfleger lacht und verabschiedet sich.

Liina zieht ihr Oberteil und die Shorts zurecht, nimmt die Stofftasche mit ihrer Kleidung vom Vortag.

»Du gehst jetzt echt?«, fragt Özlem.

»Warum nicht? Du hast ihn gehört.«

»Ehrlich gesagt, ich dachte, wenn du schon mal hier bist, lässt du es gleich wegmachen.«

Liina öffnet die Tür zum Bad, um nachzusehen, ob dort noch etwas von ihr ist.

»Hallo? Ich rede mit dir?«

Sie antwortet nicht, schließt die Badezimmertür, legt die Bodybag um, steckt ihr Smartcase ein.

»Du bist verrückt.«

»Kann gut sein. Die Ärztin hat mir gesagt, dass ich die Geburt ziemlich sicher nicht überlebe.« Sie wagt es nicht, Özlem ins Gesicht zu sehen, als sie herauskommt. »Und jetzt beruhig dich wieder. Es ist noch Zeit. Ich muss das nicht heute entscheiden.«

»Warum tust du dir das an? Je früher es wegkommt, desto besser für deinen Körper.« Als Liina nicht reagiert, sagt sie: »Du kannst es nicht wirklich wollen.«

»Bis gestern war das so.«

»Aha. Und was ist jetzt anders?«

»Yassin.«

Özlem versteht sie nicht. »Okay, der Trend geht wieder zur biologischen Familie, aber glaubst du wirklich, dass du das hinbekommst? Du bist nicht gerade der Muttertyp.«

Liina wühlt schon die ganze Zeit in ihrer Bodybag, tut so, als würde sie etwas suchen, oder nachsehen, ob alles drin ist. Natürlich ist alles drin. Aber es lenkt sie ab. Es drückt die Tränen weg. Sie wendet Özlem den Rücken zu. »Was ist, wenn er stirbt?«, sagt sie so sachlich, wie sie es hinbekommt.

»Wäre das nicht noch ein Grund, es wegmachen zu lassen?«

»Eben nicht!«

»Das ist jetzt sehr biologistisch gedacht.«

»Özlem!«, ruft sie und schlägt mit der Hand gegen die Wand. »Sei endlich still!«

Özlem hebt erstaunt die Augenbrauen. »Hormone«, sagt sie nur.

Liina schämt sich für ihren Ausbruch. »Entschuldigung. Ich kann gerade gar nichts entscheiden. Okay? Ich ...« Sie weiß nicht mehr weiter. »Ich geh jetzt. Ethan wartet auf Input. Ich hab zu tun.«

Sie sitzt in der Sprinterbahn, die sie nonstop nach Norden bringt. Zwanzig Minuten wird sie unterwegs sein. Als Kind hat es selbst auf der Schnellstrecke länger gedauert, und die Züge fuhren nicht so häufig. Sie waren überfüllt, besonders seit dem Verbot des Individualverkehrs in der Innenstadt, das später auf das gesamte Stadtgebiet ausgeweitet wurde. Heute fährt ständig eine Bahn, und selbst wenn viele Menschen unterwegs sind, sind die Wagen nie überfüllt. Sie erinnert sich an die kalte Luft der Klimaanlage im Sommer und die trockene Heizungsluft im Winter. Moderne Anlagen setzen auf natürliche Lüftung und erzeugen dabei kein CO_2 und auch sonst keine klimaschädlichen Gase. Dadurch wird es nicht so kühl in Gebäuden und Zügen, aber die Leute haben sich daran gewöhnt. Fächer und Sonnenschirme sind nicht mehr nur modisches Accessoire, sondern gehören dazu, wie einst Schal und Handschuhe im Winter.

Liina sieht einen Mann mit zwei Kindern ein paar Reihen weiter vorn. Sie schätzt die Kinder auf etwa zwei und fünf. Man sieht selten Kinder um diese Zeit, normalerweise sind sie in der Ganztagsbetreuung. Liina beobachtet die beiden Kleinen, wie sie miteinander umgehen, wie sie mit ihrem Vater – falls der Mann der Vater ist – interagieren. Sie scheinen ein Spiel zu spielen, etwas mit Farben. Vielleicht ist es »Ich sehe was, was du nicht siehst«, ganz sicher ist sie sich nicht. Liina versucht, sich vorzustellen, wie sie mit einem Kind ein Spiel spielt. Mit ihrem Kind. Sie schafft es nicht, der Gedanke ist ihr zu fremd.

Die Bahn rauscht durch Butzbach, und weil Magritt hier wohnt, denkt Liina an die Kinder ihrer Schwester. Es sind drei Jungs, Magritt hat sie im Abstand von jeweils zwei Jahren bekommen und bei der Befruchtung darauf geachtet, dass die Geburtstage nicht zu nah beieinander liegen. Liinas Neffen sind jetzt sechs, acht und zehn. Sie hat alle drei Geburten verpasst und kennt die Kinder in der Hauptsache von Fotos, Videos und Sprachnachrichten. Wenn sie ehrlich ist, hat sie sich nie sonderlich für sie interessiert. Sie wartet immer noch auf den Tag, an dem ihr Interesse an ihnen erwacht.

Und doch will sie ernsthaft ein Kind zur Welt bringen?

Sie bekommt beim Anblick von Babys keine zärtlichen Gefühle. Sie verspürt keine Sehnsucht, wenn ein lachendes Kleinkind ihr gegenübersitzt. Sie versteht die kleinen Wesen nicht. Es ist, als kämen sie von einem anderen Planeten.

Und doch will sie ernsthaft ein Kind zur Welt bringen?

Kurz bevor die Bahn in den Lahnstädter Ostbahnhof einfährt und sie in die Tram wechselt, bestellt sie eine Portion Pasta vor. Sie trifft zeitgleich mit ihr in der Wohnung ein. Ihre Eltern sind nicht da. Es ist Nachmittag, bestimmt kommen sie wie üblich abends nach Hause, sie halten sich gern an das Tagschichtschema aus dem Industriezeitalter. Sie schickt ihnen eine Sprachnachricht, dass sie wieder da ist und es ihr gut geht. Die Pasta stellt sie auf die Küchentheke. Sie holt ihren Rechner, geht Ethans Fragen zur Recherche durch, sucht Informationen zusammen. Ethan will wissen: Wie lautet der Name der toten Frau? Was sagt die zuständige Rechtsmedizin? Ist ein Interview mit den Sanitätern, die vor Ort waren, möglich?

Dabei hat sie ihm schon gesagt, dass sie mit diesen Informationen nicht weitergekommen ist. Er will die Sache aber offensichtlich doch größer haben, als sie ist. Liina beschließt, ihn anzurufen. Einerseits klingt es nach genau der Sorte langweiliger Arbeit, die sie von den Gedanken an Yassin und dem, was in ihr wächst, ablenkt, zumindest für eine Weile. Andererseits hat sie immer noch keine Lust auf diese Farce mit den Schakalen.

Ethan meldet sich und sagt: »Ja ich weiß. Aber ich gebe dir nur weiter, was ich an Notizen von Yassin zu dem Thema hier habe. Apropos, du warst doch auch im Krankenhaus? Wie geht's dir?«

»Warum weiß das jetzt wieder jeder?«

»Özlem meinte, du hättest zum Sicherheitscheck gemusst. Ich war quengelig, weil du noch nicht geantwortet hattest. Ist alles okay?«

»Ja, bestens. KOS hat nur verrückt gespielt.«

»Ah, verstehe, und dann kommt gleich jemand angerannt. Eigentlich nicht schlecht, in bestimmten Fällen ...«

»Jetzt fängst du auch noch an.«

Ethan lacht. »Ich bin ein großer Fan unseres Gesundheitssystems! Die Ministerin ist eine verlogene Bitch, genau wie alle anderen, aber grundsätzlich finde ich unsere Versorgung top.«

Er hat recht. Mit allem. Es ist ein Dilemma.

»Also, danke der Nachfrage, wie gesagt, mir geht es prima. Es hat nur alles ewig gedauert. Was Neues von Yassin?«

»Özlem wollte ihn besuchen, aber keine Chance, sie lassen sie nicht zu ihm. Sie hat mit seiner Frau gesprochen. Er ist eh nicht ansprechbar. Künstliches Koma, glaube ich.« So wie er erzählt, hat er nicht die leiseste Ahnung, dass Liina im selben Krankenhaus war und längst mit Özlem gesprochen hat.

»Dann drücken wir ihm weiter die Daumen. Armer Kerl. Hoffentlich schafft er's.« Sie bekommt es hin, so zu klingen, als sei Yassin ein Kollege wie jeder andere. »Gut, ich hör mich mal bei der Rechtsmedizin um. Potsdam oder Rostock?«

Ethan stößt lange und hörbar Luft aus. »Zuständig sein müsste Rostock. Berlin macht nur Berlin, Potsdam hat seit der Gebietsreform ziemlich viel im Süden und Westen dazubekommen ... Doch, Rostock. Probier's da zuerst.«

Sie will die Sache schnell abschließen. Also ruft sie beim Institut für Rechtsmedizin in Rostock an, gibt sich wieder als Zoologin aus, nennt die eigens dafür angelegte Homepage, um ihrem Gegenüber auf die Schnelle Kompetenz vorheucheln zu können, und erfährt etwas, das ihr gar nicht passt.

»Eine Frauenleiche mit Bisswunden?«, fragt die Stimme am anderen Ende der Leitung. Die Person hat sich mit keinem Namen gemeldet, nur mit der Abteilung.

»Angeblich Schakalbisse, hilft Ihnen das weiter?«

Die Stimme lacht. »Schakalbisse hatten wir hier noch nie. Wann soll das gewesen sein?«

»Vor drei Tagen.«

»Und die Leiche ist schon bei uns?«

»Die ist angeblich sofort in die Rechtsmedizin gebracht worden. Sie sind doch auch für den Bezirk Prenzlau und Uckermark zuständig?«

»Ja. Hm. Aber da kam nichts.«

»Meinen Sie, keine Schakalbisse?«

»Exakt.«

»Ach. Na, dann danke ich Ihnen schon mal sehr für Ihre ...«

»Aber wenn Sie mich eher allgemein nach Tierbissen fragen, von dort kriegen wir öfter mal welche.«

»Bitte was?«

»Tote, die übel von Tieren gebissen wurden. Fragen Sie mich jetzt nicht nach Details, das müsste ich nachsehen. Vermutlich Wölfe oder Hunde. Interessiert Sie vielleicht für Ihre Forschung?«

Damit hat Liina nicht gerechnet. Schnell gibt sie ihre Mailadresse durch. Bedankt sich noch einmal und beendet ratlos das Gespräch.

Sie hat sich einen unkomplizierten Abschluss gewünscht, und jetzt stellen sich nur neue Fragen. Vielleicht hat all das gar keine Bedeutung, sie sollte es Ethan überlassen. Liina spürt die Müdigkeit in ihrem Körper, merkt, dass ihr Herz schwerer arbeiten muss. KOS piept im selben Moment mit dem Hinweis »Bitte Ruhephase einlegen«, schlägt Atemübungen vor und zeigt die Dosis für die nächste Medikamentierung an.

Tampere

Tampere war gut zu ihr. Sie lebte sich schnell ein und fand nach kurzer Suche einen Job im Spielemuseum. Dort hatte sie eine leichte, wenngleich eintönige Aufgabe: Sie kontrollierte außerhalb der Öffnungszeiten, ob alles richtig aufgebaut war und funktionierte. Später testete sie die Spiele, die neu in die Dauerausstellung aufgenommen wurden, und berichtete an die Leitung, welche Assoziationen sie zu dem jeweiligen Spiel hatte. Die Hierarchien waren flach, sie durfte auch mit darüber abstimmen, wie die Präsentation der Exponate aussehen könnte. Es machte ihr Spaß, es war körperlich nicht anstrengend, was nach ihrer Operation besonders wichtig war, sie hatte nicht allzu viel mit Menschen zu tun, und die Stundenzahl war überschaubar. Liina hatte Anspruch auf das bedingungslose Grundeinkommen der fennoskandischen Länderallianz, und es reichte ihr, eine Kleinigkeit dazuzuverdienen. Mit der Zeit entwickelte sie immer mehr Interesse und vor allem Freude an ihrem Job. Es kam vor, dass sie bis kurz vor Öffnung des Museums in Rollenspielen versank.

Antti war der Pächter des Museumscafés. Er brachte ihr, wenn sie mal wieder eine Nacht durchgemacht hatte, Tee und Kekse, und irgendwann trafen sie sich auch außerhalb des Museums. Sie wurden Freunde, dann Liebhaber, und dann wieder Freunde. Beide waren im gleichen Alter, und beide waren auf der Suche nach sich selbst oder nach einem Sinn irgendwo in die vollbeschäftigende Prokrastination abgebogen, um möglichst keine Antworten zu finden, auch wenn sie weiterhin behaupteten, genau darauf aus zu sein.

Antti war der Erste, abgesehen von ihrer Familie und dem medizinischen Personal, dem sie von ihrer Operation erzählte. Von ihrem Zustand.

»Weißt du, von wem das Herz stammt, das du jetzt hast?«, fragte er. »Fühlt es sich anders an? Spürst du etwas von der anderen Person?«

Natürlich stellte er diese Fragen und noch mehr. Sie hatte sie sich selbst schon alle gestellt. Also antwortete sie so gut sie konnte. Sagte, dass das Herz, das sie am Leben hielt, von einer sechzehnjährigen Italienerin kam, die beim Fahrradfahren schwer gestürzt war. Ihre Eltern hatten darauf bestanden, Liina und alle anderen kennenzulernen, die Organe von ihrer Tochter bekommen sollten. Dafür waren sie durch ganz Europa gereist. Liina hatte sogar ein Foto von dem Mädchen gesehen. Sie hätte nein sagen können, aber sie wollte wissen, von wem das Herz kam. Liina hatte sich so viel über die Spenderin erzählen lassen, bis sie es nicht mehr ertragen konnte. Nein, sie träumte nicht auf Italienisch, nein, sie hatte keinen bisher nicht gekannten Heißhunger auf italienische Speisen. Sie spürte das Mädchen nicht in sich. Nur die Medikamente, mit denen sie vollgepumpt wurde, damit ihr Körper das neue Herz nicht abstieß.

Es gab auch in Tampere eine solide medizinische Versorgung. Man hatte dort nicht ganz so viel Erfahrung mit Spenderorganen wie in Frankfurt, allein schon, weil es viel weniger Patienten gab, aber man bemühte sich, brachte sich auf den neuesten Stand, konferierte mit den Ärztinnen, die Liina operiert und anschließend betreut hatten.

Antti fragte sie: »Wenn du spielst, steigt dann nicht auch dein Puls?« Liina nahm so viele Medikamente, dass sie den Eindruck hatte, ihr Herz würde immer gleich schnell schlagen, niemals schneller als siebzig Schläge pro Minute. Konnte sie sich überhaupt noch aufregen, wenn ihr Herz sich weigerte zu rasen? Konnte sie sich überhaupt verlieben, wenn das erwartungsvolle Herzklopfen fehlte? Sie sagte zu Antti: »Vielleicht fehlt mir der Adrenalinkick. Ich bleibe eigentlich immer ruhig.«

Sie nahm zu, musste sich an einen Ernährungsplan halten, hatte ständig Kontrolluntersuchungen, durfte die Wohnung nur mit Atemschutzmaske und Handschuhen verlassen, um sich keine Keime oder Krankheitserreger einzufangen. Aber sie beschwerte sich nicht. Sie lebte weiter, und sie war weit weg von zu Hause. Auch wenn sie jeden Tag an ihre Familie dachte, empfand sie die Entfernung zu ihnen als Wohltat. Es war ein neues Leben. Sie brauchte es. Sogar mit den langen dunklen Winternächten freundete sie sich an.

Manchmal schrieb sie ihren Eltern und ihrer Schwester oder schickte ihnen eine Sprachnachricht. Mit allen Freundinnen und Freunden hatte sie den Kontakt abgebrochen. Sie wusste nicht, wie sie mit ihnen umgehen sollte, und ihr graute davor, wie sie mit ihr umgehen würden. Nichts wäre mehr normal.

Erst als ihr Bruder Emil einen schweren Unfall hatte, beschloss sie, nach Frankfurt zu reisen. Zu dem Zeitpunkt war sie bereits vier Jahre in Tampere. Sie hatte zum ersten Mal ein schlechtes Gewissen, ihre Familie so lange nicht gesehen zu haben. Zwei Wochen blieb sie und musste mit ansehen, wie ihre Eltern fast daran zerbrachen, dass dieser geistig schon so herausgeforderte Junge (wie sie es nannten) nun auch noch körperlich einen derart schweren Schicksalsschlag erleiden musste: Emil war eine Treppe hinabgestürzt und hatte sich einige Wirbel gebrochen.

7

Liina wacht mitten in der Nacht auf und fühlt sich wie gerädert. Sie hat länger geschlafen, als sie wollte. KOS zeigt keine Auffälligkeiten an. Zur Sicherheit piekt sie sich in den Finger, damit das Smartcase ihr Blut analysieren kann. Während die Auswertung läuft, steht sie auf und geht leise in die Küche, um sich etwas zu trinken zu holen. Ihre Eltern haben Fenster und Balkontüren offen gelassen, aber es hat kaum abgekühlt. Liina stellt sich auf den Balkon, sieht in den sternklaren Nachthimmel, sieht über die ruhige, dunkle Stadt, sieht auf die Lahn, die träge an den Häusern vorbeifließt, auf den See dahinter, der ruhig und still das Mondlicht auffängt.

Sie denkt an Yassin, an die Schläuche und Maschinen, die dafür sorgen, dass er am Leben bleibt, falls er am Leben bleibt. Die Aufnahmen, auf denen zu sehen ist, wie er vor den Zug stürzt, sind wieder in ihrem Kopf, als hätte sie sie gerade erst gesehen. Und dann sieht sie den schlaff herabhängenden Arm von Kaya Erden vor sich. Beide wurden am selben Tag zur selben Zeit attackiert. Eine ist tot, einer so gut wie. Was sie verbindet, ist die Arbeit an derselben Story, von der niemand weiß, worum es ging. Niemand außer den Leuten, die die beiden tot sehen wollen. Wie haben sie davon erfahren? Liina sieht auf die Uhr: noch nicht Mitternacht. Sie geht zurück in die Küche, stellt ihr Glas ab, holt Bodybag und Smartcase aus ihrem Zimmer und verlässt leise die Wohnung.

Ethan und Özlem sind in der Agentur, und sie sind nicht die Einzigen. Was mit Yassin geschehen ist, mit Kaya Erden, lässt niemanden schlafen. Alle arbeiten an ihren aktuellen Beiträgen, der Rest der Zeit gehört der Spurensuche.

»Mir hätte ja ruhig mal jemand was sagen können«, sagt Liina beleidigt.

»Özlem hat gesagt, du sollst dich schonen!«, verteidigt sich Ethan. Özlem weicht schlecht gelaunt ihrem Blick aus.

»Habt ihr schon irgendeine Idee?«

»Wir haben immerhin Zugang zu seiner Cloud, jedenfalls zu Teilen davon«, sagt Ethan. Er sitzt an Özlems Schreibtisch, sie neben ihm. »Einige Bereiche sind extra verschlüsselt. Wir haben ein Bewegungsprofil, nicht ganz vollständig, aber immerhin. Von Kaya haben wir gar nichts, da sitzen zwei Leute dran und versuchen, irgendwie Zugang zu ihren Daten zu bekommen. Kann noch dauern.«

»Jemand wie sie weiß, was die Polizei kann, was wir können, was die Geheimdienste können. Sie weiß es besser als Yassin und wir alle zusammen.« Özlem steht auf, stellt sich hinter Ethan, als wollte sie überflüssigerweise betonen: Sie ist die Chefin. Er führt nur aus.

Die Tür des Büros steht offen, aber heute Nacht bleiben alle Türen geöffnet. So kennt Liina die Agenturräume nicht. Normalerweise wird vermieden, dass etwas nach außen dringt. Oder dass die falschen Dinge hereinwehen. Es arbeiten hier noch etwa zwanzig weitere Personen, und sie glaubt, dass jetzt alle da sind. Zwanzig der verschwiegensten Menschen im Land, von denen ihre Familien, ihre Liebsten denken, sie würden etwas ganz anderes arbeiten.

»Was kann ich tun?«, fragt Liina.

Ethan dreht sich um, tauscht mit Özlem einen Blick. Özlem nickt. Er wendet sich wieder an Liina. »Vielleicht noch mal mit frischem Blick das Bewegungsprofil ansehen?«

Sie geht um den Schreibtisch herum und stellt sich neben ihre Chefin. Auf dem Bildschirm ist der Tag vor seinem Unfall (sie nennt es Unfall) zu sehen. Sein Smartcase-Signal bewegt sich von seinem Wohnort in Frankfurt-Wiesbaden zur Agentur am Theaterplatz und wieder zurück. Es gibt noch eine kleinere Schlaufe in Wiesbaden. Seine Laufstrecke, vermutet Liina. Wer Sport treibt, bekommt Zusatzpunkte für die Krankenversorgung und darf schöner wohnen.

»Leg mal die letzte Woche komplett übereinander.«

Ethan tut es und offenbart eine bestürzende Monotonie. Die einzelnen Tage unterscheiden sich nur gering, was die zurückgelegten Strecken und die Uhrzeiten angeht. Auch die Laufstrecke ist nahezu identisch. Es gibt kleinere Abweichungen, aber das Prinzip bleibt gleich.

»Noch eine Woche.«

Keine Überraschungen. Das Leben eines strukturierten, disziplinierten, langweiligen Menschen.

»Hat er das programmiert? Wenn er das programmiert hat, fehlt ihm wirklich jede Fantasie«, sagt Ethan und fügt eine dritte Woche hinzu.

»Oder auch nicht. Es sind Details, die jeden Tag anders machen«, sagt Özlem.

»Okay. Aber er verarscht uns doch. Das sind nicht seine echten Daten.«

»Er verarscht nicht *uns*.«

»Du weißt, was ich meine.« Er macht sich an die Arbeit.

Liina gelingt es schließlich, Özlems Blick einzufangen, aber nicht lange. Es ist Özlem deutlich unangenehm, mit ihr in einem Raum zu sein.

»Liina, wir versuchen weiter, an sein echtes Profil und die wirklich relevanten Daten in seiner Cloud zu kommen. Schau dir bitte die Meldungen rund um das Gesundheitsministerium an. Olga hat schon angefangen.«

»Olga ist hier?«

»Seit heute Morgen.«

Liina kann nicht glauben, dass Olga morgens angekommen ist. Morgens schläft sie normalerweise, weil sie die Nächte durcharbeitet. Wahrscheinlich war sie die ganze Nacht unterwegs, hat Hallo gesagt und sich dann erst mal schlafen gelegt. »Wo sitzt sie?«

»In Yassins Büro.«

Sie nickt und geht rüber.

Noch bevor sie den Raum erreicht, schießt ihr durch den Kopf, wie sie mit Yassin schläft, mit ihm redet, mit ihm streitet. So wie vorgestern. Ist es wirklich erst zwei Tage her?

Jetzt bleibt sie im Türrahmen stehen, sieht Olga, die auf einen Bildschirm starrt und sie nicht bemerkt oder gerade ihre Konzentration nicht unterbrechen will. Liina betrachtet sie einen Moment. Olgas Haar ist grauer geworden, sie trägt es auf der rechten Seite kurzrasiert, auf der anderen hat sie lange Dreadlocks. Die kurzen Haare lassen die Tätowierungen durchscheinen, ein stilisiertes Rentier, ein Schneekristall. Das rechte Ohr ist mit dreizehn Ringen durchstochen. Sie hat ein kurzes schwarzes Leinenkleid an, die nackten Füße stecken in schwarzen Leinensneakern, an denen sie die Schnürsenkel gelöst hat. Olga, Mitte vierzig, Datenjournalistin, Hackerin, Mustererkennungsprofi. Und manchmal Dokumentarfilmerin.

»Extra heute Nacht angereist, höre ich?«, fragt Liina.

Olga hebt kurz eine Hand, muss noch etwas beenden, schaut dann auf. »Ah!« Sie strahlt, steht auf und umarmt Liina. »Natürlich, Ehrensache.«

»Habt ihr schon nasse Füße?«

An der Nordsee ist Anfang des Jahres die Küste zwischen Oldenburg und Bremen komplett evakuiert worden, weil die Winterstürme, die seit Jahren bereits im Herbst beginnen, mit ihren schweren Sturmfluten riesige Landteile zerstört haben und sich die Schäden schon lange nicht mehr beheben lassen.

»So schnell geht Rostock nicht unter. An der Ostsee ist es vergleichsweise harmlos. Besuch mich doch mal endlich!«

»Klar!« Beide wissen, dass sie lügt. Sie lächeln trotzdem.

»Setz dich zu mir«, sagt Olga. »Du kannst mir helfen.«

»Deshalb bin ich hier.«

Olga fasst zusammen, was sie bisher getan hat. »Ich habe die Social-Media-Aktivitäten sämtlicher Personen, die für das Gesundheitsministerium arbeiten, ausgewertet. Sowohl deren private Accounts als auch die offiziellen. Außerdem alle PR-Meldungen und andere Mitteilungen des Ministeriums sowie in einer dritten Gruppe die Themenbereiche der Lobbygruppen. Da kommen lustige Sachen raus – den Trend beim Thema Fahrrad im April und Mai kann man beispielsweise auf Treffen mit diesen Lobbyistinnen zurückführen.« Sie zeigt Liina im Eiltempo ein paar Fotos. »Und lustigerweise ist bei der Auswertung der privaten Aktivitäten der Mitarbeiterschaft nicht zu erkennen, dass dort jemand verstärkt Fahrrad fährt, oder überhaupt Fahrrad fährt.« Sie lacht. »Aber das ist nicht unser Thema. Oder doch?«

»Mach weiter«, sagt Liina und versucht vergeblich, die Datensätze, durch die Olga rast, zu verstehen.

»Okay, die aktuellen Themen sind: eine Überarbeitung des Punktesystems. Blutalkoholtests dreimal am Tag, Urintests jeden Morgen, und du kannst, wenn alles fein ist, deine Punkte ins Unendliche steigern. Einzelzimmer für alle!« Wieder lacht sie. »Im Ernst, da sind ein paar krasse Einschränkungen drin. Die Ernährungsweise wird dann auch total kontrolliert, indem die Einkäufe mit KOS abgeglichen werden.«

»Mich wundert eher, dass das nicht längst gemacht wird.«

»Na ja, es dauert, das zu programmieren, damit es perfekt funktioniert. Dann gibt es noch diesen Schwerpunkt: Erstellen einer genetischen Datenbank. Das ginge dann weit über die Blut- und Gewebsdatenbanken hinaus.«

Liina nickt. »Alles Themen, die eher stoisch hingenommen werden.«

»Was der eigentliche Skandal ist. Ich sehe da keinen Angriffspunkt. Selbst wenn Yassin irgendetwas herausgefunden hätte, beispielsweise Datenweitergabe an andere Länder, Datenverkauf an internationale Pharmakonzerne – es hätte dem Ministerium egal sein können, weil es gut zwei Dritteln der Bevölkerung vollkommen egal ist.«

Liina nickt. »Also, was wäre den Leuten nicht egal?«

Olga zuckt die Schultern und lehnt sich in Yassins Sessel zurück. »Wir haben doch alles. Uns kann wirklich das meiste egal sein.«

Eine Sekunde lang glaubt Liina ihr fast. Dann muss sie lachen. Sie merkt, dass sie zu lange nicht mehr so befreit gelacht hat. Und wie sehr ihr Olga gefehlt hat. »Jetzt sag schon.«

»Der Kinderwunsch bleibt ein sensibles Thema.« Dass Abtreibungen ein legaler Eingriff sind und problemlos durchgeführt werden, hat sich nur durchsetzen können, weil mit einer Ein-Kind-Politik gedroht wurde. Die Bevölkerungszahl in Europa war zwar durch Masernpandemien und Antibiotikaresistenzen um fast vierzig Prozent gesunken, aber um das Ökosystem stabil zu halten, durften jetzt, da man wirksame Antibiotika entwickelt und mit einer radikalen Impfpflicht die Masern ausgerottet hatte, die Geburtenraten nicht allzu sehr in die Höhe schießen. »Die allermeisten Menschen sind nach wie vor daran interessiert, sich freiwillig Nachwuchs ans Bein zu binden und ihre persönliche Freiheit noch weiter einzuschränken.« Olga merkt nicht, dass Liina diesmal nicht mitlacht. »Dann wäre da noch das Klonen. Das löst weiterhin riesige Ängste aus. Geklonte Menschen sind eine Horrorvorstellung, der die Wissenschaft so leicht nichts Beruhigendes entgegenzusetzen hat. Was noch? Genmanipulation bei der künstlichen Befruchtung, das ist emotional so besetzt wie das Klonen, einerseits, und andererseits immer beliebter.«

»Und gibt es da irgendwas, worauf Yassin gestoßen sein könnte?«

»Keine Ahnung. Ich habe noch nichts Konkretes entdeckt.«

»Nichts Konkretes, aber ...?«

»Ich brauch was zu essen.« Olga steht auf, sieht Liina erwartungsvoll an. »Kommst du mit?«

»Wohin?«

»Deine Stadt. Sag du.«

Sie sitzen im obersten Stock eines Hochhauses am Untermainkai mit Blick aufs Wasser, in einem chinesischen Restaurant, das rund um die Uhr geöffnet ist, wie die meisten chinesischen Restaurants. Das Essen ist hervorragend, die Familie, die es betreibt, kommt aus der Region Hunan. Olga kann sich vor lauter Begeisterung über die Auswahl gar nicht entscheiden, was sie essen möchte. Die Bedienung bringt ihnen Tee und schlägt vor, etwas zusammenzustellen. Olga ist glücklich. Liina fehlt der Appetit.

»Bist du öfter hier?«, fragt Olga. »Du wirkst so.«

»Hin und wieder.«

Olga gibt etwas in ihr Smartcase ein. »Aha, hier war früher ein Parkhaus.«

»Unterirdisch, ja. Und da drüben war das Jüdische Museum. Das musste umziehen.«

»Wie alle Museen, nehm ich an.«

»Die auf der anderen Mainseite meinst du? Irgendwo musste ja Platz für die ganzen Bundesministerien geschaffen werden. Die Museen sind jetzt im Quartier Bad Vilbel.«

»Alle Museen auf einem Haufen?«

»Praktisch und rentabel, heißt es. Ein Highlight für die Freizeitgestaltung. Keine langen Wege mehr, und man wird angeregt, auch mal in ein Museum zu gehen, das einen sonst nicht interessiert hätte, einfach weil man sowieso schon vor Ort ist.«

»Hast du das auswendig gelernt?«

»Du weißt, ich bin positiv vorbelastet, was Museen angeht.«

Olga grinst. »Aber das Theater steht noch. In dieser Lage. Erstaunlich.«

»Noch behält man es für Staatsempfänge, um auf Kultur zu machen. Genau wie die Alte Oper. Aber es gibt bereits sehr konkrete Gerüchte, dass dort ein neues Parlamentsgebäude hinkommen soll. Das Parlament am Dornbusch ist natürlich auf Dauer zu klein, Paulskirche und Römer lassen sich auch nicht entsprechend ausbauen, die Präsidentin will es nun mal schön haben. Der Theaterplatz bekommt dann wohl bald wieder einen neuen Namen.«

»Ich bin froh, dass ich so weit weg bin. Allerdings ist das Essen hier besser, es riecht schon unwiderstehlich!«

Die Bedienung stellt gefüllte Schüsseln und Teller auf den Tisch und gibt Liina und Olga Schälchen und Stäbchen. Sie nickt freundlich und zieht sich zurück. Olga probiert direkt von den Tellern und schließt genießerisch die Augen. Liina nimmt sich ein paar Pilze und Reis und redet sich ein, dass sie dringend essen muss. Zuletzt hat sie mittags im Krankenhaus gegessen, vor über zwölf Stunden.

»Vorsicht, scharf«, murmelt Olga mit vollem Mund, freut sich aber sichtlich darüber. »Oder darfst du scharf?«

»Doch, doch«, sagt Liina und zwingt sich einen Bissen in den Mund.

»Du bist komisch«, sagt Olga. »Aber klar, Yassin und so. Klar. Hattet ihr nicht mal was, früher?«

Liina verschluckt sich fast und trinkt schnell von dem Tee.

»Wir waren an der Uni zusammen.« Es tut ihr weh, ihre alte Freundin belügen zu müssen. Sie fragt sich, ob sie wirklich lügen muss. Sie könnte es ihr einfach sagen. Was spräche dagegen? Aber schon wechselt Olga das Thema.

»Pass auf. Ich hab ja gesagt, dass ich nichts Konkretes gefunden habe. Aber ...« Sie isst weiter, kaut eifrig, schluckt runter, macht es spannend. »Aber es gab bis vor zwei Jahren Studien zu Organen, die aus eigenen Zellen gezüchtet wurden, damit keine Spenderorgane mehr benötigt werden. Abstoßung und so. Eine Wissenschaftlerin hat den Fehler gemacht, in einem Vortrag zu erwähnen, dass man dadurch auch in Sachen Embryonenforschung enorm weiterkommen würde. Das wurde ihr so ausgelegt, als wollte sie Embryonen, die Fehlentwicklungen aufweisen, mit neu gezüchteten ersetzen. Also nicht nur ein paar defekte Gene austauschen, sondern gleich von Grund auf alles neu, bis es perfekt ist, den Rest wegwerfen. Die Sache wurde zum PR-Gau für den gesamten Forschungszweig. Du erinnerst dich sicherlich.« Sie deutet auf Liinas Brust. »Die Leute sind echt komisch. Einerseits wollen sie, dass alle Krankheiten geheilt werden, aber dass ins Erbgut eingegriffen wird, ist ihnen zu viel. Gegen Wunschkinder haben sie nichts, aber bloß nicht zu genau darüber reden, wie die zustande kommen. Und oh, das Klonen, das macht ihnen am meisten Angst, und Stammzellenforschung ist quasi genau das, Klone züchten.« Olga schüttelt den Kopf.

Liina nickt. »Und danach gab es keine Meldungen mehr zum Thema Organe aus eigenen Stammzellen?«

»Keine Meldungen, keine Erwähnungen irgendwo, nichts. Das Thema scheint komplett gestorben.«

»Aber du glaubst, die Forschung geht weiter.«

»Mit Sicherheit. Wäre auch schön, dann gäbe es genug Organe für alle, und keine Abstoßung mehr. Isst du das noch?« Sie zeigt mit den Stäbchen auf Liinas Pilze. Liina reicht ihr das Schälchen. »Wäre ja auch für dich schön«, schließt Olga an.

Liina antwortet nicht, sie starrt auf die vielen Speisen, die zwischen ihnen stehen, auf das, was von ihnen übrig ist.

»Weißt du«, sagt Olga zwischen zwei Bissen. »Manchmal muss man eben nach dem suchen, was *nicht* da ist.«

»Ja«, sagt Liina, die vollends die Lust am Essen verloren hat. »Es geht meistens um das, worüber man nicht spricht.«

Das dritte Leben

Das dritte Leben kündigte sich ähnlich an wie das zweite. Liina war müde, kurzatmig und irgendwie falsch. Sie ging früher zur Kontrolluntersuchung als geplant, und ihr Verdacht wurde bestätigt: Nach acht Jahren gab das Spenderherz langsam auf. Damit hatte niemand ernsthaft gerechnet, weil es von einer gesunden jungen Frau stammte. Aber jetzt war es so, und die Vorstellung, eine weitere Operation durchführen zu müssen, warf sie in eine tiefe Depression.

Zu der Zeit lebte sie noch in Tampere und kannte Olga bereits seit fünf Jahren. Sie hatten sich im Museum kennengelernt. Liina war wieder die ganze Nacht geblieben und frühstückte gerade in Anttis Café, Olga war zu früh für die offiziellen Öffnungszeiten, aber Antti hatte Mitleid mit der auf und ab laufenden Frau, die leicht verärgert an den Türen rüttelte und offensichtlich Schutz vor dem Regen suchte, und ließ sie rein. Sie kamen zu dritt ins Gespräch, waren sich sympathisch. Olga erzählte von ihren Plänen, weiter nach Norden zu reisen und für ein Filmprojekt samische Künstlerinnen zu treffen. Man verabredete, sich wiederzutreffen, wenn sie auf der Rückreise war. Liina glaubte nicht daran, dass sie sich melden würde, aber Olga tat es und wurde einer der wichtigsten Menschen dieser Zeit in ihrem Leben, wohnte mal in Tampere, mal in Helsinki, dann verschwand sie wieder für ein paar Wochen nach Norden, kam zurück, arbeitete weiter an dem Film.

Olga war bei ihr, als sie versuchte, damit klarzukommen, dass sie eine neue Operation benötigen würde. Ein neues Herz.

Liina kam in eine Spezialklinik in Helsinki, wurde rund um die Uhr überwacht, konnte nicht viel anderes machen als liegen und warten.

»Komm nach Hause«, sagten ihre Eltern, und Liina wusste, dass sie recht hatten. Wenn sie schon sterben musste, dann zu Hause, das fühlte sich irgendwie richtig an. Olga begleitete sie auf dem Transport nach Frankfurt, wo sie ohne Umwege vom Flughafen in die Dornbuschklinik gebracht wurde.

Olga durfte nur noch ein paar Minuten bei ihr bleiben, das Personal drängte sie zu einem schnellen Abschied. Sie konnte ohnehin nur kurz Zwischenhalt in der Stadt machen, weil ihr Filmprojekt, das sich über Jahre hingezogen hatte, nun endlich vor dem Abschluss stand.

»Wenn ich es verschieben soll, sag nur ein Wort, und ich tu's«, bot sie an.

Liina bestand darauf, dass sie sich um ihre Arbeit kümmerte. »Ich habe nicht vor zu sterben«, sagte sie, Olgas unermüdlichen Optimismus spiegelnd, und Olga glaubte ihr.

»Ich kann jederzeit alles stehen und liegen lassen«, sagte sie, als sie sich verabschiedete, und weinte sogar.

»Ich schaff das schon«, versprach Liina und drückte Olgas Hand.

»Keine Ahnung, warum«, sagte Olga, »aber ich glaub dir das. Ich weiß es.«

Liina lächelte, wartete, bis sie gegangen war, und schlief in der Gewissheit ein, sie eines Tages wiederzusehen.

Ihr drittes Leben begann mit einem Geheimnis, das sie vor allen hüten musste. Auch vor den Menschen, die sie liebte. Hätte sie sich nicht darauf eingelassen, sie hätte kein drittes Leben bekommen. Wie schwer es sein würde, war ihr nicht klar, als sie den Vertrag unterschrieb, der sie dazu verpflichtete.

Kaum dass Olga sich in der Dornbuschklinik von ihr verabschiedet hatte, wurde sie in ein Zimmer im obersten Stockwerk gebracht. Sie dachte, sie käme auf die Station für Transplantationsmedizin. Oder in die Kardiologie. Alles hätte mehr Sinn ergeben als ein großzügiges Einzelzimmer mit weitem Blick über die Stadt, das eher an ein Hotelzimmer erinnerte.

Man sagte Liina, ihre Eltern seien verständigt, würden aber noch nicht zu Besuch kommen dürfen. Sie bräuchte erst mal absolute Ruhe. Es klang logisch.

»Werde ich denn nicht untersucht?«, fragte sie einen der Pfleger, die ihren Chip auslasen und dafür sorgten, dass sie bequem lag und um sich herum alles hatte, was sie brauchte.

»Es kommt sofort jemand und spricht mit Ihnen«, sagte der, den sie für den jüngeren hielt. Ein schlanker Junge, höchstens zwanzig, mit blondiertem kurzem Haar und glatter dunkler Haut. Jonathan stand auf seinem Namensschild, und Liina bedankte sich bei ihm.

Es dauerte wirklich nicht lange, und zwei Ärztinnen betraten ihr Krankenzimmer. Sie stellten sich knapp als Dr. Mahjoub und Dr. Kröger vor. Beide waren etwa im gleichen Alter, Ende dreißig oder Anfang vierzig. Dr. Mahjoub trug die glatten schwarzen Haare halblang als Bob, ihre Lippen waren schmal, die Augenbrauen irritierend gerade. Sie strahlte kühle Kompetenz aus. Wenn es etwas gab, was man schon immer wissen wollte, über das Leben, die Welt, den Tod – Dr. Mahjoub würde die Antwort kennen und einen damit sicherlich nicht verschonen. Dr. Kröger kam Liina seltsam bekannt vor. Sie hatte einen strengen Dutt, der im Kontrast zu ihrem weichen Gesicht stand, ihre vollen Lippen und großen Augen aber umso mehr betonte. Es war, als ließen ihr die beiden Frauen absichtlich Zeit, sie in Augenschein zu nehmen. Als sollte sie sich ein Urteil über sie bilden. Sie sich einprägen und nie mehr vergessen. Sie hatten sich ans Fußende ihres Bettes gesetzt und sahen sie ruhig an.

»Wie geht es Ihnen? Haben Sie den Transport gut überstanden?«, fragte Dr. Mahjoub.

Liina nickte nur.

»Es war bestimmt anstrengend. Aber den Werten nach haben Sie die Reise gut weggesteckt.« Sie lächelte, was ihr Gesicht komplett veränderte. Alle Strenge und Härte waren mit einem Mal verschwunden. »Wir müssen leider mit Ihnen reden, so schnell wie möglich, um keine Zeit zu verlieren. Schaffen Sie das? Danach können Sie sofort schlafen.«

Wieder nickte Liina.

»Frau Järvinen. Liina. Sie brauchen ein neues Herz, das wissen Sie schon. Sie wissen auch, dass niemand weiß, ob und wann Sie eins bekommen. Bei der letzten Transplantation hatten Sie sehr großes Glück.« Dr. Mahjoub warf ihrer Kollegin einen Blick zu. Dr. Kröger nickte ganz leicht, beugte sich ein wenig vor und nahm Liinas Hand.

»Was wir Ihnen jetzt sagen, darf dieses Zimmer nie verlassen. Das ist ganz wichtig. Haben Sie verstanden?« Dr. Kröger flüsterte fast.

Liina hatte keine Ahnung, was als Nächstes kommen würde, nickte aber vorsorglich.

Dr. Mahjoub übernahm wieder. »Wir können Ihnen möglicherweise helfen, sehr viel schneller wieder auf die Beine zu kommen, mit sehr viel mehr Lebensqualität als mit einem Spenderherz.«

»Sie setzen meinen Kopf auf einen funktionierenden Körper?« Liina versuchte, über ihren Scherz zu lachen, hustete aber nur.

»Sie erinnern sich an mich, oder?«, fragte Dr. Kröger.

Liina nickte zögerlich. »Ich überlege noch, wo wir uns begegnet sind.«

»Helsinki.«

Da fiel es Liina wieder ein. »Sie waren bei einer der Kontrolluntersuchungen dabei. Letztes Jahr?«

Dr. Kröger lächelte erfreut.

»Ach, und jetzt arbeiten Sie hier?«

»Ich arbeite seit mehr als zehn Jahren hier.«

»Warum waren Sie in Helsinki? Fortbildung?«

»Wegen Ihnen.« Sie machte eine kleine Pause, so als wollte sie abwarten, bis Liina das, was bisher gesagt worden war, verinnerlicht hatte. »Wir haben seit der Transplantation ein besonderes Interesse an Ihnen. Übrigens war ich damals in meiner Assistenzzeit dabei, als man Sie operierte. Ich begleite Ihre Geschichte seitdem.«

»Ooh, das klingt ein wenig creepy«, sagte Liina. Eine Ärztin, die über Jahre hinweg ihre Werte kontrollierte und ihre Daten analysierte, ohne dass sie sie direkt behandelte? »Und was war das in Helsinki?«

»Sie erinnern sich vielleicht, dass dieser Kontrolltermin etwas umfangreicher war und man Ihnen Knochenmark entnommen hat?«

Liina dachte schaudernd an diesen Eingriff zurück. Sie nickte misstrauisch. Dr. Kröger schien zufrieden, sie sah zu Dr. Mahjoub, um ihr wieder das Wort zu überlassen.

»Liina, wir haben bisher nicht mit Ihnen darüber gesprochen, weil der Erfolg nicht zu hundert Prozent absehbar war und wir keine falschen Hoffnungen wecken wollten. Aber jetzt können wir Ihnen sagen: Wir haben ein Herz für Sie. Deshalb haben wir auf die Verlegung zu uns gedrängt.«

»Sie haben ein Spenderherz? Aber gerade haben Sie doch noch gesagt ...« Sie unterbrach sich. »Worauf warten wir noch?«

Dr. Mahjoub hob die Hand. »Kein Spenderherz. Ihr eigenes Herz. Aus Ihren Stammzellen.«

Liina wollte lachen, sie wollte es glauben, konnte es zugleich nicht begreifen, wehrte sich vehement gegen diese Vorstellung, umarmte sie mindestens genauso heftig. Sah der Frau an, dass sie es ernst meinte.

»Was?«, brachte sie schließlich heraus. »Das ist nicht möglich!«

Die Ärztinnen erklärten ihr den Prozess. Ein menschliches Spenderherz wurde um die ursprünglichen Herzzellen bereinigt und als Matrix benutzt. Aus den Stammzellen der Person, die das Herz empfangen sollte, wurde um diese Matrix herum ein neues Herz gezüchtet. Als Liina vor acht Jahren operiert werden musste, waren sie kurz vor dem Durchbruch. Sie hatten damals bereits einige Organe erfolgreich gezüchtet und sogar schon eingesetzt, aber noch kein Herz. Seitdem hatten sie immer weiter geforscht und Tests durchgeführt, und jetzt waren sie so weit.

»Was für Tests?«, fragte Liina und merkte, wie eine Alarmglocke in ihrem Kopf losging.

»Das unterliegt höchster Geheimhaltung«, sagte Dr. Kröger sanft und drückte wieder Liinas Hand.

»Was für Tests?«, wiederholte sie trotzig.

»Es ist alles gut verlaufen«, versicherte Dr. Kröger.

»Die Operation verläuft genau wie die vorherige«, mischte sich Dr. Mahjoub eilig ein. »Aber wir können sofort loslegen. Wir müssen nicht warten, bis ein geeignetes Herz im europäischen Verbund gefunden ist. Sie leiden nicht noch wochen- oder monatelang. Sie verlieren nicht noch mehr Kraft, laufen nicht Gefahr, vor der Transplantation zu sterben. Und nach der OP wird es ebenfalls einfacher. Die Abstoßungswahrscheinlichkeit liegt bei null.«

Liina fragte sich, ob sie bereits halluzinierte. Oder ob man ihr einen besonders bösen Streich spielte. »Keine Immunsuppressiva mehr?«, fragte sie leise.

»Nein.«

»Und das ist sicher? Sie erwarten keinerlei Komplikationen?«

»Sie wären das erste Herz, aber wir haben wie gesagt Erfahrung mit anderen Organen.«

»Das heißt?«

»Noch vor zehn Jahren waren die gezüchteten Herzen zu schwach, um sie zu transplantieren. Sie wären nie an die Leistung eines gesunden Herzens herangekommen, nicht einmal annähernd. Jetzt sind wir uns sicher, dass die normale Herzleistung erbracht werden kann.«

»Der Haken?«

»Sie müssen sich einem ständigen Monitoring unterziehen. Sie müssen in den ersten Jahren aufpassen, dass es nicht zu stark belastet wird. Sie müssen sich mehr schonen als gesunde Menschen.«

»Klingt machbar. Ich kann ja jetzt auch nicht alles.«

»Und es wird nicht ganz ohne Medikamente gehen. Sie müssen etwas einnehmen, um zu verhindern, dass die Herzfrequenz zu hoch ist. Sie müssen darauf vorbereitet sein, falls es zu schwach wird und einen Impuls braucht. Wie gesagt, Sie wären die Erste. Wir lernen mit Ihnen zusammen dazu.«

»Das ist ein Haken, von dem ich nicht weiß, ob er nicht vielleicht doch riesig ist.«

»Ja«, sagte Dr. Mahjoub nur, und Liina war froh, dass sie nicht versuchte, sie anzulügen. »Und es gibt noch einen. Sie dürfen mit niemandem darüber reden. Nicht mit Ihren Eltern, nicht mit Ihrer Schwester, nicht mit Liebhabern, wirklich mit niemandem. Nie.«

»Auch nicht mit medizinischem Personal? Was, wenn ich irgendwo auf der Welt zusammenklappe?«

»Auf Ihrem Chip sind die wichtigsten Informationen, was bei Ihnen beachtet werden muss. Und dass man uns sofort informiert. Sofern Sie in der Nähe sind, werden Sie immer in dieses Krankenhaus gebracht. Sollten Sie zu weit weg sein, bekommen die Kolleginnen einen Anruf von uns, und wir machen uns auf den Weg.«

»Zum Beispiel nach Helsinki.«

»Es wäre schön, wenn Sie die nächsten Jahre hierbleiben könnten.«

»Ist das eine Bedingung?«

»Es wäre schön.«

Es klang nicht so, als hätte sie eine Wahl.

Mit niemandem darüber reden schien ihr das allerkleinste Übel. In der Gegend zu bleiben kam ihr fast lästiger vor. Was, wenn sie wieder den Drang hatte, möglichst viele Kilometer zwischen sich und alle Menschen hier zu bringen? Was, wenn sie Yassin begegnete, der mittlerweile verheiratet war, vielleicht sogar Kinder hatte, wie sehr würde es ihr wehtun? Was, wenn es jemand anderen geben würde, von dem sie dringend wegwollte?

Das größte Problem war natürlich das Risiko, die erste Patientin zu sein. Es gäbe keine Vergleichsfälle. Andererseits, reagierte nicht sowieso jeder Mensch anders? Es gab immer ein Risiko. Ein Spenderherz wäre genauso ein Risiko. Nur dass sie jetzt die Chance hätte, ohne Immunsuppressiva und deren Nebenwirkungen zu leben. Mit einem eigenen Herzen – aus den eigenen Zellen.

»Das heißt, wenn meine Eltern morgen zu Besuch kommen, darf ich nichts sagen?«

»Dann sagen Sie, dass Sie auf ein Spenderorgan warten. Und nach der Operation sagen Sie, dass die Medizin bezüglich der Abstoßungsprozesse große Fortschritte gemacht hat. Was im Übrigen stimmt. Heutzutage müssten Sie nicht mehr so starke Medikamente nehmen wie vor acht Jahren.«

»Was passiert, wenn ich es jemandem sage?«

Dr. Mahjoub nahm ihr Smartcase aus der Tasche und tippte etwas ein. »Ich habe Ihnen den Vertrag geschickt, bitte lesen Sie ihn sich gut durch. Darin steht auch, wonach Sie gerade gefragt haben.«

Dr. Kröger erhob sich. »Gut, wir lassen Sie jetzt allein, damit Sie ...«

»Ich mach's«, sagte sie.

Die Ärztinnen sahen sie mit einer Mischung aus Bestürzung und Hoffnung an. »Sie schlafen am besten noch eine Nacht darüber«, sagte Dr. Kröger.

»Ich mach's. Ich unterschreibe.«

»Es ist die wichtigste Entscheidung Ihres ganzen Lebens.«

»Dieses Lebens«, sagte Liina.

8

Sie schläft auf der Couch in Yassins Büro. Olga hat die ganze Nacht durchgearbeitet, aber Liina konnte irgendwann nicht mehr. Sie wacht gegen halb sechs auf und bietet Olga ihren Platz an.

»Hast du noch was gefunden?«

»Nichts über Stammzellenforschung, bei niemandem. Auch in Yassins Cloud kein einziger Hinweis.« Olga gähnt, streckt sich, beugt sich dann vornüber und berührt mit den Fingerspitzen den Boden.

»Sicher, dass ihr jetzt die richtige Cloud habt? Oder den richtigen Bereich?«

»Nein, vielleicht hat er noch ganz woanders was versteckt. Das weiß man doch nie. Oder bei Kaya findet sich was.« Olga steht wieder aufrecht. »Du meinst also, an dem Stammzellending ist was dran?«

»Haben wir etwas anderes?«

»Wir haben gar nichts.«

»Olga, du hast selbst gesagt, wie auffällig es ist, dass das Thema erst sehr präsent ist und dann nirgendwo mehr verhandelt wird.«

»Kann was heißen, muss aber nicht. Ich bin jetzt ein paar Stunden weg. Bis gleich.« Olga legt sich auf das Sofa und schläft fast sofort ein. Liina nimmt ihren Platz am Schreibtisch ein.

Sie sieht sich die Analysen an, die Olga gemacht hat. In letzter Zeit gab es eine Häufung bei der Frage, ob sich alle verpflichtend auf genetisch bedingte Suchtanfälligkeiten untersuchen lassen sollen. Liina kann sich gut vorstellen, wie die Leute massenhaft diesen Tests zustimmen. Alles wissen wollen, alles planen wollen, nichts dem Zufall überlassen.

Sie entdeckt eine Analyse, an die sie gar nicht gedacht hat. Es geht um Kaya Erden. Die Analyse ist mit »nicht belastbar« gekennzeichnet, weil Olga keine ausreichend zuverlässigen Datensätze hat. Im Grunde ist alles immer nur Hörensagen, es darf kein Verzeichnis für die Arbeit von Rechercheurinnen geben. Sie könnten auffliegen. Bei der hohen Überwachungsdichte ist ihr Job schon gefährlich genug, die Tarngeschichten, Vermeidungstaktiken und technischen Ablenkungsmanöver reichen nicht immer aus, um glaubhaft alle Spuren zu verwischen. Alles, worauf sich Olgas Analyse bezieht, sind Aussagen von Özlem und vielleicht noch zwei oder drei weiteren Kollegen, die mit Kaya gearbeitet haben. Vollständigkeit ist kaum gegeben. Trotzdem ergibt sich ein auffälliges Bild: Nahezu alle von Kayas Recherchen haben mit der Stadtentwicklung zu tun. Der Skandal um den Schiersteiner Hafen. Die Umsiedlung der Bewohner von Mörfelden und Walldorf, um ein Drehkreuz für den Güterverkehr zu bauen. Die Zusammenlegung von Saalburg, Hessenpark und Lochmühle, um ein großes Freizeitzentrum zu haben anstelle von drei unterschiedlichen Ausflugszielen, oder wie es offiziell hieß: »logistisch ungünstig verteilten Entertainment-Spots«.

Keine Themen aus dem Gesundheitssektor. Es gibt im Gesundheitsministerium allerdings eine Person, die früher beim

Amt für Stadtentwicklung gearbeitet hat, und eine andere, die beim Ministerium für Infrastruktur war. Olga hat eine Notiz gemacht, dass hier eventuell Verbindungen bestehen könnten. Liina sieht sich die Namen an, sie sagen ihr nichts. Sie sucht beide im Netz, sieht die Gesichter, kann nichts mit ihnen anfangen. Jemand anderes soll sich darum kümmern, denkt sie, steht auf und geht. Erst in eins der Bäder der Agentur, um sich die Zähne zu putzen und das Gesicht zu waschen, dann raus aus dem Gebäude, runter zum Main, am Ufer entlang bis zum Eisernen Steg. Sie geht über die Brücke, bleibt in der Mitte stehen und sieht auf den Fluss. Sieht das klare blaue Wasser unter sich fließen, atmet tief die Morgenluft ein. Es ist wieder ein strahlend schöner Tag, die Sonne steht noch tief, es sind bereits über zwanzig Grad.

Auf der anderen Seite des Eisernen Stegs, am Schaumainkai, ist das Gesundheitsministerium. Wie die meisten Ministerien ist es streng bewacht. Als Fußgängerin darf man nur den Weg unten am Wasser entlanggehen, die Straße direkt vor den Ministerien ist gesperrt, dort verkehren nur Behördenfahrzeuge und Personen mit Sondergenehmigung. Zwischen den Gebäuden sieht man gelegentlich fleißige Staatsbedienstete herumlaufen. Kameras überwachen das gesamte Gebiet, Bewegungsmelder und Sicherheitspersonal wachen zusätzlich darüber, dass auch wirklich niemand die vielen Hindernisse überwindet, der da nicht hingehört.

Dabei will Liina nur eine alte Freundin treffen, mit der sie schon seit viel zu langer Zeit keinen Kontakt mehr hat. Sie sieht schnell ein, dass sie auf diesem Weg keine Chance hat. Es ist unmöglich, hier eine zufällige Begegnung herbeizuführen. Die Ministerien sind eine andere Welt. Liina vergewissert sich, was für ein Tag heute ist, und denkt: Alte Gewohnheiten sterben nicht so schnell.

Sie nimmt die nächste Tram zum Hauptbahnhof, steigt dort um und fährt noch ein Stück in Richtung Messe weiter. Am Rebstockbad steigt sie aus und schlendert ein wenig umher, bis sie die schwarz gekleideten Gestalten mit ihren Sonnenbrillen sieht. Liina trägt ebenfalls eine Sonnenbrille, tut nun aber so, als komme sie gerade von einer Laufrunde. Sie trägt zwar keine richtige Sportkleidung, hält sich aber weit genug entfernt, damit es nicht auf den ersten Blick zu erkennen ist. Sie macht Dehnübungen, hofft, dass sie sich nicht noch eine halbe Ewigkeit etwas ausdenken muss, um hier nicht aufzufallen.

Sie ist kurz davor, sich einer frühen Yogagruppe im Rebstockpark anzuschließen, diesmal nicht als Tarnung, sondern aus Langeweile, als es endlich passiert. Die Eingangstür des Schwimmbads öffnet sich, und eine Frau in ihrem Alter kommt heraus und geht die Stufen hinunter. Sie ist sehr groß, ihre Haut ist so hell, dass sie die Sonnenstrahlen zu reflektieren scheint, das rotblonde glatte Haar mit praktischem kurzem Schnitt ist vom Schwimmen noch feucht. Sie trägt eine Sporttasche und sieht sich suchend nach ihrer schwarz gekleideten Begleitung um. Liina joggt locker auf sie zu, bremst drei Meter entfernt ab und ruft scheinbar völlig überrascht: »Simona!«

Die Frau bleibt stehen und sieht sich misstrauisch um.

»Hey«, sagt Liina, winkt, lächelt. Neben der Treppe lösen sich zwei Gestalten aus dem Schatten.

Simona Arendt sieht sie, erkennt sie und kommt mit einem Strahlen auf sie zu. »Das kann ich gar nicht glauben. Liina! Wie lange ist das her? Zehn Jahre?«

Liina tut so, als müsse sie nachrechnen. »Zwölf?« Sie sieht, wie Simona ohne hinzusehen den Gestalten ein Zeichen gibt. Sie bleiben stehen.

»Darf ich dich umarmen?«

»Aber sicher!«

Simona stellt ihre Tasche ab und geht auf die frühere Freundin zu. Sie fällt ihr um den Hals und drückt sie fest an sich, fester, als es bei einer Begrüßung selbst unter guten Freundinnen üblich ist. Als wolle sich Simona an ihr festklammern. Liina spürt ihren schlanken Körper, die kräftigen Muskeln. Dann lässt Simona sie abrupt los. »Wo warst du die ganze Zeit? Warum bist du einfach verschwunden, ohne dich zu verabschieden, und hast dich nie mehr gemeldet? Was machst du jetzt? Ich habe so viele Fragen!«

Liina lacht, richtet ihre Sonnenbrille, die bei der Umarmung verrutscht ist, betrachtet Simona genau. »Ich war krank, mir war alles zu viel, ich bin nach Finnland gegangen, jetzt bin ich wieder hier und arbeite als Übersetzerin. Hab ich alles beantwortet?« Sie grinst.

»Nein! Hast du nicht! Du musst mir noch so viel erzählen. Warum warst du krank, was hattest du denn? Wie geht's dir jetzt?«

»Gut, sehr gut! Hervorragend!« Liina lässt aus jeder Pore Glück und Gesundheit strahlen.

»Ich seh's! Du siehst toll aus!«

»Und du erst! Frau Ministerin! Und unser aller Gesundheits-App hast du programmiert, heißt es! Wusste gar nicht, dass du so was kannst!«

Simona senkt bescheiden den Blick. »Es war mir ein Herzensanliegen. Pass auf, lass uns in Ruhe treffen. Ich …« Sie dreht sich zu den Bodyguards um. »Ich melde mich, dann machen wir einen Termin aus. Leider hab ich's gerade eilig.«

»Na klar!«, sagt Liina.

»Okay, also, versprochen! Ich freu mich so!« Simona Arendt drückt Liina noch einmal kurz an sich, dann nimmt sie ihre Tasche und eilt davon, begleitet von den beiden Schatten. Im Laufen dreht sie sich noch mal um und winkt. Ein paar Meter entfernt wartet ein Staatswagen auf sie, in den die drei einsteigen.

Liina winkt dem Wagen der Gesundheitsministerin hinterher, als er sich in Bewegung setzt.

9

Als sie die Nachricht in der App liest, dass sie leicht erhöhte Entzündungswerte hat und dagegen etwas einnehmen muss, klickt sie nicht wie sonst auf die Option »Medikament liefern«, sondern »Abholen bei verschreibender Stelle«. Das tut man eigentlich nur, wenn man Fragen zur Einnahme hat. Liina hat keine Fragen zu dem Medikament. Alles Wichtige zur Einnahme wird sie auf KOS finden, und gelegentlich erhöhte Entzündungswerte sind in Liinas Fall nicht ungewöhnlich. Aber es ist früh am Morgen, und sie hofft, sich wieder auf die Intensivstation schmuggeln zu können. Und sie hofft, dass Yassins Frau diesmal nicht dort sein wird. Es ist sehr viel Hoffnung für einen Morgen.

In der Dornbuschklinik meldet sie sich für Dr. Mahjoub an. Sie hat sich ein paar Fragen zurechtgelegt, aber es heißt, Dr. Mahjoub sei nicht im Haus, und auch Dr. Kröger sei nicht zu erreichen. Sie fragt schließlich nach Yassin Schiller und bekommt natürlich keine Auskunft. Der Mann an der Sicherheitsschranke bittet sie zu warten, bis jemand kommt, um ihr das verschriebene Medikament auszuhändigen.

»Sie sind viel zu früh«, sagt er.

»Wie, zu früh?«

»Haben Sie die Mitteilung auf KOS denn nicht gelesen?«

Liina sieht nach. *Abholung mit Gespräch erst ab 15 Uhr.* Frustriert setzt sie sich in den Wartebereich.

Sie nutzt die Zeit, um sich das Video anzusehen, das sie von ihrer Begegnung mit Simona gemacht hat. Zoomt heran. Verlangsamt die Aufnahme. Als sie den Kopf dreht, weil Liina ihren Namen ruft, sieht sie Simonas Gesicht. Darauf zeigen sich: Irritation, Schrecken, vielleicht Angst. Rechnet sie als Politikerin damit, angegriffen zu werden? Oder erkennt sie hier schon Liina? Dann ist sie wie ausgewechselt: Ein strahlendes Lächeln wischt alles Vorherige weg. Ist jetzt der Moment, in dem sie Liina erkennt? Oder spielt sie diese Mischung aus Erleichterung und Freude? Liina lässt die Stelle mehrfach ablaufen und versucht, daraus schlau zu werden. Sie lässt die Sequenz weiterlaufen, in normaler Geschwindigkeit, betrachtet Simona während ihres kurzen Gesprächs. Sie wirkt aufrichtig und ehrlich erfreut. Aber man kommt in der Politik mit Ehrlichkeit nicht mal bis zur nächsten Tramhaltestelle. Trotzdem kann Liina in Mimik und Gestik die Simona wiedererkennen, mit der sie bereits in der Schule befreundet war. Sie schickt die Datei verschlüsselt an Özlem, zusammen mit der Frage, was ihr Eindruck von Simona Arendt ist.

Erst nachdem sie das Video verschickt hat, nagt etwas an ihr. Sie glaubt, ein wichtiges Detail übersehen zu haben. Sie lässt es noch einmal laufen, achtet diesmal nicht auf Simona, sondern auf den Hintergrund. Die Bodyguards, die sich aus dem Schatten lösen und bereithalten, für den Fall, dass sie eingreifen müssen.

Nur, dass Liina sie im Video nicht sehen kann. Da sind nur silbern schimmernde Flecken. Die Bodyguards der Ministerin benutzen Videoblocker. Irgendetwas stimmt aber nicht. Irgendetwas ist anders.

Liina will gerade eine Sprachnachricht für Ethan aufnehmen, als sie ihren Namen hört. Ein junger Arzt winkt sie zu sich, gibt ihr die Hand, stellt sich kurz als Dr. Demirel vor und reicht ihr ein Fläschchen. »Dr. Mahjoub ist erst heute Nachmittag wieder da. Ich soll Ihnen das hier geben. Nehmen Sie die über den Tag verteilt, KOS meldet Ihnen, in welchen Abständen.« Als sie das Fläschchen nicht nimmt, sondern nur nachdenklich darauf starrt, fragt er: »Alles in Ordnung?«

»Normalerweise nimmt man sich etwas mehr Zeit für mich«, sagt sie. »Und erklärt mir, was genau ich einnehme und warum.« Sie fragt sich, ob der Arzt mit ihrer Krankengeschichte vertraut ist.

Dr. Demirel sieht dezent auf die Uhr. »Wenn Sie einen Termin haben, ist das sicherlich so, aber wenn Sie hier einfach so aufkreuzen …«

Offensichtlich ist er es nicht. Sie weiß nicht, wie deutlich sie werden darf, ohne gegen ihren Vertrag zu verstoßen. »Soll ich später wiederkommen? Wenn Dr. Mahjoub da ist?«

Dr. Demirel winkt ab. »Bei diesem Präparat brauchen Sie eigentlich keine Beratung. Sie müssen es noch nicht mal zu den Mahlzeiten nehmen. Außerdem hatten Sie so etwas Ähnliches doch schon mal. War's das?«

Liina verflucht innerlich den jungen Arzt, nimmt ihm das Fläschchen ab und verlässt grußlos die Klinik. Aber er hat natürlich recht: Wozu Zeit verschwenden, wenn es nur darum geht, ein paar Tabletten zu nehmen, um das Problem zu beheben. Sie schraubt das Fläschchen auf, schüttelt sich eine Tablette auf die Hand, schraubt das Fläschchen wieder zu und steckt es in ihre Bodybag, holt die Wasserflasche heraus und trinkt einen Schluck, um die Tablette hinunterzuspülen.

Sie nimmt die Tram zum Theaterplatz und geht zurück in die Agentur. Die Hitze, die sich langsam in den Tag schleicht, macht ihr heute mehr zu schaffen. Vielleicht die Schwangerschaft, vielleicht zu wenig Schlaf, denkt sie, checkt KOS, aber alles ist in Ordnung.

Ethan kommt ihr auf dem Flur entgegen. Ihr fällt ein, dass sie ihn etwas fragen wollte. »Können wir uns zusammen etwas ansehen?«

Er sieht aus, als hätte er die ganze Nacht nicht geschlafen. »Wir müssen sowieso noch reden. Wegen der Schakalgeschichte.«

»Ich dachte, das Thema sei durch«, murrt sie.

»Nein, wir hören ja nicht einfach auf zu produzieren.«

»Und was brauchst du da noch von mir?«

Er dreht sich um und geht zurück in sein Büro. Sie folgt ihm. Als er am Schreibtisch sitzt und auf das Display schaut, sagt er: »Ich brauche immer noch alles. Name der Toten und und und. Hast du noch gar nicht damit weitergemacht?«

»Ich habe mit Rostock gesprochen, mit der Rechtsmedizin. Man hat mir auch etwas geschickt, es gab zwar keine Schakalbisse, dafür andere Tierbisse.« Was sie sich noch nicht angesehen hat. »Wie lange kannst du noch warten?«

Er sieht sie leer an, müde. »Ich rede von Teil zwei. Hab ich das nicht gesagt? Das hab ich nicht gesagt. Sorry. Teil eins ist längst draußen. Gab einiges an Feedback, wie schon lange nicht mehr.«

»Diese Geschichte?« Ungläubig schüttelt sie den Kopf.

»Dieser langweilige Scheiß hatte ernsthaft Feedback? Was ist da passiert?«

»Ich bin passiert«, sagt er eingeschnappt. »Ich habe offenbar einen durchaus ansprechenden Beitrag produziert. Deshalb machst du nur Recherche.«

Nur. Die Retourkutsche hat sie sich verdient. »So hab ich das nicht gemeint«, murmelt sie kleinlaut. Sie schweigen sich eine Weile an und vermeiden Blickkontakt. Dann fragt sie: »Was kommt denn so an Feedback?«

Ethan hat auf diese Frage gewartet und legt los: »Große Schakalliebe einerseits, großer Schakalhass andererseits, das war zu erwarten, zeigt aber bei den ungewöhnlich vielen Reaktionen, die wir hatten, dass Tiere nach wie vor emotionalisieren.«

Liina versucht, nicht mit den Augen zu rollen. »Gut, dann machen wir als Nächstes niedliche Löwenbabys.«

»Ich bin noch nicht fertig.« Er rutscht auf seinem Stuhl in Position. »Bisswunden aus der Region ist schon mal prima. Dazu brauche ich mehr. Und kümmere dich um die Identität der toten Frau.«

Als Liina noch überlegt, wie sie reagieren soll, fährt er fort: »Okay, pass auf. Klar, das hat uns alle fertiggemacht, mit Yassin und Kaya. Und wir arbeiten auch alle daran, um herauszufinden, wie es dazu kommen konnte. Niemand von uns traut der Polizei. Sonst wären wir nicht hier.« Er macht eine Pause, wartet, ob Liina etwas sagen will. »Gleichzeitig, und deshalb sind wir gerade alle komplett übernächtigt, gleichzeitig machen wir mit unserer normalen Arbeit weiter. Das ist nämlich die Arbeit, die am Laufen hält, was Yassin aufgebaut hat und seit Jahren durchzieht, und sie ist offenbar so wichtig, dass Leute bereit sind, dafür zu töten.« Er reibt sich über die Stirn. Jetzt sieht er nicht mehr so müde aus, er redet sich gerade wach. »Was wir hier also an Alltagskram machen, oder wie hast du gerade gesagt, an langweiligem Scheiß, das ist wichtig. Das tun wir für uns, und für das, woran wir verstrahlterweise glauben, und vor allem tun wir es für Yassin, weil er es verdient hat, dass wir uns den Arsch für ihn aufreißen. Okay? Und wenn es das nächste Mal Löwenbabys sind, dann sind es eben Löwenbabys, und mir ist scheißegal, ob ihr beide fickt oder nicht.« Ethan atmet tief aus, vergräbt das Gesicht in den Händen, seufzt.

»Wissen das jetzt alle?«, fragt Liina irritiert.

»Nein.« Er klingt dumpf, weil er die Hände noch vorm Gesicht hat. »Ich hab geraten. Du warst sehr komisch. Tut mir leid für dich.«

»Danke.« Sie setzt sich endlich auf einen der Stühle, schweigt, denkt nach. Als Ethan sich etwas beruhigt und wieder seinem Rechner zugewandt hat, sagt sie: »Mir tut's leid. Du hast recht.«

»Ich weiß.«

»Also ...«

»... den Namen der Frau, und die Infos aus der Rechtsmedizin. Klang alles nach Folgegeschichte. Wenn wir schon mal so viel Aufmerksamkeit haben, müssen wir sie dringend nutzen.« Er sieht zu ihr, betrachtet sie genauer. »Brauchst du ein Taschentuch?«

Liina wischt sich die Tränen schnell weg. »Alles in Ordnung.«

»Heuschnupfen, hm?« Er zwinkert ihr zu, wird dann wieder ernst. »Er schafft das. Bestimmt.«

Sie spürt, dass er es auch sagt, um sich selbst davon zu überzeugen. »Hast du was von ihm gehört?«

Ethan schüttelt den Kopf. »Seine Frau redet mit niemandem. Sie lässt sogar Özlem abblitzen. Hat die zumindest gesagt.«

»Das ist doch scheiße.«

Er wartet ab.

»Gut, dann mach ich mich mal an die Arbeit.«

»Und schau dir verdammt noch mal als Erstes den Beitrag an, den ich gemacht habe. War schließlich deine Recherche!«

Sie lächelt, nickt im Aufstehen. Dann fällt ihr ein, warum sie eigentlich mit ihm reden wollte. »Könntest du dir bitte etwas ansehen?« Sie nimmt ihr Smartcase und schickt ihm die Sequenz, die sie von Simona und ihren Bodyguards aufgenommen hat. »Und du hast wahrscheinlich die Videos von Yassins ... Sturz?«

»Hab ich.« Er sieht sie fragend an. »Worum geht's?«

Liina geht um den Schreibtisch herum, wartet, bis er die Dateien geöffnet hat. »Spiel mal zuerst eins der Videos aus dem U-Bahnhof.«

Er tut es, startet gleich an einer Stelle kurz vor dem Einfahren der Bahn. Sie sieht konzentriert hin. Bittet ihn zu stoppen, als alle drei verwischten Punkte auf dem Monitor zu sehen sind. »Siehst du das? Diese beiden Störsignale werden anders abgebildet als das dritte.«

»Hm«, macht Ethan, lässt das Video weiterlaufen. Der Unterschied bleibt bestehen, es handelt sich nicht um eine temporäre Fehlübertragung. Er öffnet die Videos, die mit anderen Kameras aufgenommen wurden. Geht gleich zum Timecode, der den einfahrenden Zug zeigt. Überall dasselbe: Die beiden Flecken in Yassins Nähe zeigen ein anderes Störungsmuster.

»Okay …«, sagt Ethan. »Das ist schon mal komisch. Bedeutet aber nur, dass diese beiden eine andere Technologie zum Blocken verwenden als die dritte Person.«

»Wie viele zuverlässige Technologien kennst du?«

»Ja, gut, keines der Muster sieht so aus wie dieses, aber es kann ja immer was Neues geben. Wer weiß, was sie im Ausland so alles produzieren?«

»Du denkst also auch, es ist etwas, das hier noch nicht auf dem Markt ist.«

»Kann sein. Das war's?«

»Nein, jetzt noch das andere Video. Ich habe es heute Morgen mit der Sonnenbrille aufgenommen.«

Er nickt, startet es.

»Weiter vor«, sagt sie, drängt ihn ungeduldig zu der Stelle, an der die Bodyguards im Hintergrund auftauchen.

Ethan spielt auch diese Stelle mehrmals ab. Schiebt eins der U-Bahnhof-Videos auf den anderen Monitor, um die Standbilder nebeneinander zu haben. »Mhm«, macht er. »Dieselbe Technologie.«

»Sicher?«

»Na ja, das Muster legt es nahe. Ich kann anhand der Aufnahmen sehen, in welchem Radius sie blocken. Die Person mit dem herkömmlichen Aktivistenblocker wird nicht immer vollständig abgeschirmt. Manchmal sieht man für eine Millisekunde Finger oder Füße am Rand hervorschauen, wie bei einer Decke, die gerade groß genug ist, aber ständig zurechtgezogen werden muss, damit sie wieder alles abdeckt, wenn man sich mal bewegt hat. Dieses andere Ding deckt alles ab. Es blockt nicht einfach einen bestimmten Radius, es denkt den zu blockenden Körper mit und deckt die Bewegungen großflächig ab.« Ethan scheint sich sehr daran zu erfreuen. »Außerdem verdeckt es wirklich alles. Man kann überhaupt keine Rückschlüsse auf Körpergröße oder Statur ziehen. Bei den bisher üblichen, die wir auch verwenden, kann man immer noch mit viel Aufwand herausrechnen, ob die Person groß oder klein, dick oder dünn ist. Wie gesagt, ganz andere, ganz neue Technik. Ich bin Fan. Die Staatssecurity hat sie offenbar.«

»Scheiße.«

»Oh ja. Scheiße.« Ethan scheint wieder einzufallen, worum es ursprünglich ging. »Du meinst, das da in dem Bahnhofsvideo, das sind auch Typen vom Staatsschutz?«

Sie hebt die Schultern. »Vielleicht. Wenn ja, haben wir die Auswahl zwischen *sie waren zufällig da*, *sie haben ihn beschattet*, und *sie haben was mit seinem Sturz zu tun*.« Sie sieht, dass Ethan eine Notiz an Özlem schickt. Dass der Geheimdienst an ihr und Yassin dran ist, ist keine Neuigkeit, aber wenn sie etwas mit Yassins Unfall zu tun haben oder mehr darüber wissen, als sie öffentlich machen, muss Özlem überlegen, wie sie weiter vorgehen sollen. »Hat eigentlich jemand analysiert, wann die beiden mit den Superblockern in den U-Bahnhof kommen? Und aus welcher Richtung?«

Mit theatralischer Langsamkeit richtet sich Ethan in seinem Stuhl auf. »Liina. Natürlich. Einer kam kurz nach Yassin am Bahnsteig an, er war die ganze Zeit in relativer Nähe. Der andere stand schon am Bahnsteig, als die beiden eintrafen, war vorher aus einer anderen Richtung gekommen. Sie haben zwei, drei andere Bahnen abgewartet. Es lässt sich nicht eindeutig daraus ablesen, ob sie auf ihn gewartet haben oder zufällig dort standen.«

»Ah.«

»Ah. Ja. So weit waren wir auch schon. Wir kümmern uns um diese Kerle. Und du suchst dir jetzt einen freien Schreibtisch und kümmerst dich um *Schakale der Uckermark*, Staffel 2.«

»Ethan?«

»Hm?«

»Chef sein steht dir nicht.«

Sie hört ihn noch lachen, als sie sich in Yassins Büro setzt.

Früher II

Früher hatte sich Liina manchmal gefragt, wie es für andere Zwillinge sein musste. Wie es sich wohl anfühlte, dass da jemand aussah wie man selbst. Dass da jemand genauso dachte und fühlte. Diese unglaubliche Nähe. So jedenfalls stellte sie es sich vor.

Ihr Zwillingsbruder war ganz anders als sie. Viel kleiner und schwächer, seit der Geburt. Bei ihr war alles gut gegangen. Bei ihm nicht. Er wäre fast gestorben, hatte über einen zu langen Zeitraum zu wenig Sauerstoff bekommen. Daher blieb er die ersten Wochen und Monate im Krankenhaus, während sie zu Hause sein konnte. Nicht, dass sie sich daran erinnerte, aber man erzählte ihr oft genug davon. Und es waren auch ihre ersten Erinnerungen an ihren Bruder: ein zerbrechliches Wesen, das im Weiß seines Krankenhausbetts versank und nicht in der Lage war, so zu kommunizieren, dass Liina es verstand. Ihre Eltern hofften, sie würde so etwas wie einen schwesterlichen Beschützerinstinkt entwickeln. Stattdessen hatte sie Angst vor ihm. Die fünf Jahre ältere Magritt konnte viel besser mit Emil umgehen. Mit feierlichem Ernst und dem Pragmatismus, der charakteristisch für sie werden sollte, erfüllte sie die Rolle der großen Schwester, las ihm Geschichten vor, malte Bilder für ihn, fotografierte ihn, spielte ihm Musik vor, nahm ihn beim Spazierengehen an die Hand. Liina geriet ins Abseits. Sie war das Schattenkind.

Emil lernte kaum sprechen, und wenn er es versuchte, klang er wie ein Kleinkind. Er lernte weder zu schreiben noch zu lesen, auch nicht, als er schon ein Teenager war. Er blieb klein und schmächtig, ängstlich und schüchtern. Sie wusste, dass sie ihn lieben sollte, mehr als einen normalen Bruder, weil er ihr Zwilling war. Manchmal starrte sie ihn an und suchte nach einer Ähnlichkeit in seinem Gesicht. Magritt und sie sahen sich ähnlich, jeder konnte sehen, dass sie Schwestern waren. Aber Emil hatte die weiße Haut der Mutter geerbt, ihre blauen Augen, die rotblonden Haare, als gäbe es in ihm kein einziges Gen seines Vaters, als hätte Liina diesen DNA-Strang – dunkle Haut, braune Augen, schwarze Haare – für sich beansprucht. Nichts an ihm war ihr nah, nichts, was er sagte, nichts, was er tat. Sie schämte sich dafür, aber sie schaffte es nicht, ihn in ihr Herz zu schließen.

Dabei blieb er der bestimmende Faktor ihrer Kindheit und Jugend. Sie sollte auf ihn achten, ihn mit in die Schule nehmen, ihn bei Ausflügen begleiten. Niemand fragte sie, ob sie das wollte. Nicht einmal ihre Eltern stellten ihr je die Frage, wie es ihr damit ging. Bei dem Schulausflug an die Bremer Nordseeküste weinte Emil vor Angst, und es wurde nur noch schlimmer, als ihn eine Windböe erwischte und er in den feuchten Sand fiel. Sie waren damals zehn, und Emil schrie, bis er blau anlief. Alle lachten ihn aus, während Liina sich in Grund und Boden schämte. Als die Lehrer sie ein paar Stunden später an dieselbe Stelle zurückbrachten, fing Emil wieder an zu schreien und zu weinen, diesmal, weil das Meer verschwunden war. Die anderen sahen Liina an, aber sie hatte keine Ahnung, wie sie ihn beruhigen sollte. Sie rannte weg und versteckte sich irgendwo, man musste nach ihr suchen und verpasste fast den letzten Zug. Noch Jahre später wurde sie damit aufgezogen.

Es folgte ein Krankenhausbesuch auf den anderen, um ihm das jeweils neueste gehirnstimulierende Gerät anzupassen, das seine Lernleistung steigern und sein Gedächtnis verbessern, kurz, ihm ermöglichen sollte, genauso zu werden, wie es von einem Kind in seinem Alter erwartet wurde. Als er fünfzehn war, bekam er seinen ersten Hirnchip transplantiert, in der Hoffnung, damit bessere Resultate zu erzielen als mit den tragbaren Geräten.

Etwa zu der Zeit verweigerte sich Liina komplett. Sie verkündete, dass sie nicht mehr mitkommen würde. Emil merke doch sowieso nicht, wer bei ihm war. Ihre Eltern waren schockiert. Ihre Schwester schrie sie an. Als die Familie von Emils OP, die keine volle Stunde gedauert hatte, zurückkam, hatte sich Liina den Schädel kahl rasiert. Sie spürte die Blicke der drei auf sich, aber niemand sagte auch nur ein Wort. Emil bemerkte wie üblich nichts.

Keine der Therapien schien bei ihm anzuschlagen. Er blieb in seinem Wesen ein schüchternes, ängstliches Kleinkind, und was er an alltäglichen Fähigkeiten dazulernte, war nicht viel. Erst mit dreizehn hatte er sich zum ersten Mal selbst die Zähne geputzt, und es sollte noch Jahre dauern, bis er sich zuverlässig selbst anziehen konnte.

Liina ging schließlich so weit, ihn schlicht zu ignorieren. Eine hinzugezogene Psychologin versicherte ihren Eltern, dass dies nicht unüblich sei, und man könne froh sein, dass sie erst so spät damit anfing. Häufig würden sich Geschwister schon sehr viel früher auffällig verhalten, um auch mal selbst

Aufmerksamkeit zu bekommen. Liina war nun das Problemkind, trotz guter Noten und einem ansonsten eher unauffälligen Verhalten, sie nahm keine Drogen und schloss sich keiner Protestbewegung an. Sie wollte einfach nur die Tage nicht ständig mit ihrem fremden Bruder verbringen müssen. Sie wollte sich die Haare abrasieren und die entsprechenden Klamotten tragen, um auszusehen wie eine Sängerin in alten Videos der vor vielen Jahrzehnten kurz populären Band Skunk Anansie, die sie im Netz gefunden hatte. Mehr nicht.

Aber es gab tatsächlich etwas, wovon ihre Eltern nichts wussten, und das waren ihre Ausflüge zu den Parallelen. Einige aus ihrer Schule waren angeblich schon dort gewesen, eine Mischung aus Zoobesuch und Mutprobe. Die Parallelen, so nannte man die Menschen, die nicht dazugehören wollten. Es gab nur wenige Informationen über sie, und viele Gerüchte. Liina hatte deshalb gar keine richtige Vorstellung, was sie erwartete, nur die wildesten Fantasien: graugesichtige, abgemagerte Existenzen, drogenabhängig, im eigenen Dreck krepierend, fluchend, lallend, verstümmelt, Krankheiten verbreitend, die ohne sie längst ausgerottet wären, voller Hass auf alles und jeden, voller Verachtung für den Rest der Welt. Früher, so hieß es, noch bis weit in das 21. Jahrhundert hinein, hatte diese Art Menschen im Frankfurter Bahnhofsviertel gelebt. Videos und Fotos aus diesen Zeiten wurden ständig gezeigt, wenn es darum ging, die Parallelen zu bebildern. Aber kein einziges Dokument aus der Jetztzeit.

Auf ihrem ersten Ausflug zu den Parallelen freundete sie sich mit Simona an. Es wurde die erste richtige Freundschaft ihrer Teenagerzeit. Die Mädchen kannten sich zwar seit der

Grundschule, hatten aber keinen intensiven Kontakt gehabt. Liina hatte noch nie enge Freundinnen gehabt, und wenn sie ehrlich war, lag es an Emil, für den sie sich stets geschämt hatte. Aber seit sie sich die Haare abrasiert hatte, fühlte sie sich, als wäre eine Last von ihr genommen worden. Als wäre sie erst jetzt bereit, ihr eigenes Leben zu führen.

Es kamen noch zwei Jungs und ein Mädchen mit zu den Parallelen, die ein, zwei Jahre älter waren als Simona und Liina und von sich behaupteten, mit der Gegend und dem seltsamen Völkchen bestens vertraut zu sein, sich aber als vollkommen ahnungslos und vor allem kein bisschen mutig herausstellten.

Das Hessische Hinterland war schwer zu erreichen. Es begann zwar nur wenige Kilometer nördlich von Lahnstadt, war aber nicht an den öffentlichen Verkehr angeschlossen, und kein Verleiher von eMobilen erlaubte eine Fahrt dorthin. Die Kids mussten ihre Fahrräder nehmen und gute fünfzehn Kilometer über unbefestigte Wege und zerstörte Landstraßen, durch Täler und über steile Hügel teils radeln, teils schieben, bis sie endlich auf einem der Hügel zu einer mittelalterlich anmutenden Burg gelangten, die noch intakt schien und genutzt wurde. Etwas abseits davon standen niedrige Einfamilienhäuser aus dem späten 20. Jahrhundert, zwischen denen jahrhundertealte Ruinen hervorragten. Die Häuser waren zum Teil bewohnt, selten gepflegt, aber die Gärten waren bestellt, Wäsche hing zum Trocknen an Leinen. Katzen, Hunde und gezähmte Füchse lagen träge in der Sonne, Vögel sangen in den Bäumen, Eichhörnchen jagten einander, Bienen und Hummeln schwirrten umher, Schmetterlinge verzauberten die Blumen.

Um die Burg herum wucherte wild eine bunte Sommerwiese. Ein Trampelpfad führte zum Eingang. Die fünf Jugendlichen auf ihren Fahrrädern hatten zögerlich innegehalten, sie wussten mit einem Mal gar nicht mehr, was sie hier wollten. Schließlich schwang sich Simona wieder auf den Sattel und radelte weiter, die anderen folgten ihr über den aufgeplatzten Asphalt alter Dorfstraßen. Sie sahen Menschen in den Gärten arbeiten und am Straßenrand miteinander reden. Die fünf fielen auf, allein schon wegen der Kleidung, sommerlich und modisch, während man hier eher gedeckte Farben trug und offenbar lieber die Ärmel und Hosenbeine hochkrempelte, anstatt etwas Kurzes anzuziehen. Nicht selten waren Kleidungsstücke auch ausgebessert, man sah deutlich die Flicken. Aber niemand wirkte verwahrlost. Niemand wälzte sich im Dreck und kratzte an offenen Wunden. Es stank nicht nach Urin und Kotze. Die Leute starrten, sprachen die kleine Gruppe aber nicht an. Trafen sich ihre Blicke, dann wandten sie sich schweigend ab.

Die fünf waren versehentlich im Kreis gefahren und kamen nach einer Weile wieder zu der Burg. Simona bremste, stieg ab und ließ ihr Fahrrad auf die Wiese fallen. Die anderen taten es ihr nach, dann fragte einer der Jungs: »Und jetzt?«

Simona hob die Schultern. »Wir sehen uns einfach um. Deshalb sind wir doch hier?«

»Ich für meinen Teil hab schon genug gesehen«, sagte der Junge und wischte sich den Schweiß von der Stirn. Fünfzehn Kilometer mit dem Rad in der Sommerhitze. Er hatte deutlich genug von allem. »Wir müssen wieder zurück. Sonst wird es zu spät.«

»Quatsch, wir haben längst noch nicht genug gesehen!«

Der Junge widersprach, und der Wortwechsel mündete in einen lautstarken Streit. Am Ende hob der Junge sein Rad auf und fuhr wutschnaubend davon. Sein Freund und das andere Mädchen beeilten sich, ihm zu folgen.

»Feiglinge«, sagte Simona.

»Und was machen wir jetzt?«, fragte Liina.

»Hast du jemanden in unserem Alter gesehen? Oder sonst irgendjemanden unter hundert?«

Es war eine maßlose Übertreibung, aber Liina wusste, was sie meinte. »Irgendwie nicht. Aber vielleicht sind die alle in der Schule oder so.«

»Es sind Ferien.«

»Vielleicht sind sie im Urlaub.«

»Vielleicht, vielleicht ...«

Liina nickte. »Wir könnten jemanden fragen. Aber wen?«

Simona zeigte auf die Burg. »Irgendwo müssen wir anfangen.«

Liina kannte alte Gebäude aus Frankfurt oder von Ausflügen. Alte Gebäude waren aus dickem Stein, und in ihnen befanden sich normalerweise Ausstellungen. Es gab in der Gegend um Lahnstadt herum viele alte Burgen und manchmal auch Kirchen. Es waren Erlebnis- oder Lernzentren. Entsprechend ging sie davon aus, dass sie gleich ein solches Zentrum betreten würden, auch wenn außen nichts darauf hinwies. Simona und sie mussten eine Weile suchen, irrten auf dem Gelände umher, vorbei an Ruinen, vorbei an intakten Gebäudeteilen, sie rüttelten an verschlossenen Türen, liefen Treppen hinauf, standen schließlich vor einer Art Glaskäfig, der an das alte Gemäuer gebaut war. Sie spähten durch die Scheiben, sahen niemanden.

Als Liina die schwergängige Glastür aufzog, hörte sie entfernte Stimmen, die aus dem alten Teil des Gebäudes heraufdrangen. Zu sehen war niemand. Innen setzte sich die seltsame Mischung aus Alt und nicht richtig Neu fort, und sie versuchte sich zu erinnern, ob sie so etwas schon einmal gesehen hatte. Dass alte Gebäude in einen modernen Bau eingefügt wurden, kannte sie. Aber dann war innen alles *wirklich* neu. Hier nicht. Hier war nichts wirklich neu und wenig wirklich alt und das meiste irgendwo dazwischen. Es war ein schreckliches Durcheinander für ihr ästhetisches Empfinden. Der Glaskäfig, in dem sie und Simona standen, schien so etwas wie eine Rezeption zu sein, weiter hinten gingen hässliche metallgefasste Glastüren ab, eine Treppe führte nach unten, doch bevor Liina sich weiter umsehen konnte, hörte sie Schritte auf der Treppe.

Jemand kam heraufgestürmt und rief: »Raus! Raus!« Eine Frau mit einem langen Zopf, der wild hin und her baumelte. Sie war um die dreißig, hatte ein waches Gesicht mit freundlichen hellen Augen, nur dass sie gerade nicht sehr freundliche Dinge sagte. »Haut sofort ab! Verschwindet!«

Die beiden Mädchen standen mit offenen Mündern da und starrten sie an, bewegten sich keinen Zentimeter. Sie packte sie an den Schultern und stieß sie in Richtung Tür, riss diese auf und versetzte den beiden einen weiteren Stoß, um sie hinauszubefördern. Dann hörte Liina, wie die Tür verriegelt wurde. Sie war gestürzt und hatte sich Knie und Handflächen aufgeschürft. Simona hatte den Oberkörper vorgebeugt, stützte die Hände auf die Oberschenkel und keuchte. Liina rappelte sich auf, wischte den Dreck von Händen und Knien und starrte in den Glaskäfig, konnte aber niemanden mehr sehen. Die Frau war wie aus dem Nichts aufgetaucht und gleich wieder verschwunden.

»Was war das denn?« Simona stolperte zwei Schritte vor und ließ sich ins Gras sinken.

Liina schüttelte nur den Kopf. Noch nie hatte sie physische Gewalt am eigenen Leib erlebt.

»Vielleicht sollten wir abhauen.«

»Du wolltest doch unbedingt noch Fragen stellen?«

»Offenbar keine gute Idee.«

Aber jetzt war Liinas Neugier geweckt. »Lass es uns bei den alten Leuten probieren.«

»Nein, wir fahren zurück. Bis wir zu Hause sind, ist es Abend. Nicht, dass es dunkel wird.«

»Es ist Sommer. Wir haben noch viel Zeit.« Liina spürte, dass Simona Angst hatte, auch wenn sie sich alle Mühe gab, das zu verbergen. »Lass es uns wenigstens versuchen.« Liina zog sie hoch. Simona lächelte und ließ ihre Hand viel zu lange nicht los, betrachtete sie genau, bis es Liina unangenehm war. »Was?«

»Sieht gut aus mit der Glatze«, sagte Simona.

»Danke.«

»Sah vorher auch gut aus. Aber das jetzt ist ein Statement. Du wirkst älter.«

»Okay.«

»Und ich hab den Eindruck, du hast dich nicht nur äußerlich verändert.«

»Du kennst mich doch gar nicht richtig.«

Simona grinste. »Doch, doch, etwas hat sich verändert. Du strahlst so was aus ...«

Weiter kam sie nicht. Wütendes Hundegebell ließ die beiden zusammenschrecken.

»Wo sind die? Kommen die hierher?«, flüsterte Liina.

»Wir hauen ab.« Simona rannte los, die Treppe hinunter, quer über das Gelände, zurück zu den Fahrrädern. Liina folgte ihr. Drehte sich um, sah keine Hunde, hörte sie nur. Als das Gebell lauter wurde, drehte sie sich wieder um, und diesmal sah sie zwei dunkle Tiere auf sie zu rasen. Sie packten ihre Räder, schwangen sich auf und traten in die Pedale, so fest sie konnten. Auch als das Gebell hinter ihnen verstummt war, wurden sie nicht langsamer und fuhren, bis sie nicht mehr konnten. Auf einem einsamen, unebenen Weg hielten sie an und brachen nach Luft ringend über den Lenkstangen fast zusammen.

»Hat die im Ernst Hunde auf uns gehetzt?«, keuchte Simona.

»Ich hab sie gesehen, zwei Stück! Riesig!«

»Wir haben echt Glück gehabt.«

Liina sah sich um. »Wo sind wir überhaupt?«

Beide checkten ihre Smartcases. Sie hatten sie ausgeschaltet, damit ihre Eltern sie nicht lokalisieren konnten. Den Weg hierher hatten sie nur gefunden, weil sie sich die Landkarte im Offline-Modus geladen hatten. Der Empfang war extrem schlecht. Natürlich war die Netzversorgung in den letzten Jahren für diese Gegend nicht ausgebaut worden, und mehr noch, der Datenempfang im gesamten Hinterland war vermutlich geblockt. Die Mädchen konnten nicht sagen, in welcher Himmelsrichtung die Burg lag. Sie befanden sich in einem Waldstück und hatten keinerlei Orientierungspunkte.

Zwei weitere Stunden irrten sie umher. Es ging bergauf und bergab, die Wege waren voller Schlaglöcher, sie hatten nicht genug zu trinken und gar nichts zu essen dabei. Mehrere Male kamen sie durch Häuseransammlungen und versuchten, dort jemanden anzusprechen, aber die Menschen ignorierten sie. Sie blickten sie nur an, wandten sich dann ab, als wären die beiden Mädchen lästige Tiere. Zwei Mal wurden sie mit Geschrei verjagt. Erst als sie erschöpft mitten im Nirgendwo am Wegesrand anhielten und sich still weinend ins Gras warfen, erbarmte sich eine Frau mit sehr langen, sehr ungepflegten Haaren, die barfuß über eine Wiese kam und zwei mit Getreide gefüllte Eimer schleppte. Sie blieb stehen, setzte die Eimer ab und bückte sich, um zwei gelbe Blumen zu pflücken und sie den beiden zu reichen. Sie bedankten sich verwundert, und Liina wischte sich die Tränen weg und fragte, wie sie zurück in die Stadt kamen. Die Frau lächelte nicht, sie sagte nichts, sie deutete nur in eine Richtung, immer in dieselbe Richtung, als müssten sie einfach nur geradeaus. Dann hob sie seufzend ihre Eimer hoch und ging weiter. Liina und Simona folgten der Anweisung, und die Frau hatte sie tatsächlich auf den richtigen Weg geschickt.

Die Dunkelheit brach bereits herein, als sie endlich Lahnstadt erreichten, müde, hungrig und durstig, verschwitzt und verdreckt, ihren Eltern hatten sie erst eine halbe Stunde zuvor Bescheid geben können, erst da hatten sie Datenempfang. Auf die Frage, wo sie gewesen waren, antworteten sie wie verabredet, sie hätten einen kleinen Fahrradausflug gemacht, sich auf dem Rückweg aber schlimm verfahren. Ausführlicher wurden sie nicht, und ihre Eltern schüttelten zwar mürrisch die Köpfe, wussten es aber besser, als ihre Teenagertöchter ins Kreuzverhör zu nehmen.

In dieser Nacht lagen Simona und Liina schlaflos in ihren Betten und tauschten sich im Chat aus. Simona lebte nur anderthalb Kilometer von Liina entfernt. Dass sie beide in traditionellen biologischen Familien aufwuchsen, anders als die meisten in ihrem Alter, war nur eine Gemeinsamkeit, die sie feststellten. Und die nächtliche Fantasie brannte lichterloh bei den Vermutungen, die sie über die Parallelen anstellten.

Nichts von dem, was die beiden Mädchen über die Leute dort und die Siedlungen gehört oder gelesen hatten, entsprach offenbar der Wahrheit. Jahrelang hatten sie daran geglaubt, und ihre Eltern glaubten es immer noch. Sie verstanden einfach nicht, was die Leute daran hinderte, sich die Dinge mit eigenen Augen anzusehen.

10

KOS sagt ihr, dass sie die nächste Tablette nehmen soll. Liina sitzt an Yassins Schreibtisch, während Olga auf dem Sofa schläft. Sie nimmt die Tablette, spült sie mit Wasser runter, macht sich an die Arbeit. Ihre Gedanken schweifen ständig ab, sie muss sich zwingen, bei der Sache zu bleiben, wünscht sich, mehr Interesse dafür aufzubringen.

Als Zoologin Karin ruft sie bei der Notfallstation in Brüssow an, um herauszufinden, welcher Sanitäter in der entsprechenden Nacht Dienst hatte. Der Mann, mit dem sie spricht, zögert. Sie legt nach, versichert ihm bestens gelaunt, dass er nichts falsch gemacht habe und es ihr nur um ein paar Angaben für eine Studie gehe. Sie verweist auf ihre Homepage und spricht von einem Entschädigungsaufwand, den die Personen bekämen, die sich für die Studie interviewen lassen.

»Das Problem ist nur«, sagt der Mann, »dass der Kollege gar nicht da ist.«

»Aber das macht doch nichts! Wann kommt er wieder? Zur Spätschicht?« Sie spürt das übertriebene Lächeln auf ihrem Gesicht, das nötig ist, um ihre Stimme so fröhlich klingen zu lassen.

»Der hat Urlaub. Ich weiß nicht, wie lange, er meinte, er braucht ne Pause, und mehr weiß ich auch nicht.« Sie hört den Mann tief einatmen. »Das passiert manchmal, wenn einer ne Leiche hatte. Also, wenn einem wer weggestorben ist. Man will helfen, und dann stirbt da jemand.«

»Oh, das versteh ich natürlich sehr gut«, jetzt hat sie weit aufgerissene Augen, die vor Mitleid fast überquellen. »Würden Sie mir trotzdem den Namen Ihres Kollegen nennen? Für später?«

»Gernot Jablonski«, verrät der Mann endlich.

»Das ist so nett von Ihnen, ich weiß es wirklich zu schätzen und werde es diskret behandeln«, versichert sie ihm. »Sagen Sie, ist es normal, dass nur eine Person Dienst hat?«

»Na ja, es sind immer noch welche da, die Fahrdienst haben, die haben aber keine medizinische Ausbildung, nur Erste-Hilfe-Kenntnisse.«

»Und wer hatte Fahrdienst?«

»Hab ich hier nirgendwo vermerkt. Kann sein, dass jemand getauscht hat. Ich finde keinen Eintrag. Tut mir leid.«

Liina bedankt sich, beendet das Gespräch. Ihr Gesicht wird sofort wieder ernst, fast starr.

Es ist leicht, etwas über andere herauszufinden. Über jede Person findet sich etwas im Netz. Wo man zur Schule gegangen ist, welchen Abschluss man hat, was man beruflich macht, wofür man sich engagiert. Sobald der erste Eintrag seinen Weg ins so genannte Gemeinschaftsnetz – eingerichtet von staatlicher Seite – gefunden hat, was nicht selten gleich nach der Geburt der Fall ist, folgen über Monate und Jahre weitere, die sich damit verknüpfen, und daher ist es kein Problem, ganze Lebensläufe aufzurufen. Falls sich aufgrund einer Namensgleichheit oder eines Fehlers falsche Informationen miteinander verknüpft haben, gibt es früher oder später immer jemanden, der dies dem System meldet, und es wird von anderen, die ebenfalls Einträge zu dieser Person beigesteuert haben, geprüft. Oder wer als Bekannter dieser Person markiert wurde, erhält vom System eine Anfrage mit der Bitte, die Fehlermeldung zu überprüfen und gegebenenfalls zu berichtigen. So kontrolliert sich das ganze Land gegenseitig und legt öffentliche Einträge übereinander an.

Liina weiß, was notwendig ist, um diese Einträge zu manipulieren, um die Kontrolle über sie zu behalten. Sie weiß, wie man Personen, die nie existiert haben, erfindet und ihnen ein erfülltes Leben häkelt. So ist unter anderem die Zoologin Dr. Karin Müller entstanden. Deshalb glaubt man ihr, egal, wo sie als Karin auftaucht. Deshalb ist Karin jemand, für den sich keine Behörde interessiert. Karin ist so durchschnittlich und unauffällig, dass sie nirgendwo Misstrauen auslöst.

Wer das Haus verlässt, erklärt sich automatisch bereit, videoüberwacht zu werden, weil öffentlicher Raum überwacht werden darf, um bei Terrorverdacht oder anderen Verbrechen eine Gesichtserkennungssoftware anzuwenden. Videoblocker sind verboten. Jeder Schritt wird aufgezeichnet, wenn man nicht weiß, wie man sich davor schützt. Es sind zu viele Daten, als dass die Polizei sofort auf verdächtiges Verhalten reagieren könnte, wenn kein Anfangsverdacht vorliegt. Wer aber versucht, seine Daten aus dem Netz löschen zu lassen, gerät sofort ins Visier: Wer nichts zu verbergen hat, will auch nichts löschen.

Gernot Jablonski hat nichts zu verbergen. Er befindet sich in Irland am Strand unter Palmen und trinkt Cocktails. Wie sieht jemand aus, der aus der Bahn geworfen wurde, weil er einen Menschen nicht retten konnte? Liina sucht nach einer Möglichkeit, ihn zu kontaktieren, findet aber nur ein Messageboard, um öffentlich eine Nachricht zu hinterlassen. Das wird sie nicht tun.

Dafür weiß sie jetzt alles über ihn, und ihr fällt niemand ein, der ein langweiligeres Leben führt. Schule mit durchschnittlicher Abschlussbewertung im Alter von sechzehn. Ausbildung zum Rettungssanitäter, geradlinig und ebenso ereignislos, jedenfalls gibt es niemanden, der lustige Partyfotos von Gernot beigetragen hat. Immer mal wieder ist er auf Bildern zu sehen, die sein Team zeigen, einmal fast schon so etwas wie eine Fotoserie, auf der er den Rettungswagen und dessen Ausstattung vorführt. Überall grinst er das exakt gleiche Grinsen – ein Fotogesicht, wahrscheinlich vorm Spiegel trainiert. Im Laufe der Jahre immer dieselbe Frisur, als Kind, als Teenager, und jetzt mit achtundzwanzig. Fast glaubt sie, er sei erfunden, aber selbst dafür ist sein Netzprofil zu langweilig. Wer eine Person erfindet, gibt sich mehr Mühe. Gernot Jablonski hat nicht einmal genügend Freundschaften für eine Erfindung. Wer etwas über ihn gepostet hat, scheint ihn zwar zu kennen, aber nicht sehr eng mit ihm zu sein. Fast immer ist es im Zusammenhang mit seinem Beruf. Niemand würde sich trauen, eine Person mit so wenigen Querverbindungen, so wenigen Interessen zu erfinden. *This person is a stub ...*

Sie steht auf, holt sich Wasser, dehnt die Rückenmuskulatur, geht rüber zu Ethan und erzählt ihm davon, dass Gernot Jablonski eine Sackgasse ist. Er hält es für eine Ausrede.

»Er könnte ein Fake sein«, bietet sie an.

»Umso besser! Das klingt doch vielversprechend! Der ausgedachte Sanitäter und die verschwundene Leiche. Ich bin so neidisch auf dich.«

Liina setzt sich wieder an Yassins Schreibtisch und denkt nach. Merkt, dass sich ihr Körper verspannt und der Bildschirm kurz verschwimmt. Höchstwahrscheinlich Schwangerschaftsbeschwerden. Sie massiert ihre linke Schulter, schließt dabei die Augen, hat eine Idee. Der Sanitäter mag eine Sackgasse sein, aber die Ärztin weiß mehr, als sie Liina gesagt hat. »Mit dem Sanitäter können Sie unmöglich reden«, waren ihre Worte. Sie weiß definitiv etwas.

Liina sitzt im nächsten Direktzug nach Berlin, unter zwei Stunden Fahrt, dann noch die kurze Strecke nach Prenzlau. Am frühen Nachmittag steht sie mit Strohhut und Sonnenbrille auf einer Seebrücke am Uckersee in der prallen Sonne und wartet. Den Videoblocker hat sie seit ihrem Umsteigen am Berliner Hauptbahnhof aktiviert. Von Dr. Ortlepp bislang keine Spur. Liina wird nervös, weil sie glaubt, langsam aufzufallen.

Sie hat die Ärztin verschlüsselt kontaktiert. Natürlich als Zoologin Karin – aus der Rolle zu fallen, wäre die allerletzte Option, die nach Möglichkeit nie eintreten sollte. Sie schrieb ihr, dass sie den Eindruck hatte, Dr. Ortlepp würde gern etwas ungezwungener mit ihr reden. Keine zwei Minuten später erhielt sie, ebenfalls verschlüsselt, diese Koordinaten. Es ist riskant, den Treffpunkt aufzusuchen, vielleicht hat sie die Ärztin falsch eingeschätzt und tappt in eine Falle. Vielleicht steht gleich der Staatsschutz hinter ihr und bittet sie, Aufsehen zu vermeiden und mitzukommen.

Sie widersteht dem Impuls, sich umzusehen und die Leute zu betrachten. Hinter sich hört sie die unterschiedlichsten Gesprächsfetzen. *Wollen wir direkt am Wasser essen ... Heute Abend gehen wir schwimmen ... Ich möchte diese Entscheidung lieber nicht mittragen ... Wer hatte eigentlich die Idee zu diesem Geschenk für Paul ... Gestern hab ich hier ein Wiedehopfpärchen gesehen, ich zeig dir die Fotos ...* Liina nimmt die unfreiwillige Anregung auf und tut so, als würde sie mit ihrem Smartcase stimmungsvolle Seebilder schießen. Und dann Selfies von sich mit dem See im Hintergrund. Aus dem Augenwinkel versucht sie, im Blick zu behalten, ob jemand Fotos von ihr macht. Gerade überlegt sie, ob sie einen Anruf vortäuschen soll, um die Zeit totzuschlagen, als Dr. Ortlepp auftaucht.

Die Ärztin tut so, als würde sie sich zufällig neben sie stellen, blickt über das Wasser, nimmt ihr Smartcase und gibt ebenfalls vor, Fotos von dem spektakulären Seeblick zu machen. Eine Fontäne schießt einige Meter vor ihnen empor, die Wasserspiele beginnen. Deshalb ist hier so viel los, begreift Liina. Deshalb sollte sie die Frau hier treffen. Solange das touristische Ereignis stattfindet, wird niemand die beiden Frauen beachten.

»Ja, das haben wir hier jede volle Stunde bei Tageslicht«, sagt Dr. Ortlepp laut, als hätte Liina sie danach gefragt.

»Wunderschön!«, bestätigt Liina ebenfalls laut.

»Was wollen Sie?«, fragt die Ärztin nun deutlich leiser.

»Haben Sie Fotos von der Toten? Sie müssen noch den Mitschnitt des Videoanrufs haben. Soweit ich weiß, sind Sie verpflichtet, so etwas aufzuheben.«

»Die Aufnahme ist vom Server verschwunden«, antwortet

sie und zeigt lächelnd auf die Fontäne, als würde sie der fremden Frau neben sich immer noch die Attraktion erklären.

»Vertrauen Sie mir oder nicht? Und kann ich Ihnen vertrauen? Wir müssen uns beide entscheiden«, sagt Liina und verpasst Karin das dazu passende ernste, ehrliche Gesicht.

»Sie sind etwas blass heute«, merkt Dr. Ortlepp an.

»Oh, ja, mein Kreislauf, das ist ... das hab ich manchmal.«

»Hoffentlich sind Sie nicht schwanger. Aber das wüssten Sie ja.«

Die Ärztin wird ihr langsam unheimlich. Sie lacht, als habe sie gerade den besten Witz seit langem gehört. »Keine Sorge! Meine Partnerin und ich wollen wirklich keine Kinder.«

Dr. Ortlepp lacht mit, aber wohl mehr für den Fall, dass man sie beobachtet. »Ich kann Ihnen alles schicken. Aber Sie wissen, was das bedeutet.«

»Ich weiß es. Danke.« Sie sieht die Ärztin nicht an, als sie fragt: »Warum tun Sie das?«

»Weil ich einen guten Instinkt habe. An der Sache stimmt etwas nicht, aber ich bin nicht in der Position, dem auf den Grund zu gehen, es ist auch nicht meine Aufgabe. Und ich bin nicht mutig genug, laut Fragen zu stellen.«

»Sie kommen mir gerade sehr mutig vor. Vielen Dank.«

Die Ärztin tut so, als hätte sie gerade einen interessanten Vogel entdeckt, den sie fotografieren möchte. »Werden Sie laut Fragen stellen, wenn es so weit ist?«

»Ich möchte erst mal wissen, was überhaupt passiert ist.« Sie spricht sehr ernst, webt leichtes Zögern an den richtigen Stellen ein.

»Keine Schakale, so viel ist klar.« Dr. Ortlepp nickt ihr zu und verlässt mit schnellem Schritt die Seebrücke. Im selben Moment sind die Wasserspiele vorbei, und die gut gelaunte Menschenmenge löst sich auf.

Liina mischt sich unter die Leute. Schaltet den Videoblocker mal aus, dann an der nächsten Ecke wieder ein, wechselt den Hut gegen einen anderen, wechselt das Brillenmodell, so dass es wenigstens etwas schwerer wird, ihre Fährte aufzunehmen.

11

Sie sucht sich ein leeres Büro und lädt über das gesicherte Gallus-Netzwerk die Datei herunter, die Dr. Ortlepp ihr geschickt hat. Ihr Smartcase ist mit allen erdenklichen Sicherheitsfeatures aufgerüstet worden, aber durch die vielen notwendigen Apps kann es niemals so sicher sein wie das agentureigene Netzwerk.

Die Videosequenz, mitgeschnitten auf Ortlepps Rechner, zeigt einen Mann etwa Mitte zwanzig, der in die Kamera schaut und mit Dr. Ortlepp spricht, und einen anderen, vielleicht im selben Alter, der neben einer scheinbar leblosen Gestalt hockt. Mann eins bittet um schnelle Hilfe, Mann zwei ruft ihm zu, dass sie noch atmet. Ortlepps Stimme ist zu hören, sie sagt, ein Sanitäter sei unterwegs, man solle ihr die Person und ihre Verletzungen zeigen. Mann eins leuchtet mit dem Smartcase auf die unter einem Baum liegende Gestalt. Sie trägt eine hellgraue Stoffhose und ein hellgraues Oberteil, weiße Sneaker. Die Kleidung ist verdreckt und teilweise zerrissen. An mehreren Stellen sind Blutflecken zu erkennen. Mann zwei hält die Hand der Person. Man hört ihn murmeln, er scheint ihr gut zuzureden. Mit der anderen Hand streicht er ihr über den Kopf, über die kurz geschnittenen grauen Haare. Man kann erkennen, dass es sich um eine Frau handelt. Der Lichtstrahl des Smartcase richtet sich nun auf das Gesicht der Frau. Sie reagiert nicht auf Ansprache, öffnet aber für einen kurzen Moment die Augen, als das Licht sie trifft. Sie starrt vor sich hin, ohne zu blinzeln, schließt die Augen wieder. Ortlepp wiederholt, dass sie die Verletzungen sehen muss. Mann zwei deutet auf den blutverschmierten Hals der Frau. Eine offene Wunde ist aber nicht zu sehen. Die Ärztin fragt, ob sich erkennen lässt, wo sie akut blutet. Mann zwei zieht ihr das Oberteil ein Stück hoch. Seitlich sind Verletzungen, die stark bluten. Ortlepp gibt Anweisungen, was die Männer tun sollen, um die Blutung zu stoppen. Der Vorgang dauert einige zähe Minuten, Mann eins zieht sein Shirt aus, um damit die Blutung zu stoppen, Mann zwei sucht nach weiteren Verletzungen, von denen es einige gibt, aber keine, die so stark blutet. Während sie die Wunde unterhalb des Brustkorbs versorgen, ist zu hören, wie der Sanitäter kommt. Er kniet sich neben Mann zwei, Mann eins steht auf und filmt weiter, man hört ihn keuchen und aufgeregt flüstern, er wiederholt immer wieder, dass er hofft, die Frau möge überleben. Der Sanitäter versucht, die Frau anzusprechen. Er hat einen Helfer dabei. (Liina fragt sich, ob auch er gerade irgendwo Urlaub macht.) Der Helfer scannt die Frau, sucht nach einem Chip. Mann eins wird gebeten, beiseite zu gehen. Mann zwei hockt noch neben der Verwundeten und befolgt, wie es aussieht, Anweisungen vom Sanitäter. Der Helfer legt eine Trage neben die Frau, zu dritt heben sie sie vorsichtig darauf. Ortlepp bittet Mann eins darum, direkt mit dem Sanitäter sprechen zu können. Die Verbindung bricht kurz darauf ab, dann folgt der Anruf des Sanitäters aus dem Inneren des RTW. Er spricht in kurzen, knappen Sätzen, sagt der Ärztin, was er und sein Helfer gerade tun, während sie die Frau weiter versorgen, bis zu hören ist, wie die Geräte ihren Tod vermelden. Sanitäter und Helfer versuchen, sie wiederzubeleben, es funktioniert nicht. Das Gesicht des Sanitäters ist nicht zu sehen, weil er sein Smartcase, wie es vorgeschrieben ist, auf Brusthöhe befestigt hat, um zu dokumentieren, was er tut. Der Helfer ist zu sehen, er schließt die Augen, atmet tief durch, verlässt den RTW und spricht außerhalb des Bildausschnitts mit den beiden Männern. Er bedankt sich bei ihnen, bittet sie, nach Hause zu gehen, behauptet, keine weiteren Auskünfte geben zu können. Ortlepp sagt währenddessen nichts, gibt dem Sanitäter offenbar Zeit, sich zu sammeln. Als der Helfer wieder da ist, bittet sie die beiden, ihr noch einmal die Verletzungen der Frau zu zeigen. Der Helfer schneidet die Kleidung der Toten auf und legt die Wunden offen. Vor allem handelt es sich um Bisswunden an den Beinen, am Oberkörper finden sich bis hin zum Hals auch Kratzspuren, am Schlimmsten aber scheint die offen klaffende Wunde an der rechten Seite zu sein. Helfer und Sanitäter drehen die Frau auf Wunsch der Ärztin um. Auch am Rücken sind Verletzungen, darunter allerdings auch großflächige Hämatome, die nichts mit den Bisswunden zu tun haben können. Die Ärztin möchte sich den Hals genauer ansehen. Der Helfer säubert ihn von Blut und Erde. Der Sanitäter entdeckt die Narbe im selben Moment wie die Ärztin und geht näher mit der Kamera ran. Es ist eine ältere Narbe, seitlich der Luftröhre. Die beiden einigen sich darauf, dass sie nicht nach einem medizinischen Eingriff aussieht. Der Helfer hat noch etwas entdeckt, zwei längliche Narben vom Handgelenk bis etwa zur Mitte des linken Unterarms. Ortlepp will nun, dass die beiden Männer nach weiteren Narben suchen.

Sie finden an beiden Oberschenkeln, vor allem den Innenseiten, feine weiße Striche, vielleicht von Rasierklingen. Als sie ihr die Schuhe ausziehen, sind die Fußsohlen voller blutiger Blasen und Schnitte. Die Ärztin bittet darum, sowohl alte als auch neue Verletzungen zu dokumentieren und mit der Rechtsmedizin darüber zu sprechen, außerdem eine Blutprobe zu nehmen und ihr das Ergebnis zu schicken. Der Helfer sucht nach Hinweisen auf die Identität der Frau in deren Kleidung, findet aber nichts, kein Smartcase. Er scannt wieder ihren Körper. Kein Chip. Mit dem Auftrag, sie in die Rechtsmedizin nach Rostock zu bringen, entlässt Dr. Ortlepp die beiden in die Nacht und beendet das Gespräch. Es folgt noch ein Screenshot vom Blutbild der Toten. Zwei Substanzen, die nur mit einer Verschlüsselung wiedergegeben werden. Dr. Ortlepp hat sie markiert, sie kann damit offenbar auch nichts anfangen. Eine als kritisch ausgewiesene Substanz, dahinter ein Warnzeichen.

Liina kennt dieses Warnzeichen. Es bedeutet, dass dringend eine medizinische Untersuchung durchgeführt werden muss. Sobald es auftaucht, erhält man einen Termin im nächsten medizinischen Versorgungszentrum. Erscheint man dort nicht, wird man noch einmal aufgefordert, sich untersuchen zu lassen. Lässt man auch diesen Termin verstreichen, wird man zu Hause aufgesucht. In manchen Fällen kommt auch sofort jemand. Bedrohliche medizinische Unklarheiten sind nicht erwünscht. Sie sind nicht Teil des Systems.

Die kritische Substanz heißt Tranylcypromin. Liina sieht nach, worum es sich dabei handelt. Ein Antidepressivum, das schon seit Jahrzehnten nicht mehr zum Einsatz kommt wegen der lebensgefährlichen Nebenwirkungen bei falscher Ernährung und Wechselwirkungen mit anderen Medikamenten.

Umso alarmierender, dass zwei Substanzen nur verschlüsselt in der Analyse ausgewiesen werden. Bei Gabe eines so heiklen Medikaments wie Tranylcypromin sollte man meinen, dass alles genauestens aufgeführt wird, damit im Notfall das medizinische Personal weiß, was los ist. Normalerweise werden Substanzen nur dann verschlüsselt, wenn es sich um Medikamente in der Testphase handelt.

Diese Frau hätte längst in einem Krankenhaus sein müssen. Sie hätte gechipt sein müssen, weil sie ein Medikament nahm, das Wechselwirkungen mit anderen erzeugt und vor allem dauerhaft eine strenge Diät erfordert. Andererseits: Wieso nahm sie ein Medikament, das nicht mehr eingesetzt wird? Und dazu offenbar geheime Substanzen?

Liina merkt, dass sie nervös ist und ihr Blutdruck steigt. Bevor KOS ihr mitteilt, dass sie Atemübungen machen soll, nimmt sie eine Tablette, um ihr Herz zu beruhigen. Sie hört die Stimme von Dr. Mahjoub, die sie davor warnt, zu schnell und zu leichtfertig Tabletten zu nehmen. Dann sammelt sie Ethan ein, geht mit ihm zu Olga, die wieder oder immer noch in Yassins Büro sitzt, und zeigt den beiden, was sie gefunden hat.

»Wir können jetzt nur raten«, sagt Ethan. »Aber wenn ich kurz anmerken darf, offenbar ist es doch genau die richtige Geschichte für dich, oder?« Er grinst. »Die geheimnisvolle Tote im Wald.«

»Wir können das Material nicht verwenden. Sonst ist die Ärztin dran«, sagt Liina.

»Uns fällt da schon was ein«, sagt er, ganz vom Fieber einer großen Geschichte ergriffen.

»An den Medikamenten ist sie nicht gestorben, oder?«, gibt Olga zu bedenken.

»Keine Ahnung. Vielleicht hatte sie einen Zusammenbruch, als sie im Wald war, und dann haben sich Tiere an ihr zu schaffen gemacht. Durch den Biss im Bauchbereich hat sie sehr viel Blut verloren. Aber die Todesursache konnte Dr. Ortlepp so natürlich nicht feststellen.« Obwohl sie ihre Herztablette genommen hat, gibt ihr KOS ein Signal, etwas einzunehmen. Irritiert sieht sie auf ihrem Smartcase nach, fragt sich, ob sich zeitlich etwas überschnitten hat und das Medikament in ihrem Blut noch nicht messbar ist, obwohl sie die Wirkung bereits spürt.

Aber KOS will etwas anderes von ihr. Sie soll eine der Tabletten nehmen, die sie am Morgen bekommen hat. Liina hat sie schon fast verdrängt. Sie sucht in ihrer Bodybag danach, nimmt eine, würgt sie trocken runter. Ethan und Olga sehen sich das Video noch einmal an, vergrößern die Bisswunden.

»Muss ein Riesenschakal gewesen sein«, sagt Olga, »oder er hat eine sehr eigenwillige Kiefermutation und rennt mit einem gewaltigen Überbiss durchs Leben.«

»Eher ein Wolf«, bestätigt Ethan. »Aber warum machen sie dann eine Schakalgeschichte draus? Sind Wolfgeschichten nicht mehr scary genug? Liina, finde das doch auch gleich mal raus.«

Liina ignoriert seine Chefallüren. »Ich muss nach Rostock in die Rechtsmedizin.«

»Der Sanitäter ist nicht aufzufinden?«

Sie schüttelt den Kopf. »Urlaub, weit weg. Ich suche noch nach einer Möglichkeit, ihn diskret zu kontaktieren. Sein Helfer ist angeblich nicht bekannt, man sagte mir, es gebe keinen nachvollziehbaren Eintrag, wer in der Nacht gefahren ist.«

»Wir könnten denen einen Screenshot von ihm zeigen?«, schlägt Ethan vor.

»Wie gesagt, ich will nicht, dass die Ärztin da mit reingezogen wird. Außerdem glaube ich keine Sekunde, dass niemand weiß, wer in der Nacht gefahren ist.«

»Was ist mit deinen neuen Freunden? Igor und wie heißen die anderen? Die angeblich die Frau gefunden haben?«

»Soll ich sie foltern? Irgendjemand hat ihnen gesagt, dass sie den Mist erzählen sollen, und das tun sie brav. Welche Druckmittel hab ich schon, den lieben Igor dazu zu bringen, mir die Wahrheit zu sagen? Und dann wissen wir auch nur, dass er gelogen hat, aber noch lange nicht, warum.«

»Aber vielleicht, wer ihn dazu gebracht hat ...«

»Als ob er das wirklich wüsste.«

Ethan nickt. Er weiß, dass sie recht hat.

»Die Medizindaten sind im Moment das Konkreteste, was wir haben. Ich muss nach Rostock, wenn ich weiterkommen will.« Sie seufzt. »Ethan, muss ich wirklich?«

Er nickt.

»Haben wir eine Aufnahme von ihrem Gesicht, die wir vergrößern können?«, fragt Olga. »Sie kommt mir total bekannt vor.«

»Echt?« Liina zieht die Augenbrauen hoch. »Vielleicht ähnelt sie jemandem, den du kennst?«

»Ich komm einfach nicht drauf.«

Ethan lässt ein Programm über die Sequenz laufen, in der Mann eins die Frau abfilmt, um der Ärztin zu zeigen, wo sie verletzt ist. Keine Minute später hat das Programm ein lebensecht aussehendes dreidimensionales Ganzkörperbild der Frau errechnet. Es dreht sich langsam.

Liina starrt auf den Monitor. »Du hast recht«, sagt sie zu Olga. »Aber ich komme auch nicht drauf. Können wir ihr Gesicht im Netz suchen?«

»Klar«, sagt Ethan und will anfangen, als Liina laut aufstöhnt. Ein Ziehen im Unterleib, ganz überraschend. Olga fragt sie, ob sie etwas für sie tun kann. Sie will den Kopf schütteln, doch der ist mit einem Mal bleischwer, und ihr wird übel.

»Geht schon«, presst sie hervor und atmet tief ein und aus. Sie spürt die Blicke der beiden auf ihrem Bauch. Liina hat unwillkürlich die Hand auf ihn gelegt. »Unterwegs was Falsches gegessen.«

»Was hast du denn gegessen?«, fragt Olga.

Liina zuckt die Schultern, stellt sich etwas breitbeiniger hin, macht den Rücken gerade. »Weiß nicht mehr. Egal. Also, Gesichtserkennung?« Der Schmerz ist weg. Nur eine kurze Irritation.

»Gut, also das kann nicht sein«, murmelt Ethan.

»Ah«, sagt Olga. »Sie kam mir gleich total bekannt vor!«

»Na ja, das Ausgangsmaterial war nicht sehr gut. Sagen wir mal, sie hat eine gewisse Ähnlichkeit mit ihr«, sagt Ethan. »Natürlich kann sie das nicht sein. Sie hatte gestern noch ein Konzert.«

Patrícia Silva. Dirigentin des Hauptstadtorchesters.

»Vielleicht eine Verwandte von ihr?«, schlägt Ethan vor.

Olga geht das Profil von Patrícia Silva durch. »Sieht alles normal aus. Konzerte, Proben, Ausflüge ... Hier sind diverse Verwandte von ihr ... Cousinen, keine Geschwister allerdings. Ich sehe mir die Cousinen mal an. Es kann aber auch eine nichtverwandtschaftliche Ähnlichkeit sein.«

Liina sagt gar nichts, sie starrt nur auf das Ergebnis der Gesichtserkennung und versucht, dem Ganzen einen Sinn zu geben. Aber ihr Gehirn arbeitet nicht, wie es sollte. Als würden ihre Gedanken von einem sturen Navigationsgerät immer wieder zurück in dieselbe Sackgasse geschickt. Das da, sagt ihr Gehirn, ist Patrícia Silva und keine Verwandte, auch keine Doppelgängerin. Es ist nicht möglich, und doch weiß sie, dass es so ist. An der Stelle beginnt die Gedankenschleife erneut. Patrícia Silva. Kein Zweifel. Die Ehefrau von Simona Arendt.

Ethan sagt etwas zu ihr, aber aus irgendeinem Grund versteht sie ihn nicht. Um sie herum schwirrt Schwarz, es rauscht in den Ohren. Dann merkt sie, dass ihr kalt ist, und dann, dass Olga sie unter den Achseln packt und hochzieht. *Kreidebleich*, das Wort dringt in ihr Bewusstsein, sie hört wieder mehr als nur Rauschen. Man will sie zur Toilette bringen, so viel versteht sie. Sie spürt Olgas festen Griff, aber kaum die eigenen Beine, dafür Schmerzen im Bauch, die immer stärker werden. Kalter Schweiß überall, ihr Oberteil klebt am Rücken und unter den Brüsten. Zwischen den Beinen spürt sie, wie es feucht wird, dann übergibt sie sich, mitten auf den Flur. Olga zieht sie weiter, sie kann ihre Beine nicht mehr bewegen, und die Schmerzen im Bauch werden stärker, unerträglich, als hätte sie Rasierklingen verschluckt, die sich durch nervenreiches Gewebe schneiden, und die Feuchtigkeit zwischen den Beinen hat jetzt etwas Klebriges. Olga zieht ihr die Hose runter, sie sind auf der Toilette, sie soll sich hinsetzen, tut es, will sich anlehnen, aber die Schmerzen reißen sie nach vorn. Sie sitzt da mit dem Kopf zwischen den Knien, keucht und stöhnt, übergibt sich wieder. Sie sieht rote Schlieren an ihren Beinen, Shorts und Unterhose sind voller Blut. Aus ihrer Vagina schießen schwallartig Blut und Gewebeklumpen heraus. Ihr Herz hämmert wild, und sie fragt sich in einer klaren Sekunde, warum noch kein Rettungsteam gekommen ist, KOS müsste längst Alarm geschlagen haben. Irgendwo inmitten ihres Keuchens und Stöhnens immer wieder Olgas Stimme, auch andere Stimmen, noch einmal zerschneiden Rasierklingen ihr Innerstes, noch einmal stößt ihre Gebärmutter Blut und Gewebe aus, sie kippt nach vorn, rutscht vom Toilettensitz ab, in ihr Erbrochenes, es ist ihr egal. Sie will sterben oder wenigstens schlafen.

Hinterland

Liinas Neugier quälte sie von nun an Tag und Nacht. Sie wollte mehr wissen über die Parallelen, und sie wollte verstehen, warum alle an die Lügen glaubten. Also nahm sie an einem schulfreien Tag keine zwei Wochen nach ihrem ersten Ausflug ins Hinterland das Fahrrad und fuhr wieder hin. Diesmal allein. Sie sagte nicht einmal Simona, was sie vorhatte.

Ihr kam der Weg kürzer vor, auch weil die anderen sie nicht ausbremsten. Niemand außer ihr war mit einem Fahrrad unterwegs. Sie fragte sich, wie sich die Menschen fortbewegten. Ein paar Mal überholte sie ältere Frauen, die leicht gebeugt aber zügig am Straßenrand voranschritten, unterstützt von zwei Gehstöcken. Sie trugen große Rucksäcke. Manche von ihnen wurden von Hunden begleitet. Keine hetzte sie auf Liina.

Sie fuhr wieder zu der alten Burg, ignorierte die Menschen im Dorf, die vor ihren Häusern saßen oder in den Gärten arbeiten, tat ganz so, als wäre es das Normalste der Welt, dass sie hier war. Diesmal war es noch recht früh am Tag. Sie war aufgebrochen, bevor ihre Eltern und ihre Geschwister aufgestanden waren, hatte ihnen eine Nachricht geschickt, dass sie einen Fahrradausflug an den Main machen würde. Sie hatte den Ausflug schon vor ein paar Tagen angekündigt, niemand würde Verdacht schöpfen.

Diesmal glaubte Liina, auf alles vorbereitet zu sein. Mit

erhobenem Kopf ging sie auf den Glaskäfig zu, legte selbstbewusst die Hand auf die Klinke und riss die Tür mit aller Kraft auf. Dann blieb sie in dem Raum stehen und sah sich um.

Direkt vor ihr befand sich der Tresen, an der Seite fest verschraubte Sitze, hinten gingen Türen ab, daneben die Treppe nach unten. Nirgendwo aber fand sich ein Hinweis auf die Funktion des Gebäudes. Es gab nicht einmal Bilder an den Wänden. Der Tresen war leer, kein Computer war zu sehen, kein Monitor, nichts. Als sie einen Schritt näher trat, entdeckte sie hinter dem Tresen ein Gerät, das sie nur aus der Schule kannte: ein Telefon. Eines, dessen Basis man noch mit Kabeln in die Wand stecken musste, von dort aus wurde das Signal dann an den absurd großen Hörer weitergeleitet. Sie hatten im letzten Jahr erst so ein Ding im Technikunterricht auseinandergebaut und furchtbar darüber gelacht, wie umständlich die Menschen früher kommunizieren mussten.

Liina beugte sich über den Tresen und nahm vorsichtig den Hörer hoch. Sie hielt ihn sich ans Ohr. Nichts, kein Ton. Sie drückte auf ein paar Knöpfe, aber das Teil blieb still. Auf dem kleinen Display über den Knöpfen tat sich nichts. Liina legte den Hörer zurück. Lauschte. Gedämpft waren einzelne Stimmen zu hören. Sie nahm ihren ganzen Mut zusammen, entschied sich für die Treppe. Sie zu betreten war, als durchschritte sie die Pforte in eine andere Welt. Noch eine andere Welt, dachte sie. Die Treppe musste hunderte Jahre und älter sein, die Holzstufen waren in der Mitte bereits deutlich abgetreten. Am Fuß der Treppe fand sich ein langer Gang mit Holzdielen, von dem rechts und links in regelmäßigen Abständen graublaue Kunststofftüren mit Metallgriffen abgingen. Kurz hielt sie inne, um zu lauschen. Die Stimmen waren nun gar nicht mehr zu hören. Sie mussten von der Eingangsebene gekommen sein. Hier unten war es totenstill. Sie folgte dem Gang bis zu einer größeren Tür, hinter der sich eine schön geschnitzte Wendeltreppe in einem düsteren Turm verbarg. Liina wollte nicht nach oben, sie entdeckte eine weitere Tür gegenüber, durch die sie in eine Art Halle kam, die die unterschiedlichsten Jahrzehnte und Jahrhunderte zu kombinieren schien: unbequem wirkende Plastikstühle und ein paar mit Stoff bezogene, zwei riesige Sofas und Tische unterschiedlicher Größen standen ohne Ordnung, und ohne jemals zusammengepasst zu haben, in einem Raum, der sich außerdem durch eine mit aufwändigen Schnitzereien verzierte Wandvertäfelung, Buntglasfenster und einen sehr abgelaufenen Holzboden auszeichnete. Über die gesamte Länge der ihr gegenüberliegenden Wand hingen lange blaue Vorhänge. Liina brauchte ein paar Sekunden, um zu bemerken, dass sie nicht allein war. Unter einem der Tische saß ein Mädchen etwa in ihrem Alter in einem hellen Kleid und streichelte einen kleinen Hund, der neben ihr lag. Beide sahen sie mit großen dunklen Augen an. Liina starrte zurück. Sie erwartete, wieder angegriffen zu werden.

Stattdessen fragte das Mädchen: »Willst du auch mal?«

»Was denn?«

»Den Hund streicheln. Er ist ganz klein.« Sie sprach laut und unbedarft.

Liina ging vorsichtig ein paar Schritte auf die beiden zu. »Ist er noch ein Welpe?«

»Ja.«

»Wie heißt er denn?«

»Toni. Ich durfte mir den Namen aussuchen. Ich wollte, dass er Toni heißt.«

Das Mädchen sah bei genauerer Betrachtung älter aus, wirkte in ihrer Art aber noch recht jung.

»Toni ist ein schöner Name. Hallo, Toni.« Liina kniete sich vor den Tisch und streckte vorsichtig die Hand aus. Der kleine Hund hatte schwarz-weißes, etwas längeres Fell und niedliche Schlappohren. Er schnupperte an ihren Fingern, dann leckte er sie ab. Erschrocken zog Liina die Hand zurück.

»Er mag dich«, sagte das Mädchen.

Liina wurde rot und wischte sich die feuchten Finger am T-Shirt ab. Sie war den Umgang mit Tieren nicht gewohnt.

»Wie heißt du?«, fragte das Mädchen.

»Liina. Und du?«

Das Mädchen lachte, als hätte Liina einen Witz gemacht.

»Was denn? Findest du meinen Namen blöd?«

»Ich heiße Tina. Liina, Tina. Und Toni.«

Jetzt musste Liina auch lachen, es war einfach zu ansteckend. Der kleine Hund kam zu Liina, legte seine Pfoten auf ihren linken Oberschenkel und ließ sich von ihr am Kopf streicheln. Sie war davon überzeugt, noch nie im Leben etwas so Weiches berührt zu haben wie das Fell des Hundes.

»Siehst du, er mag dich«, sagte Tina. »Was machst du hier?«

Liina konnte gar nicht mehr aufhören, das Tier zu streicheln. Sie nahm den Hund hoch und drückte ihn an sich. »Ich weiß nicht. Ich wollte mich mal umsehen. Ich war noch nie hier – also, nur einmal, mit einer Freundin, und nur sehr kurz. Jemand hat uns weggejagt.«

Tina ging gar nicht darauf ein. »Wo wohnst du? Wohnst du jetzt auch bei uns?«

»Meinst du hier in diesem Ort? Nein.«

»Hier im Haus! Du siehst so aus, als ob du hier wohnst.«

»Was? Nein. Wie sieht man denn aus, wenn man hier wohnt?«

Das fremde Mädchen wirkte mit einem Mal verunsichert. Dann fiel ihr etwas ein, und sie strahlte wieder. »Wir haben noch mehr Hunde!«

Liina dachte an ihren letzten Besuch. »Lass mal. Ich steh nicht so auf Hunde. Außer auf ihn hier.« Sie ließ es zu, dass Toni ihr ein wenig über das Gesicht leckte. »Warum bist du allein? Ist hier sonst niemand?«

»Die sind in der Kirche.«

»Was?«

»Die sind in der Kirche«, wiederholte Tina etwas langsamer und lauter.

»Ja, ich hab dich schon verstanden.«

»Warum fragst du dann?«

»Weil ich keine Leute kenne, die in die Kirche gehen.«

»Wir gehen immer in die Kirche und reden und machen Musik und essen und reden ...« Sie verstummte.

»Beten werdet ihr da wahrscheinlich auch«, sagte Liina und versuchte, die Verachtung aus ihrer Stimme herauszuhalten.

»Was ist beten?«

»Willst du mich verarschen?«

Ihre neue Freundin schien darüber ernsthaft nachzudenken. »Nein, das will ich nicht. Was ist beten?«

»Wenn man die Hände faltet und so tut, als würde man mit einem Gott sprechen, von dem man eigentlich weiß, dass es ihn nicht gibt, aber für den Fall, dass es ihn doch gibt, redet man besser mit ihm.«

Tina lachte. Sie ließ sich mit einem Seufzer auf den Rücken fallen und kicherte weiter. Der kleine Hund sprang schwanzwedelnd zu ihr und tänzelte bellend um sie herum. Tina dirigierte ihn hin und her, bis er sich auf sie stürzte und ihr das Gesicht ableckte. Wieder lachte sie fröhlich und rief den Hund zur Ordnung, aber er hörte nicht auf sie. Als sich die beiden etwas beruhigt hatten, richtete sich Tina keuchend auf und fragte Liina: »Spielst du mit mir?«

»Klar. Was denn?«

Das Mädchen lief zu einer schlichten, weißen Regalwand. Darin standen alte Bücher, flache bunte Kartons, größere braune Kartons, Spielsachen für kleinere Kinder fanden sich auf einigen Regalbrettern, es gab auf den ersten Blick keine Ordnung, aber das Mädchen wusste genau, wonach sie greifen würde, und kam mit einem der flachen bunten Kartons zurück. Im Karton rappelte es. Der Deckel wurde von mehreren Streifen Klebeband zusammengehalten, so dass Liina nicht erkennen konnte, was einmal darauf gestanden hatte.

»Wir spielen das.« Tina stellte den Karton auf einen Tisch und nahm mit beiden Händen feierlich den Deckel ab. »Holst du Stühle?«, fragte sie. Liina setzte sich ihrer neuen Freundin gegenüber und sah zu, wie diese ein dünnes, bunt bedrucktes Brett auseinanderklappte und kleine Figuren in verschiedenen Farben aus einem Stoffsäckchen holte.

»Welche Farbe willst du?«

»Was ist das?«, fragte Liina. Auf dem Brett waren in jeder Ecke jeweils vier Punkte zu einem Quadrat in unterschiedlichen Farben angeordnet, die sich in ebenfalls vier Punkten, die gerade auf die Brettmitte zuliefen, wiederfanden.

»*Mensch ärgere dich nicht*!«, rief das Mädchen.

»Bitte was?«

»Das kennen doch alle!«

»Entschuldige, ich habe keine Ahnung, was das ist ...« Ihr fiel das Wort Brettspiel ein, das sie irgendwann einmal gehört hatte. Nach Schach sah es allerdings nicht aus. Nicht, dass sie jemals Schach mit echten Figuren auf einem echten Brett gespielt hätte.

»*Mensch ärgere dich nicht*!«, wiederholte Tina.

»Ich ärgere mich nicht.«

»Das heißt doch so!« Tina schlug sich die Hand an die Stirn. »Du kennst das echt nicht?«

»Nein, wirklich nicht ...«

»Schade.« Kurz wirkte sie verstimmt, enttäuscht. Und dann zauberte ein neuer Gedanke ein Strahlen auf ihr Gesicht: »Ich kann es dir beibringen.«

Liina überraschte sich selbst mit ihrer Antwort. »Ja, sehr gern. Ich möchte das sehr gern lernen.«

Sie wählte die grünen Figuren, Tina nahm die roten und fing an, ihr die Spielregeln zu erklären. Nach einer Weile waren sie ganz vertieft in das Spiel, lachten laut und versuchten, sich gegenseitig vom Feld zu werfen. Sie bemerkten nicht, dass jemand den Raum betreten hatte und sie still beobachtete. Als eine fremde Frauenstimme erklang, zuckte Liina so heftig zusammen, dass sie die Spielfiguren umwarf. Sie rollten auf den Boden. Der Hund freute sich und beschnüffelte sie.

»Tina, gehst du bitte raus zu den anderen«, sagte die Stimme sehr ruhig, aber bestimmt.

»Wir sind noch nicht fertig!«, protestierte Tina.

Liina drehte sich um und sah sich der Frau gegenüber, die sie beim letzten Mal vertrieben hatte. Sie wollte aufspringen und weglaufen, konnte sich aber nicht rühren. Ihre neue Freundin versuchte noch, mit der Frau zu diskutieren, gehorchte dann aber, nahm den erstaunt aufwinselnden Toni auf den Arm und rief im Weggehen: »Tschüss, Liina!« Sie verschwand hinter dem blauen Vorhang, dann war zu hören, wie eine Tür zuschlug. Die wütende Frau und Liina waren nun allein.

Die Frau blieb hinter ihr stehen. Liina schob den Stuhl zurück, richtete sich auf, drehte sich um, verschränkte die Arme und starrte die Frau an. Sie war mindestens so groß wie sie.

»Wer bist du, und wie bist du hier reingekommen?« Die Frau starrte mit ebenfalls verschränkten Armen zurück.

»Mein Name ist Liina, und die Tür war offen«, sagte sie so ruhig sie konnte.

»Wer hat dich geschickt?«

»Niemand! Wieso soll mich jemand schicken? Wir dürfen gar nicht hierher.« Sie biss sich auf die Zunge, weil sie nicht wusste, ob sie gerade zu viel von sich preisgegeben hatte.

»Ach, dann bist du nur zum Gaffen hier? Mal schauen, was die Asozialen so treiben? Ein bisschen im Dreck wühlen, was? Und? Macht's Spaß? Hast du schon Fotos gemacht, die du zu Hause rumzeigen kannst?«

Liina fühlte sich ertappt. Genau deshalb waren sie anfangs gekommen: aus Neugier, aus Sensationslust. »Ich hab keine Fotos gemacht«, sagte sie schnell.

»Nein? Wollen wir Tina suchen, damit du das nachholen kannst? Ein paar Selfies mit ner Behinderten? Na, wie wär das?«

»Was? Wieso mit ... Was ist mit ihr?«

»Tu doch nicht so.« Die Wut der Frau war nun offenkundig. »Trisomie 21, das kennt ihr nicht mehr da bei euch, weil ihr sie alle abtreibt. Ihr kennt vieles nicht mehr! Wir sind aber kein Zoo!«

Erschrocken bemerkte Liina, dass die Frau Tränen in den Augen hatte. »Entschuldigen Sie, ich wollte gar nicht ...«

»Sie hat dir beigebracht, wie man ein Spiel spielt. Sie hat dir die Regeln erklärt. Ihr hattet Spaß zusammen. Oder etwa nicht?« Die Frau wandte sich von Liina ab und wischte sich mit der Hand über die Augen. »Ihr ekelt mich an«, sagte sie kaum hörbar.

Liina ging ein paar Schritte auf sie zu und zwang sie, ihr in die Augen zu sehen. »Ich bin nicht hier, weil ich gaffen will. Ja, ich war neugierig, aber nur, weil man uns offenbar große Scheiße darüber erzählt, was hier los ist. Und jetzt will ich wissen, was wirklich Sache ist. Warum soll das falsch sein?«

»Ich glaub dir kein Wort«, zischte die Frau und trat von ihr weg. »Wer hat dich geschickt? Was willst du hier?«

Liina verdrehte genervt die Augen. »Das hab ich Ihnen gerade gesagt. Und wer soll mich denn geschickt haben? Ich hab meine Eltern angelogen, die denken, ich bin mit dem Fahrrad unten am Main. Wenn die wüssten, dass ich hier bin, käme ich die nächsten Jahrzehnte aus dem Stress nicht mehr raus, den sie mir machen würden. Warum ist es ein Problem, dass ich hier bin?« Die Frau antwortete nicht sofort, also sprach sie weiter. »Ich hab geglaubt, dass hier alle total eklig und krank und verrückt sind und Drogen nehmen und so was. Und dann komm ich hierher, und es ist irgendwie gar nicht so. Es ist anders. Schon komisch, klar, aber nicht so, wie ich gedacht habe. Und deshalb frage ich mich, warum wir so verarscht werden, ich meine, warum sagt denn keiner, wie es hier wirklich ist, wo ist das Problem?« Sie breitete die Arme aus, wie um zu zeigen, dass es offensichtlich gar kein Problem gab.

Jetzt lächelte die Frau, aber ihr Blick war immer noch traurig, und ihre Stimme klang rau von den Tränen. »Das Problem ist, viele von uns *sind* krank und verrückt, nach euren Maßstäben. Und einige nehmen Drogen, wenn sie welche kriegen können. Das Problem ist, dass es uns nicht geben darf.«

»Kapier ich nicht.« Liina schüttelte genervt den Kopf. »Wenn Sie so reden, bringt mich das auch echt keinen Schritt weiter.«

Die Frau überlegte einen Moment. Sie schien abzuwägen, ob sie diesem jungen Mädchen wirklich vertrauen konnte. Sie wischte sich das Gesicht trocken, räusperte sich, schüttelte den Kopf. Sagte schließlich: »Es darf uns in deiner Welt nicht geben. In der Stadt würden die meisten von uns sterben.«

12

Jemand zieht sie hoch, setzt sie wieder hin, hält sie fest. Jemand anderes hebt ihre Beine an, zieht ihr Schuhe, Shorts, Unterhose aus. Es muss jemand anderes sein, weil sie noch die Hände der ersten Person spürt, die sie mit eisernem Griff aufrecht halten. Sie spürt einen nassen Lappen im Gesicht. Sie spürt einen nassen Lappen an den Beinen. Wenn sie versucht, die Augen zu öffnen, bleibt alles schwarz. Ihre Lider sind viel zu schwer. Ihr Körper will in sich zusammensacken, aber es wird ihm verwehrt. Wieder schießt Blut aus ihr heraus. Jemand betätigt die Klospülung, sagt etwas, das nicht bei ihr ankommt. Noch mal ein nasser Lappen im Gesicht, diesmal mit viel mehr Wasser, nicht um sie zu säubern, sondern um sie wach zu halten. Kaltes Wasser läuft ihr über Kinn und Hals und auf das Oberteil. Das Rauschen in den Ohren wird leiser, sie kann nach und nach hören, was um sie herum geschieht. Sie erkennt die Stimmen. Olga, die ihr sagt, sie soll wach bleiben. Ethan, der ihr sagt, dass alles gut wird.

Ihr Herz schlägt schnell und unruhig. So darf es nicht schlagen. Das ist nicht richtig. Sie will ihre Medikamente nehmen und versucht, genau das zu sagen. Sie schafft es, die Augen zu öffnen. Olga ist nicht mehr da.

»Sie kommt gleich wieder«, sagt Ethan.

»RTW?« Liina kann nur flüstern.

»Jeden Moment. Geht es dir besser?«

Er hat noch nicht ausgeredet, als sich Liinas Magen schon wieder hebt. Es kommt nur noch Galle, sie würgt und hustet.

»Okay. Ich ziehe die Frage zurück.«

»Nein, besser«, krächzt sie.

»Na ja, von außen betrachtet ...«

Sie kann ihn nicht sehen, er steht schräg hinter ihr, hält sie immer noch fest. Sie ringt keuchend nach Luft.

»Ruhig«, sagt Ethan. »Langsam atmen.« Sie hört, dass er es vormacht. Als würde das irgendetwas helfen.

Olga kommt wieder zurück, sie hält in jeder Hand ein Fläschchen mit Tabletten. »Welche?«, fragt sie.

Liina braucht das Fläschchen, das Olga in der rechten Hand hält, aber sie starrt auf das andere, und Olga missversteht ihren Blick, reicht ihr das falsche.

»Nein.«

Sie hält ihr das andere Fläschchen hin. Liina nimmt es, ist zu schwach, um es zu öffnen. Ethan lässt sie los, nimmt es ihr ab, schraubt den Verschluss auf. »Eine? Zwei?«

»Eine.«

Er hält ihr eine Tablette hin. Sie nimmt sie und zerbeißt sie, um sie trocken schlucken zu können. Sie glaubt, Ethans Griff immer noch am Oberkörper zu spüren. Wahrscheinlich wird sie blaue Flecken bekommen. Dann hält er sie wieder fest, diesmal sanfter.

Olga ist noch einmal verschwunden. Als sie zurückkommt, hat sie ein Stück Stoff in der Hand. »Wir ziehen dir dein Oberteil aus und das hier an«, sagt sie. »Mein Unterkleid. Damit du was Sauberes hast. Und etwas, das dir bis zu den Knien geht.«

Liina nickt nur, lässt es geschehen. Dann sind noch mehr Menschen vor der Toilettenkabine, zwei Sanitäterinnen, sie stellen Fragen. Ob sie noch blutet. Ob jemand einschätzen kann, wie viel Blut sie verloren hat. Ihr Chip wird eingescannt, Daten von KOS ausgelesen. Ethan wird aus der Kabine vertrieben, er zieht sich wortlos zurück.

»Wo sind die Medikamente?«, fragt eine Sanitäterin. Olga reicht ihr die beiden Fläschchen.

»Das da«, sagt Liina und will danach greifen. Das Fläschchen, das man ihr am Morgen gegeben hat. »Das hab ich nicht vertragen«, sagt sie.

»Nehmen wir mit.«

»Nein«, ruft Liina, selbst erstaunt darüber, wie heftig sie in dieser Situation klingen kann. »Olga, sieh es dir an.«

Die Sanitäterin sagt: »Wir kümmern uns darum.« Sie bittet Olga, ihr die Tabletten zu geben, dann wendet sie sich an ihre Kollegin. »Bluttransfusion?«

Die Kollegin schüttelt den Kopf. »Werte sind okay. Hier untersuchen oder mitnehmen?«

Liina glaubt, dass ihr diese Frage gilt. »Ich will nicht ins Krankenhaus.«

»Mitnehmen.« Natürlich, die Anweisung von KOS ans Rettungspersonal heißt immer: Sofort in die Dornbuschklinik.

»Ich will aber nicht!«

»Ihre Herzfrequenz ist immer noch zu hoch«, sagt die Sanitäterin. »Und Sie waren gerade erst wegen Auffälligkeiten im Dornbusch, laut Ihren Daten. Sie kommen mit. Spritze«, sagt sie zu ihrer Kollegin, die ohne zu zögern der Anweisung nachkommt und Liina etwas in den Oberarm injiziert.

»Gleich ist alles gut«, sagt sie und klingt ganz warm, anders als die andere.

Die Spritze wirkt nach nur wenigen Sekunden, und Liina wird angenehm müde und entspannt. Die Schmerzen rücken in weite Ferne, ihr ist alles egal, sie lächelt sogar.

Einen gefühlten Wimpernschlag später freut sie sich über dasselbe Zimmer, aus dem sie sich gerade erst selbst entlassen hatte. Etwas schläfrig nimmt sie wahr, wie erst ihr Herz, dann ihr Bauch untersucht wird. Alles in Ordnung, heißt es, nur ein bisschen Ruhe halten. Sie nickt und lächelt und schläft ein, träumt wirres Zeug von dunklen Wäldern, bunten Schmetterlingen und zahmen Wölfen.

Als sie wach wird, ist es draußen dunkel. Sie trägt ein Krankenhaushemd und etwas, das sich wie eine Windel anfühlt. Das dünne Kleid, das Olga ihr gegeben hat, liegt auf einem Stuhl neben dem Bett. Sie hat Kopfschmerzen und einen trockenen Mund und braucht einen Moment, um sich zu erinnern, warum sie hier ist. Ihr Herz hat verrückt gespielt. Die Medikamente, die sie nehmen sollte, hat sie nicht vertragen. Und dann ...

Sie fängt an zu schreien und zu weinen. Bis jemand kommt. Kein Pfleger, sondern Dr. Mahjoub persönlich. Als hätte sie darauf gewartet, damit gerechnet. Die Ärztin bleibt neben Liinas Bett stehen, lässt sie toben, setzt sich schließlich auf den Bettrand und legt ihr beruhigend eine Hand auf die Schulter. Zieht sie an sich und flüstert: »Schon gut. Schon gut.«

Es dauert lange, bis sie so erschöpft ist, dass sie ruhiger wird. »Was waren das für Tabletten?« Sie schluchzt leise.

»Es lag nicht an den Tabletten.«

»Woran denn dann?«

Dr. Mahjoub nimmt ihre Hand und drückt sie. »Das kann passieren, besonders in den ersten drei Monaten. Auch heutzutage noch. Der Körper stößt den Embryo ab, wenn er merkt, dass damit etwas nicht stimmt.«

»Aber es war doch alles in Ordnung!«

»Es gibt Fehlbildungen, die sich erst mit der Zeit bestimmen lassen. Ich werde mir Ihre Daten genau ansehen, vielleicht gibt es Hinweise auf etwas.«

»Ich hab nicht gut genug aufgepasst.« Liina kann kaum sprechen. »Was hab ich denn falsch gemacht?«

»Gar nichts«, sagt Dr. Mahjoub ruhig. »Früher waren es dreißig oder vierzig Prozent aller Schwangerschaften, die vorzeitig auf diese Weise endeten. Deshalb bevorzugen es heute die meisten Frauen, das Erbgut vorab zu bestimmen und sich erst dann befruchten zu lassen. Die Zahl der Abgänge ist in den letzten zwanzig Jahren extrem zurückgegangen.«

»Was mach ich denn jetzt?«, flüstert Liina.

»Wir müssen warten, bis sich Ihr Hormonhaushalt normalisiert hat. Bleiben Sie ein paar Tage bei uns. Sie scheinen großem Stress ausgesetzt zu sein. Ihr Herz macht ganz schön was mit, und das darf nicht sein.«

Aber Liina schüttelt nur den Kopf. Sie hätte ihr Herz, ihr Leben riskiert, weil sie dachte, ein gemeinsames Kind würde Yassin zurück ins Leben bringen, oder ihn auf irgendeine Art weiterleben lassen, falls er nie mehr aufwacht. Und jetzt ist diese Hoffnung gestorben. Wenn Yassin auch noch stirbt, dann ist das ihre Schuld, glaubt sie. Er wird nie Vater werden, wird nie von dem Kind erfahren, denkt sie. Und ihre Trauer ist so groß, als wäre er tot, und nicht ein namenloser Embryo, von dem sie vor drei Tagen noch nicht einmal wusste, ob sie ihn austragen wollte.

Sie wischt sich das Gesicht trocken. »Ich muss ihn sehen«, sagt sie.

»Liina«, sagt Dr. Mahjoub mit vorsichtiger Geduld, »Das ist unmöglich, wie stellen Sie sich das vor? Wir wissen nicht einmal, wo ...«

»Yassin«, unterbricht sie sie. Und als die Ärztin immer noch nicht versteht: »Schiller. Er ist auf der Intensivstation. Der Vater.«

Dr. Mahjoub kann ein erleichtertes Aufatmen nicht unterdrücken. Sie nimmt ihr Smartcase und sieht nach, was sie über Yassin Schiller finden kann. »Er ist nicht mein Patient, aber nach dem, was ich den internen Daten entnehmen kann, geht das nicht. Er ist nicht einmal bei Bewusstsein.«

»Ich muss zu ihm.«

»Es gibt eine Besucherliste – offenbar von der Polizei angeordnet. Hier steht was von Eigengefährdung. Wollte er sich umbringen?«

»Nein. Ganz sicher nicht.«

»Hm«, sagt sie zögerlich. »Ich kann da wahrscheinlich nichts machen. Ich kann höchstens versuchen, mit jemandem aus dem Team zu reden, das ihn betreut.«

Liina klammert sich an diese winzige, zerbrechliche Hoffnung. »Würden Sie das tun?«

Dr. Mahjoub steht auf, lächelt nicht. »Versprechen kann ich gar nichts. Aber ich frage mal nach. Und Ihnen gebe ich etwas, damit Sie schlafen.«

»Das möchte ich nicht.«

»Sie müssen.« Dr. Mahjoub tritt ein paar Schritte zurück, schiebt die Hände in die Taschen ihres Ärztinnenkittels, betrachtet Liina kühl und distanziert, wie das Forschungsobjekt, das sie nun mal ist. »Sie erinnern sich an den Vertrag, den Sie mit uns haben? Wenn Sie sich nicht an unsere Anordnungen halten, ist dieser nicht mehr gültig, und Sie wissen, dass Sie das Ihr Leben kosten wird. Wollen Sie das? Wir wollen es nicht. Also halten Sie sich an das, was wir Ihnen sagen. Wir geben Ihnen wirklich viel Spielraum, wie Sie Ihr Leben gestalten. Wir haben Ihnen schon einiges durchgehen lassen. Aber jetzt gerade ist es Ihre verdammte Pflicht, sich hinzulegen und zu schlafen, weil sich Ihr Herz, Ihr gesamter Körper erholen muss.«

Liina sieht sie mit hilfloser Wut an. Sie weiß, dass die Frau recht hat, will es aber nicht wahrhaben.

»Machen Sie doch, was Sie wollen«, sagt sie schließlich, legt sich auf die Seite und schließt die Augen. Sie spürt noch die Spritze, hört aber nicht mehr, wie die Ärztin geht.

13

Sie wacht auf und fühlt sich überraschend gut. Ausgeschlafen. Draußen ist es dunkel, sie tastet in dem fahlen Licht des Krankenzimmers nach ihrem Smartcase. Kurz nach vier. Sie weiß, wer jetzt wach ist.

»Komm her«, sagt sie zu Olga, die sich sofort beim ersten Klingeln gemeldet hat. »Du musst mir helfen.«

»Warum bist du schon wach?«

»Ich habe ein paar Stunden geschlafen.«

»Wie geht's dir?«

»Hervorragend. Und jetzt komm her.«

Sie rechnet damit, dass Olga mindestens zwanzig Minuten brauchen wird. Die Zeit will sie nutzen. Sie setzt sich auf den Bettrand, stellt sich probehalber hin. Der Kreislauf bleibt stabil.

Sie geht ins Bad, um nachzusehen, ob sie noch blutet. Sie trägt ein weißes Krankenhausnachthemd und eine Erwachsenenwindel, hat außer Olgas dünnem Unterkleid nichts zum Wechseln dabei. Sie könnte heulen.

Dann fällt ihr ein, dass es darum überhaupt nicht geht, und fängt erst recht an zu weinen. Du wirst nicht darauf vorbereitet, denkt sie. Du kannst nicht wissen, wie es ist, ein Kind zu verlieren. Du erfährst alles darüber, wie du dich im Fall einer Schwangerschaft zu verhalten hast, alles über Hormone und wie sich der Körper verändert. Du wirst informiert über sämtliche Risiken, die es gibt, wenn du ein Kind austrägst, und die Risiken einer Geburt. Du erfährst jedes Detail. Aber niemand sagt dir, wie es ist, wenn du es verlierst. Egal, ob du es wolltest oder nicht.

Sie werden niemals wissen, wie es ausgesehen hätte, was für ein Mensch es geworden wäre. Was aus ihnen beiden geworden wäre. Sie begreift, dass sie Yassin ebenfalls verloren hat, selbst wenn er je wieder aufwacht.

Liina lässt sich kaltes Wasser über Hände und Unterarme laufen, spritzt es sich ins Gesicht, beugt sich vor und trinkt direkt aus dem Hahn, badet ihr Gesicht in den Händen. Dann beschließt sie, endlich Abschied von ihm zu nehmen.

»Rufen Sie Dr. Mahjoub an«, wiederholt sie, als der Krankenpfleger sie nicht auf die Intensivstation lassen will. »Rufen Sie sie an, oder lassen Sie mich einfach rein, verdammt noch mal, seine Frau wird um diese Zeit ja wohl nicht bei ihm sein, oder?«

Der Pfleger sieht sie an, als sei sie betrunken oder verrückt, vielleicht beides. Kein Wunder, so wie sie gerade aussieht. Sie hat sich zwar den Krankenhaus-Bademantel angezogen, den man ihr hingelegt hat, aber sie sieht ihm an, dass er ihren Aufzug befremdlich findet.

»Warum rufen Sie sie denn nicht einfach an? Ich versteh Sie nicht. Wenn ich eine Irre bin, wird Sie es Ihnen bestätigen, und dann sind Sie mich los.«

Das scheint ihn zu überzeugen. Er schließt die Glastür zwischen ihnen, nimmt sein Smartcase, dreht Liina den Rücken zu und spricht mit gedämpfter Stimme. Nickt gelegentlich, während er zuhört. Dann dreht er sich wieder um und öffnet die Tür. Er gibt ihr zu verstehen, dass sie reinkommen kann.

Sie sitzt nun an Yassins Bett und fragt sich, ob es nicht doch ein Fehler ist. Erleichterung hat sie sich erhofft. Gemeinsame Trauer. Dass sie eine Verbindung zu ihm spüren würde, die ihr Halt geben und sie auffangen könnte. Jetzt kann sie nur seinen regungslosen Körper anstarren, der nicht einmal mehr selbst atmet. Sie sieht kaum etwas von seinem Gesicht, die Augen sind geschlossen. Liina will seine Hand nehmen, schreckt aber zurück. Was, wenn sie sich kalt anfühlt, denkt sie. Fragt sich, ob er mit dem Kind gestorben ist. Weiß, dass die Geräte nur noch Leben simulieren. Sie kann nicht einmal weinen. Also steht sie auf und geht.

»Hast du mich vergessen?« Olga steht in ihrem Zimmer.

»Ich war bei Yassin.«

»Und?«

»Nichts.«

»Wie ›nichts‹?«

»Er liegt da, die Maschinen machen ihren Job. Sonst nichts. Er atmet nicht mal selbst.«

Olga geht auf sie zu und nimmt sie in den Arm. »Das meine ich nicht. Ich will wissen, wie es dir geht. Sagst du da auch ›nichts‹?«

Liina schließt die Augen und klammert sich an ihrer Freundin fest. »Ich fühle mich, als hätte ich gerade alles verloren.«

»Alles sicher nicht.«

»Ich war schwanger von ihm.«

»Dachte ich mir.«

»Ich habe wirklich alles im Leben verloren. Genau so fühlt es sich an.«

»Ganz bestimmt. Und trotzdem ist es Quatsch. Setz dich hin. Dann überlegen wir, was wir tun können.«

Es ist fünf Uhr, die Sonne geht langsam auf, noch ist es kühl draußen. Liina will sich nicht hinsetzen, sie will raus, irgendwohin, am liebsten ans Wasser. Olga hat ihr Kleidung mitgebracht, und sie befreit sich dankbar von der Windel, duscht heiß, wäscht sich das Blut ab, das noch an ihren Oberschenkeln klebt, staffiert die frische Unterhose mit einer Monatsbinde für besonders starke Blutungen aus, von der sich eine große Packung im Bad befindet. Dann verlassen sie das Gebäude und nehmen die U-Bahn. Sie steigen am Theaterplatz aus.

Liina zögert. »Es war hier«, sagt sie.

Olga sieht sich um, als könne man noch etwas von den Ereignissen sehen.

»Vielleicht wollte er sich doch ...« Liina unterbricht sich.

»Vielleicht.«

Sie kann es sich mit einem Mal so gut vorstellen. Wie er leer und ausgebrannt am Bahnsteig steht und sich fragt, warum er das alles überhaupt noch macht und wohin es führen soll, was kann er schon verändern in dieser Welt, wo soll da sein Platz sein? Sie sieht es deutlich vor sich, wie ihn vollkommene Klarheit trifft, ihm eine Ohrfeige verpasst und ihn anschreit, werd endlich wach, merkst du nicht, dass das, was du hier tust, völlig sinnloser Scheiß ist? Dann betrachtet er die

Menschen, die mit ihm auf die Bahn warten, versteht, dass sie zufrieden sind mit dem, was sie haben, weil sie alles haben, um zufrieden zu sein: Gesundheit, Sicherheit, ein Zuhause, eine Beschäftigung. Sie haben saubere Luft zum Atmen, sauberes Trinkwasser, gute Lebensmittel, die beste medizinische Versorgung. Es fehlt ihnen an nichts, weil sie daran glauben, dass es ihnen an nichts fehlt, und Freiheit ist ein viel zu abstraktes Konzept, außerdem kann sich frei bewegen, wer nichts zu verbergen hat. Ihre Religion sind die Fake News der Regierung, und die Fake News wissen immer auf alles eine Antwort, wo also ist das Problem? Er versteht, dass er niemals etwas verändern wird, hört die einfahrende Bahn, macht einen Schritt nach vorn …

»Pass auf!« Olga hat sie an den Schultern gepackt und schüttelt sie. »Was machst du da?«

Sie steht an der Bahnsteigkante, kann sich nicht erinnern, wie sie dorthin gekommen ist.

»Steigerst du dich da gerade in etwas rein?« Olga nimmt sie unsanft an der Hand und zieht sie hinter sich her, die Treppen hinauf, ins frühe Tageslicht. Sie spricht kein Wort mit ihr, bis sie das Mainufer erreicht und sich unten am Wasser auf eine Bank gesetzt haben. Olga hat sich etwas beruhigt, sie sieht Liina besorgt an.

»Wolltest du gerade springen?«

Liina schüttelt den Kopf.

»Sah aber so aus. Du hast mich ganz schön erschreckt.«

»Tut mir leid.«

»Im Ernst, was war da los?«

»Ich hab an Yassin gedacht.«

»Und wolltest springen?«

»Nein, wie oft denn noch?«

»Was dann?«

Sie starrt einem kleinen Schiff hinterher, das nahezu lautlos über das Wasser gleitet und am gegenüberliegenden Regierungsufer anlegt. Das Schiff kommt aus westlicher Richtung, vielleicht vom Rhein. Vier von seiner Sorte liegen bereits dort. Man sieht diese Schiffe fast nur nachts oder im Morgengrauen, wenn das Mainufer noch nicht sehr belebt ist. Liina fragt sich, was auf ihnen transportiert wird, oder wer, und schaut angestrengt rüber, kann aber nichts erkennen. Ein paar Leute steigen aus, andere – sie tragen die schwarze Uniform der Personenschützer – erwarten sie, es wird sich nicht lange aufgehalten, sie verschwinden eilig in Richtung der Ministerien.

»Ich rede mit dir«, sagt Olga ernst.

Liina reißt sich aus ihren Gedanken. »Tut mir leid. Ich war wie weggetreten. Ich dachte, ich wüsste genau, wie sich Yassin gefühlt hat …«

»Er hat nicht versucht, sich umzubringen. Du hast doch die Videos gesehen, waren wir uns da nicht alle einig?«

Sie legt den Kopf in den Nacken, sieht ein paar Möwen nach. »Vielleicht liegen wir alle falsch. Vielleicht wollen wir es nicht wahrhaben. Vielleicht hatte er einfach keine Lust mehr.«

Olga schweigt eine ganze Weile. Erst als Liina sie ansieht, sagt sie: »Und weil du eben verzweifelt genug gewesen wärst, meinst du, ihm könnte es genauso gegangen sein?«

Liina sagt nichts.

»Du hast gerade Schlimmes durchgemacht. Es ist okay, dass du dich so fühlst. Aber ...«

»Hör doch auf!« Liina reagiert heftiger, als sie es möchte, aber sie kann sich nicht zurückhalten. »Woher willst du denn wissen, wie es mir geht? Du hast keine Ahnung! Erst stirbt fast der Mann, den ich liebe, dann finde ich eine ermordete Kollegin, und weil das noch nicht reicht, verliere ich mein Kind, kurz nachdem ich beschließe, es zu behalten, also bitte erzähl du mir nichts über meine Gefühle!«

Olga wartet, bis Liina fertig ist, und macht genau da weiter, wo sie unterbrochen wurde. »Aber es gibt noch etwas, das du wissen musst, und ich weiß nicht, ob es alles besser oder schlechter macht. Und nein, ich wollte dir nicht sagen, dass alles wieder gut wird. Nur, dass es okay ist, wenn du dich fühlst, wie du dich fühlst.«

Ohne sie anzusehen, nickt Liina. Auf der anderen Mainseite legen die fünf kleinen Schiffe nacheinander ab. Sie hat nicht gesehen, ob jemand an Bord gegangen ist. »Was musst du mir sagen?«

»Erst noch eine Frage: Was hat man dir gesagt, warum du ... warum das gestern passiert ist?«

Liina schließt die Augen. Sie spürt, wie die Luft langsam wärmer wird. Der Tag verspricht wieder so heiß zu werden wie jeder einzelne Tag zuvor. »Es kommt ziemlich häufig vor in den ersten drei Monaten. Wenn mit dem Kind etwas nicht in Ordnung ist und ...«

»War denn etwas nicht in Ordnung?«

»Offenbar.«

»Nein, ich meine, hat man dir etwas Konkretes gesagt?«

»Dass es wohl etwas war, was man bei der vorherigen Untersuchung noch nicht bemerkt hat.«

Olga denkt nach. »In der wievielten Woche warst du?«

»Achte.«

Sie schüttelt den Kopf.

»Doch, ich ...«

»Tests auf Trisomien oder Ähnliches sind erst ab der zehnten Woche zuverlässig.«

»Eben. Es hat sich bei den Tests noch nichts gezeigt, aber mein Körper ...«

»Liina«, unterbricht Olga. »Du hast ein Abtreibungsmittel genommen.«

Die Worte treffen sie wie ein eisiger Schlag. »Was?«

»Du hast gesagt, ich soll mir dieses Medikament ansehen. Kannst du dich erinnern? Na, du hattest in dem Moment genug mit dir zu tun.« Olga lächelt etwas freudlos. »Ich dachte erst, es ist was für dein Herz.«

»Nein, es sollte ein Entzündungshemmer sein.«

»Was ist denn entzündet?«

»Es kann vorkommen, dass meine Entzündungswerte etwas zu hoch sind, das hatte ich schon mal. Nichts Dramatisches.«

»Ich habe das Zeug analysieren lassen, und ich habe dein Blut untersuchen lassen. Ich kann also davon ausgehen, dass du das Kind nicht freiwillig ...«

»Nein.«

»Von wem hast du die Tabletten?«

»Natürlich vom Krankenhaus.« Sie hält inne. »Oh scheiße. Haben die das verwechselt? Das darf doch ... Wie kann ...« Ihre Gedanken verknoten sich.

»KOS hätte merken müssen, wenn du etwas Falsches nimmst.«

Liina nickt langsam. »Du hast recht ...«

»Spätestens jetzt hätte dir eine Ärztin sagen müssen, dass etwas schiefgelaufen ist. Irgendwas stimmt hier nicht. Haben die einen Fehler gemacht und vertuschen ihn jetzt? Aber warum hat KOS sich dann nicht gemeldet?«

Das Glitzern der Sonnenstrahlen auf dem Wasser sticht schmerzhaft in Liinas Augen. Sie blinzelt, alles verschwimmt. Das Kreischen einer Möwe, die dicht über ihnen vorbeifliegt, lässt sie zusammenzucken. KOS misst Hormonspiegel und alle relevanten Blutwerte. Die App weiß genau, welche Tabletten man nimmt. Sie weiß, wie man sich ernährt. Ob man Alkohol trinkt oder Drogen nimmt. Sie speichert alles und meldet es an das zuständige medizinische Zentrum. KOS hätte wissen müssen, was sie genommen hat. Gleich nach der ersten Tablette gestern Morgen. Es hätte einen Alarm geben müssen. Stattdessen kam die Aufforderung, die nächste Tablette zu nehmen. Ein Fehler? Hat KOS nicht richtig gemessen? War der Zeitraum zu kurz gewesen? Oder hat sie selbst einen Fehler gemacht, irgendetwas übersehen? Liina wischt sich die Tränen aus den Augen. Sucht in ihrer Bodybag und findet die Sonnenbrille. Sie setzt sie auf, fühlt sich sofort beschützt. Der alte Trick. Sie räuspert sich, setzt sich kerzengerade hin.

»Ja, warum hat sich KOS nicht gemeldet? Weil KOS gesagt bekommen hat, dass es genau so laufen wird. KOS war auf den Abgang vorbereitet.«

»Das waren nicht die falschen Tabletten.«

»Das waren exakt die Tabletten, die ich nehmen sollte.«

»Verdammte Scheiße, warum gibt man dir Abtreibungspillen, wenn du das Kind willst?«

»Vielleicht war wirklich etwas nicht in Ordnung«, sagt Liina langsam.

»Möglich, klar. Aber dann sagt man dir das und bespricht die nächsten Schritte, meinst du nicht?«

»Oder jemand hat absichtlich ins System eingegeben, ich würde das Kind nicht wollen.«

»Im Sinne von: Wir wissen besser, was gut für unsere Patientinnen ist, als sie selbst?«

»Offenbar hat man die heftige Wirkung, die das Medikament auf mich hatte, falsch eingeschätzt.«

»Du hättest verbluten können.«

Liina nickt. Sie denkt nach. »Gibt es Statistiken darüber, wie viele Fehlgeburten im ersten Trimester vorkommen?«

»Mit Sicherheit.«

»Dr. Mahjoub sagte, früher waren es dreißig, vierzig Prozent, jetzt angeblich sehr viel weniger, weil man sich vorab das Erbgut genau ansieht und noch vor der eigentlichen Befruchtung alles Mögliche ausschließt, was später zu Komplikationen führen kann.«

Olga scheint bereits im Kopf die Möglichkeiten durchzugehen, in welche Datenbanken sie einbrechen könnte, um an die entsprechenden Informationen zu kommen. »Es hängt noch mehr damit zusammen: Warum gibt es gar keine Menschen mit angeborenen Behinderungen? Rein statistisch gesehen müsste es unerkannte Verläufe geben, vorherige Labortests hin oder her. Oder natürlich schwanger gewordene Frauen, die sagen: Das ist mir egal, ich möchte das Kind.«

Liina lässt sich Zeit mit ihrer Antwort. »Du meinst, man wird generell nicht gefragt, ob man abbrechen will oder nicht? Euthanasie im Mutterleib? Was vorher noch nicht aussortiert wurde, wird eben dann noch schnell entsorgt?«

Die beiden Frauen sehen sich schweigend an. Dann wandert ihr Blick über das Wasser, zu dem verwaisten Anleger und den dahinterliegenden Regierungsgebäuden.

»Es tut mir so leid für dich«, flüstert Olga leise. »Aber wenn dein Kind krank ...«

»Nein«, schneidet Liina ihr das Wort ab. »Nein. Es war nicht krank. Du hast selbst gesagt, dass Trisomien erst später feststellbar sind.«

»Ja, aber vielleicht lässt sich doch schon früher erkennen, ob ...«

»Nein. Ich denke, bei mir hatte es einen ganz anderen Grund. Dr. Mahjoub wollte nicht, dass ich das Kind bekomme.«

Olga hebt die Augenbrauen. »Wow. Dr. Mahjoub im Kampf gegen die nächste drohende Überbevölkerung?«

»Weil sie Angst hatte, dass ich die Schwangerschaft oder die Geburt nicht überlebe.«

»Warum?«

»Mein Herz.«

»Du wärst doch nicht die erste Frau, die nach einer Organtransplantation ein Kind bekommt?«

»Das nicht. Aber die erste mit meiner Sorte Herz.« Und als Olga nicht versteht, weil sie nicht verstehen kann, beschließt Liina, den Vertrag mit Dr. Mahjoub zu brechen und ihr Leben vollends aufs Spiel zu setzen. »Niemand weiß, ob mein Herz stark genug für eine Geburt ist. Ich bin ein weltweit einzigartiges Forschungsobjekt und viel zu wertvoll, als dass man zulassen würde, die Testergebnisse durch eine unnütze Schwangerschaft zu verzerren oder gar mein Leben zu riskieren.«

Simona

Simona fand es heraus. Nicht, weil sie ihr hinterherspionierte, sondern weil sie es erriet. Oder spürte. Eines Tages fragte sie Liina einfach: »Kann es sein, dass du manchmal allein ins Hinterland fährst?« Sie sagte »ins Hinterland«, nicht »zu den Parallelen«, wie alle anderen. Sie fragte es ohne aggressiven Unterton. Sie schien nicht sauer zu sein. Es klang eher konspirativ, gemischt mit aufrichtiger Bewunderung, Neugier und Faszination. So kam es, dass sie beide bei nächster Gelegenheit gemeinsam zu der Burg radelten, damit Liina ihr die neuen Freundinnen aus der Parallelwelt vorstellte.

Es war nicht leicht gewesen, das Vertrauen der Menschen dort zu gewinnen, der Hass auf alle, die innerhalb des Systems, wie man es dort nannte, lebten, saß tief. Aber Liina hörte geduldig zu, wenn man ihr etwas erzählte, und versuchte ehrlich nachzuvollziehen, woher der Hass kam. Sie verstand längst nicht alles, aber sie respektierte die Haltung der Menschen im Hinterland. Jahre später erst würde sie wirklich begreifen, was diese Menschen antrieb, und dann würde es das Hinterland in der Form nicht mehr geben.

Liina erklärte Simona die Welt der Parallelen so, wie sie sie verstand: Es waren Menschen, die sich nicht überwachen lassen wollten. Sie verstand nicht genau, warum es ein so großes Problem sein sollte, dass überall Kameras für die allgemeine Sicherheit hingen. Wenn man wusste, wo sie hingen, konnte man sie schließlich umgehen oder austricksen, und wenn man nicht vorhatte, etwas Illegales zu tun, war es doch eh egal, oder nicht? Dann das Ding mit den Daten. Diese Leute wollten nicht, dass die Regierung zu viel über sie wusste. Gut, wenn sie es nicht wollten, dann wollten sie es eben nicht.

Sie versorgten sich selbst so gut es ging, indem sie Gemüse und Obst anbauten und Tiere hielten, die man essen konnte. Fleisch zu essen erschien Liina absurd, aber sie hatte natürlich schon davon gehört. Die Menschen arbeiteten den ganzen Tag, und ihre Arbeit bestand darin, das zu tun, was gerade nötig war. Ein Dach zu reparieren. Den Garten zu bestellen. Vorräte von einem Dorf zum nächsten zu transportieren. Ein krankes Tier zu pflegen. Einige der Erwachsenen kamen zwischendurch zur Burg, um den Kindern dort etwas beizubringen. Meist Dinge, die sie im Alltag brauchten. Aber auch höhere Mathematik, theoretische Physik, Musik, andere Sprachen. Gelernt wurde, wann immer man Lust hatte. Es gab unzählige alte Bücher auf der Burg, aber keinen einzigen Computer. Überhaupt war die Stromversorgung schwierig, man versuchte, sich mit alten Windrädern und Wassermühlen zu behelfen. Entsprechend schlecht waren auch die sanitären Einrichtungen. Es gab keine Möglichkeit, an Strom aus der Stadt zu kommen, sagte man ihr. Und Wasser musste immer erst abgekocht werden, weil es direkt aus den Bächen in den umliegenden Wäldern oder aus Brunnen kam. Alles, was man hatte, war entweder alt und mehrfach geflickt, oder gestohlen, oder improvisiert. Einige hatten noch bündelweise Geldscheine bei sich zu Hause liegen, aber seit Bargeld als Zahlungsmittel abgeschafft war, konnten sie nichts mehr dafür kaufen. Für Liina sah es so aus, als könnte dies nicht lange gut gehen. Aber es gab die Parallelen schon seit vielen Jahren.

Der Aspekt der Gesundheitsversorgung war für Liina am schwersten zu verstehen, weil sie jedes Mal, wenn sie das Hinterland besuchte, auf neue Erkrankungen aufmerksam wurde, die es in der Stadt nicht gab, und weil sie mit ansehen musste, wie unzureichend Verletzungen behandelt wurden, weil es an medizinischer Ausrüstung und Medikamenten fehlte. Anfangs dachte sie noch, dabei handele es sich um eine Weigerung der Parallelen, Hilfe anzunehmen, aber dann erfuhr sie, dass ihnen der Zugang zu medizinischer Versorgung verwehrt war und sie deswegen auf mittelalterliche Heilmethoden, Pflanzenkunde und letztlich Einbrüche in städtische Krankenhäuser angewiesen waren. So oft sie konnte, brachte sie Verbandsmaterial, desinfizierende Salben und Schmerzmittel mit, die sie unauffällig beiseitegeschafft und in ihrem Zimmer gehortet hatte. Es fiel Liina schwer zu verstehen, warum die Menschen diese Bürde auf sich nahmen. Sie sagten, sie wollten sich nicht erpressen lassen. Sie waren bereit, ihre Gesundheit und ihr Leben für ihre Überzeugungen zu riskieren. Liina war davon beeindruckt, und gleichzeitig machte es ihr ein wenig Angst. Simona hingegen bekam leuchtende Augen, während sie ihrer Freundin zuhörte. Die bedingungslose Radikalität ließ ihr Herz höherschlagen.

Liina warnte sie, dass sie Menschen begegnen würde, wie sie sie zuvor noch nie gesehen hatte. Menschen mit Krankheiten, psychischen und physischen Beeinträchtigungen, Fehlbildungen, Gendefekten. Warum es dort so viele gab und in der Stadt nicht? Damals lautete Liinas Antwort: Weil ihnen die medizinische Versorgung fehlte. Die Frau in der Burg, sie hieß Martha, hatte behauptet, in der Stadt würde man sie alle aussortieren. Liina dachte, damit sei gemeint, dass man sie fortschickte, und sie glaubte zu wissen, dass daher der Hass auf »das System« kam. Sie stellte sich vor, wie es wäre, wenn Emil, ihr Bruder, keine Behandlung mehr bekommen würde.

Anfangs hatte sie von Emil erzählt, und dass es ihm in der Stadt sehr gut gehe, verhältnismäßig gesehen. Daraufhin waren viele neugierige Fragen gekommen, mit denen sie nicht richtig umzugehen wusste. Wie oft er ins Krankenhaus musste. Ob man ihm Geräte eingepflanzt hätte. Ob er häufig zu Tests oder neuen Therapien kommen müsse. Ob ihre Eltern, ihre Schwester, sie selbst Verträge unterschrieben hätten. Mit Stillschweigeklauseln. Liina hatte keine Ahnung, was die Fragen sollten. Sie beantwortete sie so ehrlich, wie sie konnte. Danach vermied sie es, über ihren Bruder zu sprechen.

Sie freundete sich nicht nur mit Tina an, sondern mit einigen anderen Jugendlichen in ihrem Alter. Allerdings hatte sie den Eindruck, dass Martha, die eine Art Betreuerin für alle und irgendwie auch die Chefin der Burg war, darauf achtete, die Beziehungen nicht zu eng werden zu lassen. Und sie gab Liina das Gefühl, zwar auf eine Art willkommen zu sein, aber nicht dazuzugehören. Immer wieder nahm sie sie beiseite, um ihr wie eine Moderatorin zu erklären, mit wem sie gerade gesprochen hatte. Janina, die viel zu klein für ihr Alter war und geistig etwas zurückgeblieben, weil ihre Mutter während der Schwangerschaft zu viel Alkohol getrunken hatte. Yusuf, der autistisch war, weshalb man sich an strenge Regeln im Umgang mit ihm halten musste, damit er keinen

Wutanfall bekam. Daniel, der an den Armen und im Gesicht einen Hautausschlag hatte, den man Neurodermitis nannte. Lore, die gelegentlich epileptische Anfälle erlitt. Tori, deren Haut am ganzen Körper große, weiße Stellen hatte. Luca, der eine seltsame Narbe zwischen Nase und Oberlippe hatte und undeutlich sprach. Oder eben Tina. Trisomie 21.

Nein, nicht alle Kinder hatten etwas, das es in der Stadt längst nicht mehr gab. Die meisten, die hier geboren wurden, waren das, was man auch dort wohl »normal« genannt hätte. Liina hatte gefragt, warum sie so selten Kinder und Jugendliche auf den Dörfern im Hinterland sah? Und Martha hatte ihr erklärt, dass die meisten auf der Burg wohnten, sie kamen aus allen umliegenden Dörfern und Gemeinschaften hierher. Viele versteckten sich vor Liina, weil sie einer Fremden aus der Stadt nicht trauten oder schlicht Angst vor ihr hatten. In der Vergangenheit waren seltsame Dinge geschehen: gesunde Kinder waren über Nacht verschwunden, dafür waren Kinder mit Beeinträchtigungen aufgetaucht, ohne Hinweis darauf, woher sie kamen. Sie hatten in Körbchen vor Türen gelegen oder, wenn sie etwas älter waren, weinend vor der Burg gesessen. Vor ein paar Jahren hatte es schlagartig aufgehört. Keine Kinder waren mehr entführt oder ausgesetzt worden. Die Angst würde aber noch lange bleiben.

»Kinderaustausch?«, fragte Simona mit großen Augen. »Unglaublich.«

»Ja, ich zweifle da auch etwas«, sagte Liina.

»Ich meinte das ›unglaublich‹ etwas anders.«

»Ich weiß, aber ich habe da wirklich meine Probleme. Für mich klingt das nach einem Mythos, den man pflegt, um das

Feindbild aufrechtzuerhalten. Denk doch mal, was man sich bei uns über sie erzählt, davon stimmt doch auch eine ganze Menge nicht. Ich vermute, dass sie umgekehrt ebenfalls sehr skurrile Geschichten entwickelt haben.«

»Aber das würde doch einiges erklären. Das mit den Kindern.« Simona fand diese Vorstellung offenbar romantisch. Vielleicht wünschte sie sich, eins der Kinder zu sein, die man entführt hatte. So wie sich Liina manchmal wünschte, andere Eltern zu haben oder wenigstens bei anderen Eltern zu leben.

»Ich denke, es ist ein Mythos«, beharrte Liina. »Sonst wäre Emil doch auch längst hier, oder nicht?«

Das gab Simona zu denken. Restlos überzeugt schien sie allerdings nicht zu sein.

Martha reagierte nicht gut auf die neue Besucherin, obwohl Liina sie angekündigt hatte. Simona lief durch die Räume, als wäre sie dort zu Hause, und sie sprach die anderen Jugendlichen mit so viel überschäumender Freundlichkeit an, dass diese Reißaus nahmen und sich vor ihr versteckten. Es war ein Desaster, das sich Liina nicht erklären konnte. Kühl bat Martha die beiden, den Besuch abzukürzen, und als Simona nicht sofort gehen wollte, wurde ihr unmissverständlich mitgeteilt, dass sie nicht länger erwünscht war. Anders als sonst verabschiedete sich Martha nicht mit einem »Bis bald« von Liina. Genau genommen verabschiedete sie sich gar nicht. Sie verschwand einfach. Nur Tina stand an der Tür und winkte den beiden hinterher, als sie auf ihre Fahrräder stiegen und losradelten.

»Endlich Zivilisation«, murrte Simona bei Erreichen des Stadtrands. Liina dachte erst, sie hätte sich verhört, aber von nun an sprach Simona nie wieder vom Hinterland oder von den Parallelen. Gleichzeitig sparte sie nicht mit dubiosen Anspielungen, wenn Liina sich ein paar Stunden nicht bei ihr gemeldet hatte oder etwas allein unternehmen wollte. Liina fühlte sich überwacht und in die Ecke gedrängt, aber wann immer sie Simona darauf ansprach, tat diese so, als wüsste sie nicht, wovon ihre Freundin sprach.

Liina fuhr ein paar Tage später wieder ins Hinterland, um mit Martha zu reden. Sie entschuldigte sich dafür, Simona mitgebracht zu haben. »Ich dachte, sie ist wie ich«, erklärte sie.

»Wie kommst du darauf? Sie tut dir nicht gut, such dir neue Freundinnen«, gab Martha schroff zurück.

Immerhin durfte Liina wiederkommen, aber ihre Besuche wurden seltener. Sie spürte, dass Martha auf Distanz blieb und ihr Misstrauen wieder gewachsen war. Eines Tages, sie studierte bereits, fand Liina Dörfer und Burg verlassen vor, dafür standen überall Schilder, die darauf hinwiesen, dass das Gebiet nun für Strom, Wasser und Internet erschlossen werden würde. Man hatte das Hinterland offenbar räumen lassen. Liina öffnete in der Burg jede Tür, sah in jeden Raum, fand aber keinen einzigen persönlichen Gegenstand, keine Nachricht, nichts. Sie fragte sich, ob die Menschen über Nacht ihre Häuser und Wohnungen verlassen hatten, oder ob sie es schon länger gewusst hatten. Sogar viele der Tiere waren verschwunden. Es fühlte sich an, als hätte man einen Teil ihres Lebens gelöscht. Sie war wütend, weil ihr niemand etwas gesagt hatte. Martha war so einfallsreich, so pragmatisch, so kreativ. Warum hatte sie Liina kein Zeichen gegeben?

Sie kannte die Antwort. Weil sie nicht dazugehörte. Weil sie ein Fremdkörper, ein Gast war, der nie Teil der Gemeinschaft hätte werden können. Man hatte sie toleriert, aber nie wirklich angenommen. Deshalb hatte niemand es für notwendig erachtet, ihr Bescheid zu geben. Liina fühlte sich unendlich einsam in der großen, leeren Burg zwischen den bunten Plastikstühlen und den abgenutzten Holztischen. Sie ließ sich auf den Boden sinken und weinte still.

Als sie zurückkehrte und sich mit Simona traf, machte es sie traurig, dass sie ihren Schmerz nicht mit ihrer Freundin teilen konnte. Dann fiel ihr auf, dass Simona ungewohnt heiter und gelöst wirkte, wie schon lange nicht mehr.

Ganz so, als wüsste sie, was geschehen war, und würde sich darüber freuen.

14

Zum ersten Mal glaubt Liina, einen Zusammenhang zu erkennen. Simona ist der verbindende Faktor und war es schon immer. Yassin war an einer großen Story dran, die Simona geschadet hätte. Dass er Liina auf etwas vermeintlich anderes angesetzt hat, war ein Trick. Es handelt sich um dieselbe Geschichte. Die Tote ist der Schlüssel. Sie hatte kein Smartcase dabei, sie kann unmöglich standardisiert über KOS versorgt worden sein, dazu waren ihre Blutwerte zu auffällig … Wie kam sie in den Wald? Wie passt die Ähnlichkeit mit Simonas Frau dazu? Ein Zufall? Weisen die geheimen Wirkstoffe im Blut der Toten darauf hin, dass sie ein Forschungsobjekt war wie Liina?

Vielleicht ist es genau das: Menschenversuche. Geheime Forschungsprojekte, die bei Bekanntwerden die Bevölkerung verunsichern würden. Was will man erzielen? Die perfekte Gesellschaft. Teilhabe für alle, die perfekt gesund sind und funktionieren. Ist etwas kaputt, wird es ausgetauscht. Spielt die Psyche nicht mit, wird sie repariert. Weg mit den Kranken und Schwachen. Weg mit störenden Föten. Fitte Menschen bis ins höchste Alter, das spart steigende Gesundheits- und Pflegekosten. Ist es das, was Simona will? Ihre vehemente Forderung nach verpflichtenden Gesundheitschips scheint darauf hinauszulaufen. Um endgültig alle und alles kontrollieren zu können, jede Sekunde, nicht nur bei dem einen obligatorischen Check-up im Monat. Wer ernährt sich wie, wer schläft wann, wer bewegt sich wie oft, welche Vitalwerte haben welche Auswirkungen? Wer nicht dazu passt, wer sich nicht reparieren lässt, bekommt die entsprechende Entsorgungspille. Eine gesunde, gesäuberte Gesellschaft.

»Ein heimliches, von Algorithmen überwachtes Euthanasieprojekt auf Staatsebene, gepaart mit einer Megagesundheitsstudie?«, fragt Özlem in die Runde. Liina, Olga und Ethan nicken, sie stehen aufgereiht wie Schulkinder vor ihrem Schreibtisch.

»Wir haben einige Statistiken miteinander verglichen«, sagt Ethan und spielt Özlem seine Charts auf den Monitor. »Die Rate der Kinder, die mit Gendefekten geboren werden, ist in den letzten zwanzig Jahren rapide gesunken und seither nicht mehr relevant. Kinder, die bis zum Erwachsenenalter noch Behinderungen oder psychische Erkrankungen entwickeln, gibt es ebenfalls fast keine mehr. Und dann natürlich am anderen Ende der Lebensspanne: Wir sterben fast alle eines natürlichen Todes. So gut wie keine Schlaganfälle oder Herz-Kreislauf-Erkrankungen mehr, und niemand hat Krebs, wenn man diesen Zahlen glauben darf. Mit ›niemand‹ meine ich weniger als zehn von einer Million. Natürlich schönen sie ihre Zahlen, indem sie sagen, dass alle Krankheiten behandelbar sind und deshalb niemand mehr daran stirbt, sondern weiterhin ein lebenswertes Leben führt. Diabetes ist nur noch eine Fußnote, beispielsweise. Aber mal ehrlich, man sieht doch, dass da was faul ist.«

»Oder wir haben medizinisch großartige Fortschritte gemacht, und darüber sollten wir uns freuen. Es wäre nicht das erste Mal in der Geschichte der Menschheit, dass Krankheiten verschwinden, weil sich Umwelteinflüsse verändern, Arbeitsbedingungen angepasst werden oder die richtige Medizin entwickelt wurde.«

»Özlem, das weiß ich doch, aber diese Zahlen sind zu schön.«

»Sie sind schön. Alle erfreuen sich daran. Wo liegt das Problem?«, provozierte sie ihn weiter.

»Es ist nun mal höchst unwahrscheinlich«, beharrt er.

»Vielleicht sind sie einfach nur gefälscht?«

Ethan verdreht genervt die Augen. »Wir sehen und erleben doch alle, wie gesund und proper die Menschen sind.«

»Das ist eine wirklich spannende Theorie, aber ihr wisst schon, dass wir hier ausschließlich auf Fakten zurückgreifen, bei dem, was wir tun? Von wegen Kerngeschäft, Markenstrategie und so weiter.« Özlem schüttelt müde den Kopf. »Irgendwas brauch ich. Wir wissen nicht mal den Namen der Toten oder ob sie wirklich mit Patrícia Silva verwandt ist. Schlechtes Ausgangsmaterial mit zu wenigen Daten für die Gesichtserkennung, das ist extrem fehleranfällig.«

»Aber es ist doch seltsam, dass ausgerechnet …«, fängt Liina an, und Özlem winkt ab.

»So entstehen Verschwörungstheorien und Fake News«, sagt Özlem. »Weil man ein Gefühl hat. Weil man möchte, dass Dinge zusammenpassen. Weil sie einem in den Kram passen. Haben wir irgendeinen belastbaren Hinweis darauf, an welcher Sache Yassin und Kaya dran waren?« Das Wort »belastbar« klingt ein wenig zu scharf in Liinas Ohren.

»Wenn, dann wüsstest du es längst«, sagt Ethan und klingt

beleidigt. »Wir kommen nicht weiter. Beide haben ihre Daten viel zu gut verschlüsselt oder erst gar keine Spuren hinterlassen. Aber ...« Er hebt die Hand, um zu signalisieren, dass er noch ein paar Sekunden braucht. Und um die Spannung zu heben. Er scheint eine Nachricht auf seinem Smartcase zu lesen, sagt dann endlich: »Aha. Nach Auswertung der Bewegungsprofile und Log-in-Daten und so weiter und so weiter sind wir jetzt fast sicher, dass Kaya Yassin zuerst kontaktiert hat und nicht umgekehrt. Es kann sehr gut sein, dass sie die Story an Yassin herangetragen hat.«

»Wann?«, fragt Olga alarmiert.

»Schon Anfang des Jahres.«

»Scheiße, wir haben an der falschen Stelle gesucht.« Olga verlässt das Büro.

Ethan wirkt, als würde er ihr am liebsten folgen, traut sich aber nicht. Während er mit Yassin ein eher entspanntes Verhältnis hat, flößt ihm Özlem nach all den Jahren, die er mit ihr zusammenarbeitet, immer noch Respekt ein.

»Ihr habt an der falschen Stelle gesucht?«, wiederholt Özlem Olgas Worte.

Ethan sagt nichts, starrt nur düster auf sein Smartcase.

»Wir haben Zeit verloren. Toll.« Sie klingt nicht wütend, eher resigniert. Sie sieht die beiden nicht an, seufzt und reibt sich die Stirn. »Wir verlieren alles, wenn das so weitergeht.« Sie flüstert fast.

»Ist was passiert?«, fragt Ethan besorgt.

Özlem nickt. »Yassins Frau hat sich gemeldet, sie müssen ihn heute noch mal operieren, weil es zu einer Hirnblutung kam.« Sie wirft Liina einen raschen Blick zu. Liina weicht ihr aus, indem sie sich umdreht, um sich einen Stuhl zu nehmen.

»Sorry, ich muss sitzen, ich hatte eine anstrengende Nacht«, sagt sie.

Niemand kommentiert das.

»Also«, sagt Özlem, die Stimme wieder fest und laut, »wer ist die Tote, wo wurde sie behandelt. Kann man über den einen uns bekannten Wirkstoff gehen? Tranylcypromin? Wo hat sie den bekommen, wer arbeitet überhaupt noch damit, und so weiter. Es heißt doch, dass Depression keine Rolle mehr spielt, heutzutage. Ethan, wo ist deine Depressionsstatistik?«

Dankbar spielt er sie auf den Monitor. »Hier siehst du die Zahlen vor der Einführung aktueller Behandlungsmethoden und neuer Medikamente, und dann den nicht etwa graduellen, sondern schlagartigen Rückgang. Ebenso bei Suizid, logisch, aber auch bei bipolaren Störungen, Schizophrenie ...«

»Ja, schon gut. Aber sie sagen ja nicht, dass es das alles gar nicht mehr gibt.«

»Nein, nur ...«

»Na eben. Also gibt es noch Menschen, die daran erkranken und auf die Behandlung nicht ansprechen. Und die bekommen dann offenbar Tranylcypromin als letzte Hoffnung. Die Narben an den Oberschenkeln deuten auf selbstverletzendes Verhalten hin. Bei Depression nicht unüblich. Fragt euch durch. Schnappt euch diesen Helfer, der am Einsatzort war. Vielleicht findet ihr sogar die beiden Männer aus dem Video. Was ist mit Rostock, mit der Rechtsmedizin. Na los.«

Özlem klatscht in die Hände. »Ihr habt zu tun. Und was dich angeht, Liina, du solltest die Ärztin, die für dich zuständig ist, direkt konfrontieren. Du musst jetzt ohnehin weiter mitspielen, dir bleibt nichts anderes übrig. Von uns wird niemand leaken, dass wir von deiner ... besonderen Herzgeschichte wissen. Aber es ist zu gefährlich, wenn die im Krankenhaus merken, wie misstrauisch du bist. Es geht um dein Leben. Sie sind die einzigen, die dich weiter behandeln können.«

»Was soll ich denen sagen?«

»Lagerkoller. Irgendwas. Du kannst doch gut schauspielern. Du bist in den frühen Morgenstunden da weg, Beine vertreten, Luft schnappen, nachdenken, was man eben so macht nach einem Abgang. Geh hin und sag, es war das Beste, was dir passieren konnte, du hattest dich sowieso gerade entschieden, das Kind auf keinen Fall zu bekommen. Also ab nach Dornbusch mit dir.«

Ethan verschwindet augenblicklich. Liina braucht etwas länger, um sich aufzurichten. Sie fühlt sich wieder extrem schwach und müde. Ins Krankenhaus zurückzukehren ist mit Sicherheit nicht die schlechteste Idee.

»Ehrlich gesagt siehst du gerade so scheiße aus, wie ich mich fühle«, sagt sie zu Özlem.

»Danke, ich weiß. Ich hab nicht geschlafen.« Sie betrachtet Liina länger als nötig. »Ich bringe dich in die Klinik. Sonst kippst du unterwegs um. Oder überlegst es dir anders.«

»Ich schaff das allein.«

»Keine Widerrede.«

»Du willst Yassin sehen, hab ich recht?«

»Natürlich hast du recht.«

Liina lächelt schief. »Und ich dachte schon für eine Sekunde, du würdest dir wirklich um mich Sorgen machen.«

Özlem lächelt ebenso schief zurück. »Niemals! Kennst mich doch.« Sie legt den Arm um Liinas Hüfte, um ihr Halt zu geben, aber auch, um ihr die Richtung vorzugeben.

»Ich denke, wir sind auf dem richtigen Weg«, sagt Özlem, als sie langsam auf das Krankenhaus zugehen.

Liina weiß, dass sie nicht die paar Schritte zu dem riesigen Gebäude meint. »Wir brauchen aber was mit Substanz.«

»Es ist sowieso alles schon extrem gefährlich, was wir tun.«

»Das ist ja nicht neu …«

»Wir haben eine undichte Stelle.«

Liina bleibt stehen. »Was?«

»Ich bin mir ziemlich sicher. Aber ich habe bisher mit niemandem darüber gesprochen.« Özlem bleibt ebenfalls stehen, lächelt für den Fall, dass sie jemand beobachtet.

»Wie kommst du darauf? Was ist denn passiert?«

»Es ist eigentlich das, was nicht passiert ist. Zum Beispiel die Spilburgsiedlung. Ich habe damit gerechnet, dass die Polizei uns ausfragt, was wir dort zu suchen hatten. Das Sicherheitspersonal in Kaya Erdens Wohnblock hätte uns identifizieren können. Irgendwas hätte doch geschehen müssen, oder nicht? Aber da war nichts.«

»Und du glaubst nicht, dass wir einfach Glück hatten und der Videoblocker uns gerettet hat?«

»Ich werde immer misstrauisch, wenn etwas zu leicht ist.« Sie lässt den Blick müde über das hohe, in der Sonne glänzende Krankenhausgebäude gleiten. »Ich glaube, jemand aus unserem Team gibt Informationen raus, und damit sie oder er nicht auffällt, halten Geheimdienst und Polizei die Füße still. Damit wir nicht misstrauisch werden und uns abschotten.«

»Scheiße.«

»Vielleicht wurde diese Person schon vor Monaten eingeschleust. Oder umgedreht. Oder erpresst. Ich habe keine Ahnung.«

»Hast du einen Verdacht?«, fragt Liina. »Du hast einen Verdacht. Ich seh's dir an.«

»Mein erster Gedanke war Ethan. Aber ich habe keine Hinweise gefunden. Mittlerweile glaube ich es auch nicht mehr.«

»Ethan? Nein. Oder ... Nein.« Liina schüttelt den Kopf, weiß aber auch, dass alles möglich ist. Wirklich alles. »An wen denkst du jetzt?«

»Samira.«

»Kenn ich nicht, wer ist das?«

»Du hast sie bestimmt schon gesehen. Sie ist seit zwei Jahren bei uns, eine von den Datenjournalistinnen.«

»Hat sie Ethan geholfen?«

»Bei den Statistiken, ja.«

»Auch dabei herauszufinden, wann wer wen kontaktiert hat? Kaya und Yassin?«

»Das war Olgas Programm.«

Olga arbeitet allein. Sie lässt keine ihr unbekannten Leute an ihre Programme. »Okay.«

»Aber Ethan hat damit gearbeitet. Und es heißt nicht, dass Samira sich nicht Zugang zu den Ergebnissen verschaffen könnte. Ich habe Ethan gestern Abend schon gesagt, dass ab sofort nur noch der engste Kreis an Yassins Story arbeitet.

Wahrscheinlich ist es aber schon zu spät und sie weiß längst, was wir wissen.«

»Du bist heute das reinste Feuerwerk an Optimismus und Motivation. Wie kamst du auf diese Samira?«

Özlem hebt die Schultern. »Die ganze Nacht Hintergrundchecks von allen, die für mich arbeiten.« Özlem tritt einen Schritt zurück und zieht Liina mit sich. Sie stehen jetzt nah an einem Zierbusch, der mit allerlei anderem schön anzusehenden Grünzeug im Vorhof des Krankenhauses wächst. Liina braucht einen Moment, dann versteht sie, dass Özlem darauf achtet, nicht von der Kamera erfasst zu werden, und gerade leichte Anpassungen vornimmt. »Wir müssen davon ausgehen, dass der Geheimdienst euch alle zumindest verdächtigt, für Gallus zu arbeiten, wenn er es nicht sicher weiß. Egal, wie gut eure Tarnungen sind und welche Eingänge ihr benutzt, um in die Agentur zu kommen. Ihr merkt es an euren Sozialpunkten, die offiziell nicht so hoch sind, weil ihr keine Festanstellung habt, oder es gibt andere vorgeschobene Gründe. Richtig?«

Liina denkt daran, dass sie bei ihren Eltern wohnt, weil sich die Genehmigung ihres Antrags auf eine eigene Wohnung sehr in die Länge zieht. Sie nickt.

»Bei allen ist irgendwas. Da findet sich nicht die ideale Schule für das Kind, oder die Wohnsituation könnte besser sein, oder es hakt an anderen Stellen. Keine richtigen Sanktionen, aber es fällt schon auf. Yassin und ich werden nicht sanktioniert. Wir sind schließlich das Feigenblatt für den unabhängigen Journalismus in diesem demokratischen Staat.« Sie verdreht die Augen. »Wie auch immer, Samira hat ebenfalls leichte Abzüge bei den Sozialpunkten. Wenn man nicht genau hinsieht, muss man denken, dass sie auch Einbußen hat. Aber ... ihre Partnerin, mit der sie nicht zusammenwohnt, weshalb es mich etwas Zeit gekostet hat, sie überhaupt zu finden, ihre Partnerin ist offenbar ein Musterbeispiel an Tugend, Sitte und Anstand. Ihr wurde ein Penthouse mit Blick auf den Fluss zugeteilt, sie verdient überdurchschnittlich viel als Angestellte im Schuldienst und verreist gern und oft. Das ist ganz interessant.«

Liina denkt nach. »Mehr hast du nicht?«

»Mehr werde ich auch nicht finden.«

»Okay. Das heißt, du unternimmst nichts weiter, wir sind aber extrem vorsichtig?«

»Genau so. Was ist da eigentlich los?« Özlem weist mit dem Kopf zu einem Nebeneingang des Krankenhauses. Dort steht ein Regierungswagen, daneben Security. Eine Kamerafrau vom Staatsfernsehen dreht offenbar ein paar Schnittbilder von dem Wagen, dann betritt sie das Gebäude.

»Hoher Besuch«, sagt Liina. Am Wagen lässt sich nicht erkennen, um welches Ministerium es sich handelt, nicht einmal, welche Position die Person darin innehat. Es könnte eine Ministerin sein, der Kanzler, die Präsidentin.

»Du könntest Samira auch entsprechend einsetzen.«

»Ja, könnte ich.« Özlem klingt nicht so, als wäre sie bei der Sache.

»Was ist?«

Özlem schüttelt leicht den Kopf. Liina folgt ihrem Blick. Hinter der Glasfront des Haupteingangs erkennt sie lauter Uniformen. Polizei. Von außen ist nicht viel zu sehen. Keine

Einsatzwagen vor der Tür. Man hat irgendwo diskret geparkt. Etwas stimmt nicht.

Sie gehen durch die Eingangstür. Ein Mann an der Pforte fragt, wohin sie möchten.

»Ich bin hier in Behandlung, stationär. Ich war nur eine Weile an der frischen Luft«, sagt Liina mit einem mitleiderregenden, aber freundlichen Lächeln. Sie legt, scheinbar unbewusst, eine Hand auf ihren Bauch. »Gestern Nacht wurde ich eingeliefert.« Liina checkt mit ihrem Smartcase in das Sicherheitssystem des Krankenhauses ein, der Pförtner überprüft das Ergebnis der Gesichtserkennung und die Daten im System und wirft einem Polizisten einen Blick zu.

»Und Sie?«, fragt er Özlem, während der Polizist sich nähert.

»Ich müsste auf Ihrer Besucherliste stehen. Ich war schon mal hier und habe eine Zutrittserlaubnis.« Özlem meldet sich ebenfalls mit ihrem Smartcase an.

Der Polizist steht jetzt direkt hinter dem Pförtner und sieht sich an, was die Gesichtserkennung über Özlem anzeigt. »Presse«, sagt er. »Gehen Sie rein. Die Pressekonferenz geht gleich los, zweiter Stock, da steht jemand und zeigt Ihnen den Weg.«

Özlem geht durch die Sicherheitsschleuse, Liina folgt ihr, wird aber direkt dahinter von dem Polizisten aufgehalten. »Sie sind eine Patientin von Dr. Mahjoub?«, fragt er.

»Ja, warum?«

»Melden Sie sich sofort auf der Station bei Dr. Kröger. Es ist etwas vorgefallen.«

Liina und Özlem sehen sich überrascht an.

»Pressekonferenz? Wegen Yassin?«, fragt Liina und kann die Angst in ihrer Stimme nicht verbergen.

»Glaub ich nicht.«

»Wenn du mehr weißt …«

»Dir als Erstes. Bis gleich«, sagt Özlem. »Pass auf dich auf.« Sie lässt Liina vor dem Aufzug stehen und nimmt die Treppe.

Liina fährt ins oberste Stockwerk und fragt sich zu Dr. Kröger durch. Sie hat die Ärztin mit dem strengen Dutt schon länger nicht mehr gesehen. Sie soll in ihrem Zimmer warten, sagt man ihr. Dort ist immer noch alles, wie sie es frühmorgens verlassen hat. Liina fragt sich, ob jemand überhaupt bemerkt hat, dass sie weg war. Und wie lange. Es sei etwas vorgefallen, hat der Polizist gesagt.

Sie geht ins Bad, um sich Hände und Gesicht zu waschen und nachzusehen, wie stark sie noch blutet. Sie muss die Binde wechseln. Diese riesigen Dinger sind nur marginal besser als die Windel. Sie klappt den Klodeckel runter und setzt sich, um durchzuatmen und auf ihren Körper zu hören. Ein leichtes Ziehen im Bauch. Normaler Herzschlag, vielleicht ein klein wenig erhöht. KOS meldet nichts Außergewöhnliches. Sie kann sich auf ihre Rolle vorbereiten, die sie Dr. Kröger vorspielen wird.

Normalerweise fällt es ihr leicht, sich umzustellen, aber diesmal muss sie zu viel von sich selbst wegdrücken. Sie will über ihren Verlust sprechen. Das verlorene Kind. Die verlorene Liebe. Bräuchte Zeit, um das Chaos der letzten Tage zu verarbeiten, aber die Zeit hat sie nicht.

Liina hört, wie jemand an die Zimmertür klopft und eintritt. Sie steht auf und verlässt das Bad.

»Hier sind Sie«, sagt Dr. Kröger. Sie sieht mitgenommen aus. Ihre Augen sind rot, die Haut fleckig.

»Es tut mir so leid, Frau Dr. Kröger«, sagt Liina. »Ich musste einfach mal raus ...«

»Ach, Sie wissen es noch gar nicht«, sagt die Ärztin und setzt sich ohne zu fragen auf einen Besucherstuhl. Sie wirkt, als sei sie die behandlungsbedürftige Patientin und nicht Liina.

»Einer der Polizisten unten sagte, es sei etwas passiert?«, fragt sie und setzt sich neben sie.

Dr. Kröger starrt ins Leere und schüttelt langsam den Kopf. »Sarah. Ich verstehe es nicht.«

»Sarah? Dr. Mahjoub? Was ist mit ihr?«

»Alles war in Ordnung. Es ging ihr gut, sie hatte keine Probleme, weder privat noch beruflich. Sonst hätte ich doch etwas mitbekommen, wir haben jeden Tag Seite an Seite gearbeitet! Wir haben über alles geredet. Ich kenne sie schon seit Jahren. Sie ist gar nicht der Typ dazu.« Wieder schüttelt sie den Kopf.

Liina wartet ab. Sie hat eine Ahnung, muss es aber von Dr. Kröger direkt hören.

»Was ist passiert?«, fragt sie leise und legt eine Hand auf den Arm der Ärztin.

Dr. Kröger schließt erschöpft die Augen, schluckt Tränen runter. »Sie hat sich umgebracht.«

15

KOS meldet sich. Liinas Herz rast vor Panik. Sie wühlt nach dem Fläschchen in ihrer Bodybag, schüttelt hektisch einige Tabletten heraus, pickt eine auf und schluckt sie. Denkt: Wer kümmert sich jetzt um mein Herz? Als die Tablette zu wirken beginnt, wird ihr klar, dass ihr Leben von dieser Frau abhängt, die zusammengesunken und bleich auf dem Stuhl neben ihr hockt und sich von etwas aus der Bahn werfen lässt, das in ihrem Beruf Alltag sein sollte: dem Tod.

»Ich hole Ihnen ein Glas Wasser«, hört sich Liina sagen. Der Überlebenswille setzt ein. Sie muss sich mit Dr. Kröger verbünden. Im Bad spült sie den Zahnputzbecher aus und füllt ihn mit Wasser. Dr. Kröger trinkt, ohne hinzusehen. Ihre Hände zittern, Liina hilft ihr, den Becher zu führen. Sie spürt, dass es hier noch um etwas anderes geht.

»Wovor haben Sie Angst?«, fragt sie leise.

Die Ärztin sieht sie erschrocken an. »Was wissen Sie?«, flüstert sie.

»Nichts! Aber ich sehe, dass Sie große Angst haben.« Sie wartet ab, die Frau senkt nur den Kopf und versucht, nicht zu weinen. »Hat es etwas mit dem Forschungsprojekt zu tun?«

Dr. Kröger hebt die Schultern. »Ich weiß es doch auch nicht«, murmelt sie. »Ich weiß nicht mal, wie es da weitergehen soll ohne sie.«

Liina versucht, sich nicht anmerken zu lassen, wie alarmiert sie ist. Sie legt den Arm um die Schultern der Frau und sagt in beruhigendem Tonfall: »Natürlich geht es weiter. Es werden ja nicht nur Sie beide daran gearbeitet haben.«

Die Ärztin zuckt zurück, will aufstehen, aber Liina hält sie fest. »Dr. Kröger, Sie müssen mit mir reden! Ich habe doch jetzt nur noch Sie!«

Es hilft. Auch wenn die Ärztin Liina misstrauisch mustert, entspannt sie sich etwas. Sie wischt sich die Tränen aus den Augenwinkeln und versucht, fest und professionell zu klingen. »Wie geht es Ihnen jetzt? Ich hatte noch keine Zeit, mir Ihre Daten genau anzusehen.« Ihr fällt ein, dass sie dazu nur auf ihr Smartcase sehen muss, und tut es. »Sie hatten ...« Sie unterbricht sich. »Es gab Komplikationen mit Ihrer Schwangerschaft? Das tut mir leid. Geht es Ihnen besser?«

Liina spielt mit, nickt. »Es geht mir schon viel besser, danke.«

Die Ärztin wirft ihr einen prüfenden Blick zu, sie sagt: »Haben Sie noch Schmerzen? Blutungen? Probleme mit dem Kreislauf, Übelkeit ...?«

»Ich bin etwas müde ...«

»Gut, das ist normal. Jemand von der Gynäkologie wird sich das noch mal ansehen. Und Ihr Herz?«

»Ich denke, da ist alles okay.«

»Die Werte sehen gut aus, trotz dieser extremen Belastung. Sie dürfen KOS nicht offline nehmen. Auch nicht kurz.«

»Ich weiß.«

»Kann ich noch irgendwas für Sie tun?«

Liina will wissen, was da gerade für eine Pressekonferenz stattfindet. Aber sie reißt sich zusammen. Das hier ist auch

wichtig, sagt sie sich. Das hier ist vielleicht noch wichtiger.
»Wie geht es mit mir weiter?«

Dr. Kröger steht auf, mit einem Mal völlig gefasst, völlig sachlich, völlig distanziert. »Wenn Sie Termine machen, werden Sie automatisch an mich verwiesen. Sollten Sie zwischendurch Fragen haben, wenden Sie sich direkt an mich. Ist das in Ordnung?«

»Natürlich.«

»Sie denken weiter daran, dass Sie einen Vertrag mit uns haben. Was ich Ihnen gerade über Sarah gesagt habe ...«

»Streng vertraulich. Selbstverständlich.«

»Wir müssen uns auf Sie verlassen können.«

Wir, sagt sie. Vielleicht gibt es ihr Sicherheit, es so zu formulieren. Liina hat keine Ahnung, wen sie mit wir meint. Die Ärztinnen? Eine geheime Abteilung des Krankenhauses? Ein externes Forschungsinstitut? Sie hat damals diesen Vertrag unterschrieben, weil sie glaubte, keine Wahl zu haben. In ihrem Kopf hat sie den Vertrag mit Dr. Mahjoub geschlossen.

»Und Sie können sich auf mich verlassen«, sagt sie mit Nachdruck zu Dr. Kröger. »Mein Leben liegt schließlich in Ihren Händen.« Sie lässt es klingen, als wäre es etwas Gutes, und die Ärztin wirkt beruhigt, als sie geht.

Liina sieht sich das Video der Pressekonferenz an, das Özlem ihr mit den Worten »bin gleich da« geschickt hat.

Der Raum sieht aus wie ein Besprechungszimmer, nichtssagende Bilder an den Wänden, ein großer, ovaler Tisch in der Mitte, an dem etwa zwanzig Personen Platz haben. Zwei Kameras sind auf die Frau, die am Kopfende sitzt, gerichtet, direkt vor ihr steht ein Mikrofon. Dunkelblaues, kurzärmeliges Kleid, kurzes schwarzes Haar, strahlend blaue Augen. Kein Schmuck. Kompetente Ausstrahlung. Am Tisch ist nicht jeder Platz besetzt. Der Staatsfunk ist mit ein paar Leuten vertreten. Von der Wahrheitspresse sind zwei, drei Vorzeigeleute da. Özlem war vermutlich nicht eingeplant, es war ein Versehen des Polizisten, aber es macht keinen Unterschied. Pressekonferenzen sind Theaterstücke.

Die Frau wartet noch auf jemanden, sie sieht zur offenen Tür, hebt dann kurz die Hand. Simona Arendt kommt herein, sie flüstert der Frau etwas in Ohr, lächelt dabei, setzt sich neben sie, nickt in die Runde und begrüßt die Anwesenden, stellt sich überflüssigerweise vor, stellt dann die andere Frau als eine ihrer Referentinnen vor, Julia Irgendeinnachname, und die Referentin bedankt sich. Kommt zum Thema. Sagt, dass am Morgen eine der Chefärztinnen der Dornbuschklinik bedauerlicherweise unter bislang ungeklärten Umständen verstorben ist, daher das Aufgebot an Polizei, weil der Fall selbstverständlich genau untersucht wird. Die Abläufe im Klinikalltag seien nicht beeinträchtigt, niemand müsse sich Sorgen machen. Eventuell käme es aus Sicherheitsgründen zu leichten Verzögerungen für diejenigen, die Angehörige besuchen wollen. Wer heute nicht dringend kommen müsse, solle seinen Besuch bitte verschieben, ab morgen sei wieder alles normal.

Bei der Ärztin handele es sich um Dr. Sarah Mahjoub, Chefärztin für Innere und Transplantationsmedizin, man müsse jetzt klären, was zu ihrem Tod geführt hat. Gerüchte, sie habe unethisch gehandelt, weise man entschieden zurück.

Es klingt, als hätte es diese Gerüchte noch gar nicht gegeben.

Es folgen Beileidsbekundungen an Dr. Mahjoubs Familie, die so leer klingen, dass Liina glaubt, es gibt gar keine Familie, und man wünscht dem Personal des Krankenhauses alles Gute in dieser schweren Zeit. Vielen Dank, bitte keine Fragen, wir informieren Sie, sobald es Neuigkeiten gibt. Die Referentin steht auf, nickt in die Runde. Simona steht auf, nickt ebenfalls in die Runde. Beide verlassen den Raum, und offenbar folgt ihnen Özlem auf den Flur, wo die beiden Frauen von mehreren Personen empfangen werden. Zwei davon benutzen die Videoblocker, die Liina schon kennt. Die kleine Gruppe entfernt sich. Özlem bleibt stehen, beendet die Aufnahme.

Als es im selben Moment an die Tür ihres Krankenzimmers klopft, glaubt Liina, sie sei es. Aber herein kommt Simona Arendt mit ihrer Referentin. Liina hört weitere Personen draußen vor der Tür. Sie glaubt, auch Özlems Stimme zu erkennen.

Liina schaut überrascht und knipst ein freundliches Lächeln an, das von den beiden Frauen sofort professionell erwidert wird. »Woher weißt du, dass ich hier bin?« Sie geht auf ihre alte Freundin zu, will sie umarmen. Die Referentin geht dazwischen, entschuldigt sich, stellt sich vor, und Liina versteht wieder nicht den gemurmelten mehrsilbigen Nachnamen.

»Aha? Und was macht ihr hier?« Liina schaut überzeugend verwundert zu Simona.

»Ich bin in offizieller Funktion hier«, sagt Simona und sieht sie durchdringend an. »Du hast sicherlich schon gehört, dass Dr. Mahjoub tot ist?«

Liina nickt, macht ein betroffenes Gesicht, setzt sich aufs Bett. Sie bedeutet den beiden, sich auf die Besucherstühle zu setzen, aber sie bleiben stehen. »Deine behandelnde Ärztin hat möglicherweise eigenmächtig gehandelt und Medikamente verordnet, die nicht im Behandlungsplan vorgesehen waren.«

»Was denn, absichtlich?«

»Danach sieht es aus. Wir wissen nicht, was sie damit bezwecken wollte. Jeder einzelne Fall wird untersucht. Leider gehörst du auch zu den Betroffenen.« Sie betrachtet Liina, die angemessen entsetzt schaut, und fährt fort: »Aber das weißt du sicherlich schon.«

»Was? Ich dachte …«

Simona winkt ab. »Das weißt du längst. Dr. Mahjoub sollte heute vor einem Disziplinarausschuss erscheinen. Als sie nicht kam, hat man in ihrem Büro nachgesehen und sie tot aufgefunden. Eine Überdosis Morphin.«

Liina nickt betroffen.

»Kanntest du sie schon lange?«

»Viele Jahre, ja.«

»Ist dir vorher schon mal etwas aufgefallen?«

»Nie.«

Die Referentin gibt Simona ein Zeichen. Sie müssen weiter. »Gut, ich wünschte, wir hätten einen netteren Anlass zum Wiedersehen gehabt. Aber ich melde mich bald wieder, versprochen«, sagt Simona, lächelt, winkt leicht zum Abschied. Keine Umarmung, nicht einmal ein Händeschütteln.

»Würde mich freuen«, sagt Liina und winkt zurück. »Bis bald!«

Die Referentin schließt die Tür, ohne sie noch eines Blickes zu würdigen. Draußen hört sie die sich entfernenden Stimmen. Kurz darauf klopft es wieder, diesmal ist es Özlem.

»Sie weiß, dass wir an was dran sind«, sagt Liina. »Ich bin mir sicher, dass sie es weiß.«

»Hat sie was gesagt?«

»Irgendwie schon. Ja.«

Özlem schüttelt den Kopf. »Wir sind aber an nichts dran, nicht wirklich, also was kann sie schon wissen?«

»Ich glaube, sie hat mich gerade gewarnt!«

»Beruhig dich. Setz dich wieder hin und erzähl mir ganz genau, was hier los war.«

»Sie hat mich angeschaut und gesagt, dass ich doch sicherlich schon alles weiß.«

»Was alles?«

»Keine Ahnung, das mit Dr. Mahjoub …«

»Und? Wusstest du's?«

»Von Dr. Kröger.«

»Na also. Wo ist das Problem?«

»Sie hat was anderes gemeint. Das mit den Medikamenten.«

»Steiger dich bitte in nichts rein. Ich brauche dich jetzt mit klarem Verstand. Okay?«

»Wie soll ich denn …« Liina sieht sie an, merkt endlich, dass Özlem ihr etwas Wichtiges zu sagen hat. »Ist was mit Yassin?«

»Nein. Setz dich endlich hin.«

»Was dann?«

»Olga hat sich gemeldet.«

»Und?«

»Sie hat herausgefunden, dass Kaya in dem Waldstück war, in dem man die Tote gefunden hat.«

»Versteh ich nicht. Warum hat mich Yassin dann auch noch dorthin geschickt? Und mir nichts gesagt?«

»Sie war da, bevor die Frau gestorben ist.«

»Das kann nicht sein.«

»Doch. Zwei Wochen vorher. Sieben Wochen vorher. Zehn Wochen vorher und so weiter. Zum ersten Mal war sie im Februar dort.«

»Im Februar schon? Warum?«

»Freu dich, du hattest recht. Es hängt alles zusammen.«

Emil

Als die Nachricht von Emils Tod kam, verspürte sie zunächst Erleichterung. Dann kam das schlechte Gewissen. Bei dieser Mischung sollte es sehr lange bleiben. Da war kein Loch in ihrem Leben, kein Riss in ihrer Seele, weil ihr Zwillingsbruder für immer gegangen war.

Wenige Monate zuvor war er gestürzt und hatte sich einige Wirbel gebrochen. Fortan musste er im Rollstuhl sitzen und regelmäßig schmerzhafte Operationen über sich ergehen lassen, in der Hoffnung, dass er eines Tages wieder ohne Hilfsmittel laufen konnte. Bis dahin wurde er in einem Pflegeheim untergebracht. Von dort sollte er nicht mehr zu seiner Familie zurückkehren.

Seine Eltern besuchten ihn, so oft sie konnten, und auch Magritt war regelmäßig mit ihren drei Kindern bei ihm. Sein geistiger Zustand verschlechterte sich zusehends. Vielleicht lag es an den vielen Behandlungen und Operationen. Er schien sich in sich selbst zurückzuziehen, wurde immer wortkarger und verlor jede Freude.

Liina brachte es nicht über sich, ihn zu besuchen. Sie ließ sich erzählen, wie es ihm ging, wollte ihn aber nicht sehen. Manchmal reagierte ihre Familie empört oder wütend, manchmal nahm man sie in den Arm und sagte ihr, alles werde eines Tages wieder gut werden. Aber sie spürte keinerlei Verbindung zu ihm. Er war ihr fremd. Er war ihr nicht einmal mehr peinlich, so wie früher, als sie noch zur Schule gegangen waren. Dass er ihr egal war, konnte sie auch nicht wirklich behaupten, tatsächlich wünschte sie sich, er wäre endlich kein Thema mehr in ihrem Leben. Sie wünschte ihm nicht direkt den Tod. Vielleicht aber doch.

Sich über den Tod eines Menschen zu freuen, erschien ihr selbstverständlich falsch. Einerseits. Andererseits wusste sie, dass es für ihre Eltern das Beste war. Nach über zwei Jahrzehnten Sorge um Emil und zeitaufwändiger Betreuung und Pflege hatten sie nun endlich Zeit für sich. Sie hatten genügend Interessen und einen großen Freundeskreis, der sie auffangen würde. Und war es nicht ohnehin auch das Beste für Emil? Ständig Schmerzen, ständig auf fremde Hilfe angewiesen, und niemand konnte genau sagen, wie viel er davon überhaupt verstand. Nein, es war das Beste für alle. Sie trauerte ihm nicht nach, bereute es nicht, ihn so selten gesehen zu haben. Es gab nichts, was sie ihm noch hätte sagen wollen. Sein Tod war so etwas wie ein sauberer Schlussstrich, ein erleichtertes Aufseufzen.

Was letztlich an ihr nagte, war ihr Unvermögen, ihren Zwillingsbruder lieben zu können.

Ihre Eltern gingen mit Magritt in das Pflegeheim, um Abschied zu nehmen. Sie wollte ihn nicht sehen. Warum sollte sie sich einen toten Menschen ansehen? Noch dazu einen, dessen Anblick sie schon zu Lebzeiten gemieden hatte? Um niemanden zu verletzen, sagte sie, sie traue es sich nicht zu. Damit waren die anderen zufrieden. Liina blieb mit ihren drei kleinen Neffen in der Wohnung ihrer Eltern.

»Du hättest mitkommen sollen«, erklärte ihr Vater hinterher. »Er sah richtig gut aus.«

Wahrscheinlich, weil es ihm jetzt besser geht, dachte Liina, sagte aber nichts.

»Wir durften ihn nur durch eine Glasscheibe sehen«, fuhr er fort. »Aber er wirkte so friedlich.« Er ließ sich aufs Sofa sinken und weinte still. Magritt setzte sich zu ihm, legte eine tröstende Hand auf sein Knie. Zwei seiner Enkelkinder spielten zu seinen Füßen, den Jüngsten hielt er im Arm. Ihre Mutter kämpfte anders mit dem Verlust. Sie flüchtete sich in Pragmatismus und begann, die Trauerfeier zu planen. Fast schon stolz erzählte sie Liina, was sie sich überlegt hatte, wollte wissen, was sie darüber dachte.

Immerhin konnte Liina die trauernde Schwester spielen, wenn sie schon nichts in der Art fühlte. Sie konnte für ihre Familie da sein und sie unterstützen. Ihnen das Gefühl zu geben, dass auch sie von Emils Tod tief getroffen war, schien sie zu versöhnen. Vor allem hatte ihre Scharade den Vorteil, dass man sie in Ruhe ließ. »Lass sie auf ihre Art trauern«, hörte sie einmal ihren Vater zu ihrer Schwester sagen. »Niemand von uns kann wissen, was sie fühlt. Zwillinge sind etwas Besonderes.«

Am nächsten Tag wurde ihnen die Urne gebracht. Sie stellten sie in einen kleinen Schrein auf dem Balkon, tranken Emils Lieblingslimonade, sahen sich Bilder von ihm an, erzählten sich Geschichten. Liina kam sich albern vor und hatte keine Ahnung, was sie erzählen sollte. Als sie schließlich an der Reihe war, fiel ihr nur der Vorfall an der Nordseeküste ein. Sie schwächte die Geschichte ab, sprach nur davon, wie sehr es ihn erschreckt hatte, dass am Nachmittag das Meer verschwunden war, obwohl er es am Vormittag erst gesehen hatte. Natürlich wussten ihre Eltern und Magritt, was sich damals wirklich abgespielt hatte. Aber sie lächelten dankbar über diese harmlose, geschönte Anekdote.

»Er war ein guter Junge«, sagte ihre Mutter.

»Es war bestimmt das Beste für ihn«, sagte ihr Vater.

»Wer weiß, wie er sonst noch gelitten hätte«, sagte ihre Schwester.

Liina sagte nichts.

Von nun an hieß es: »Pass besser auf dich auf. Wir wollen nicht noch ein Kind verlieren. Musst du wirklich wieder zurück nach Finnland? Bleib doch bei uns.« Zu ihrem schlechten Gewissen, über den Tod ihres Bruders mehr als erleichtert zu sein, kam nun noch das schlechte Gewissen, selbst krank zu sein. Manchmal stellte sie sich vor, wie ihr Leben wohl verlaufen wäre, wenn sie diesen Bruder nie gehabt hätte.

16

In Rostock weht ein sanfter Wind. Es ist kühler als in Frankfurt. Heute nur achtundzwanzig Grad. Liina erwischt sich bei dem Gedanken, ob sie am Abend frieren wird, und freut sich darauf. Sie kann hier freier atmen als in der Megacity, obwohl die Luft dort auch nicht schlecht ist. Aber sie ist anders. Und ihr Herz scheint auch anders zu schlagen. Warum war ich hier noch nie, fragt sie sich. Man ist schnell in Berlin, und von Berlin aus in knapp einer Stunde in Rostock. Aber es gab nie einen Grund hierherzufahren. Jetzt denkt sie, dass sie gar nicht mehr zurückwill. Dabei ist sie gerade erst angekommen.

Olga zeigt ihr als Erstes ihr Haus in der Steintorvorstadt. Eine alte Villa aus dem späten 19. Jahrhundert, durchaus renovierungsbedürftig, aber niemand investiert mehr ernsthaft in diese Stadt. Dass eine Person für sich allein ein ganzes Haus bewohnen darf, ist nur außerhalb der Megacitys möglich. Auch wenn an der Ostsee und im nördlichen Bereich der Warnowküste einiges an bewohntem Land überschwemmt wurde, gibt es durch die Seuchenwellen und die Massenabwanderung in die Megacitys nur noch geschätzte zwanzigtausend Menschen, die hier leben. Inseln wie Gehlsdorf, Schmarl, Warnemünde und Hohe Düne sind etwas kompliziert zu erreichen und im Grunde von der Versorgung mit Elektrizität und sauberem Wasser abgeschnitten. Deshalb sollte man in der Nähe des Bahnhofs wohnen, erklärt Olga. Dort sind Wasser und Strom garantiert.

Sie stellen nur ihre Rucksäcke und Reisetaschen ab, Liina hat kaum Zeit, sich umzusehen. Die Rechtsmedizin ist fünf Minuten zu Fuß entfernt. Auf dem Weg dorthin fühlt sie sich in die Kulisse eines Computerspiels versetzt. Die Häuser sind niedrig, vielleicht drei Stockwerke hoch, und sie sind alt. Manche sind komplett verfallen, aber die meisten scheinen mal mehr, mal weniger gepflegt. Selbst die vereinzelten Hochhäuser stammen aus dem späten 20. Jahrhundert, vielleicht auch aus dem frühen 21., aber neuer ist hier nichts. Die Straßenbahnen sind ebenfalls alt. Niemand hat sich die Mühe gemacht, das Verkehrskonzept anzupassen, die Oberleitungen abzubauen, neue Schienen zu verlegen und moderne Züge anzuschaffen. Zuletzt hat sie so etwas als Kind im Museum gesehen.

Das Gebäude, in dem die Rechtsmedizin untergebracht ist, war irgendwann einmal vermutlich weiß gestrichen, jetzt ist es dreckig-grau und fleckig, aber die Fensterscheiben sind alle intakt, der Rasen davor wird gerade von jemandem etwas umständlich mit einem Schlauch bewässert. Liina ist auf dem Weg hierher aufgefallen, dass es kaum Kameras gibt. Die Rechtsmedizin hat immerhin einen überwachten Eingang und eine Pforte, an der sie ihre Personaldaten einscannen lassen müssen, bevor man jemanden holt, der mit ihnen redet. Liina lässt ihre Fake-Identität als Zoologin Dr. Karin Müller auslesen und setzt schon mal ihr Karin-Gesicht auf. Die Sonnenbrille mit der Kamera steckt in ihrem Ausschnitt. Sie ist bereit. Olga gähnt und lässt sich gegen die kühle Steinwand fallen. »Mein Rhythmus ist komplett zerschossen«, beschwert sie sich. Liina erwidert nichts. Sie hat sich lange nicht mehr so wach und gesund gefühlt.

Als sie eine Stimme hört, weiß sie, dass es die Person ist, mit der sie telefoniert hat. Sie versucht, sich an den Namen in der Mail zu erinnern: Kim? Jin? Jedenfalls nichts, was Rückschlüsse auf eine binäre Geschlechterzuordnung erlaubt hätte – ebenso wenig wie jetzt die äußere Erscheinung. Liina setzt ihr strahlendstes Lächeln auf und geht auf die Person zu. »Wir haben telefoniert, nicht wahr?«, sagt sie so freundlich und verbindlich, dass ihr Gegenüber nicht anders kann als zurückzustrahlen. Normalerweise. Diesmal funktioniert es nicht. »Karin Müller. Ich habe noch eine Kollegin mitgebracht. Olga Khan.«

Olga streckt die Hand aus, wiederholt ihren Namen.

Die Person sagt: »Kim Adisa.« Sie mustert Olga wohlwollend. »Sie haben von mir schon alles bekommen, was wollen Sie noch?« Es klingt nicht unfreundlich, vielmehr neugierig, fast amüsiert. Die Frage richtet sich an Olga, und Liina weiß es besser, als die Aufmerksamkeit auf sich zu lenken.

»Wollen wir wirklich hier im Flur weiterreden?«, fragt Olga, und Kim Adisa lächelt und weist den Weg hinein ins Gebäude. Liina bleibt nach drei Schritten stehen, entschuldigt sich, tut so, als hätte sie eine dringende Nachricht erhalten und müsse sich rasch darum kümmern. Kim stört sich nicht daran, im Gegenteil. Es entwickelt sich sofort ein Gespräch mit Olga – ja, sicher, man könnte sich tatsächlich vom Sehen kennen, sie wohne auch hier –, und als hätte es Liina nie gegeben, verschwinden die beiden im Inneren des Gebäudes.

Liina bleibt noch einen Moment im Flur stehen, tut so, als würde sie ihr Smartcase auf Nachrichten überprüfen, tut so, als würde sie auf eine Nachricht antworten, tut so, als sei alles ganz wichtig und auch etwas ärgerlich. Man weiß nie, wo Kameras sind oder wer gerade zusieht. In Wirklichkeit genießt sie die Kühle des alten Gebäudes, die Stille der dunklen Gänge, aber dann geht sie hinaus, wo es gar nicht so unangenehm warm ist und ebenfalls still, und sie denkt wieder, wie seltsam befreit sie sich hier fühlt, ohne klar benennen zu können, woran es liegt. Als sie das Krankenhaus verließ, hatte sie noch leichte Blutungen und ein Ziehen im Bauch, sie fühlte sich etwas schwindelig und müde. Man gab ihr B-Vitamine und Eisenpräparate mit, dazu ein paar gute Ratschläge. Jetzt kommt es ihr vor, als läge das alles weit hinter ihr. Nicht erst Stunden, sondern Wochen.

Sie schickt Olga eine Nachricht, dass sie sich unbedingt Zeit lassen soll. »Ich seh mich ein bisschen um«, sagt sie. Was sie nicht sagt: Sie ist auf der Suche nach jemandem.

Die Straßenbahn fährt am Westufer der Warnow entlang nach Norden. Liina hat sich getäuscht, es wurde doch hier und da noch in diese Stadt investiert: Die Straßenbahnlinie ist in Richtung Lütten Klein ausgebaut worden. Dort ist Endstation, weiter geht es nicht.

Die S-Bahn hingegen, wird sie von einer älteren Frau, die aus offensichtlicher Langeweile heraus das Gespräch sucht, unterrichtet, gebe es schon seit einer Weile nicht mehr, weil zu viele dieser Streckenabschnitte überschwemmt wurden.

»Und was führt Sie hierher?«, fragt die Frau. Sie hat eine angenehme mecklenburgische Dialektfärbung. Liina schätzt sie auf achtzig. Sie trägt das Haar kurz und hat es strahlend blau gefärbt. Außerdem sprechen das kurze Sommerkleid, Bodybag, Sonnenbrille, Armreifen, Halsketten und die Leinenschuhe dafür, dass Blau ihre Lieblingsfarbe sein könnte.

»Ich besuche eine Freundin«, sagt Liina fast ehrlich.

»Ach!« Neugierig beugt die Frau sich etwas näher zu Liina. »Eine Freundin in Lütten Klein?«

Liina muss lachen. »Meine Freundin wohnt in der Nähe des Bahnhofs. Und Sie?«

»Nienhagen, kennen Sie Nienhagen?«

»Ich fürchte nein.«

»Woher kommen Sie? Aus der Hauptstadt?«

»Frankfurt am Main. Ja.«

»Da war ich noch nie. Lohnt es sich?«

»Es ist ganz anders als hier.«

Die Frau lächelt zufrieden. »Dann lohnt es sich nicht.«

»Nienhagen ist also schön?«

Sie überlegt, schaut dabei angestrengt an die Decke des Wagons. »Schön ... Nein, es gibt keine schönen Häuschen, wenn Sie das meinen. Keine Sehenswürdigkeiten in dem Sinne. Und wenn man etwas erleben will, fährt man nach Rostock, auch wenn es lange dauert und man sich am besten darauf einstellt, dort zu übernachten. Bei Ihnen fahren rund um die Uhr Bahnen, hab ich gehört?«

Liina nickt.

»Ganz praktisch eigentlich. Aber es geht auch so. Ich habe es nicht mehr eilig.«

»Und was lohnt sich an Nienhagen?«, fragt Liina.

Jetzt lächelt die Frau wieder. »Ich lebe dort schon seit meiner Geburt. Ich will es gar nicht anders haben. Was sich lohnt, ist die Luft. Die Ruhe. Es ist dort kaum noch jemand, aber sie haben uns Wasser und Strom gelassen, und meistens gibt es auch Internet. Außerdem bin ich direkt am Meer, und dafür gibt es keinen Ersatz.«

»Direkt am Meer?« Liina weiß nicht genau, wie sie nachfragen soll.

»Ja, schon immer.« Sie lacht. »Sie kennen sich hier wirklich gar nicht aus! Wir haben eine sehr malerische Steilküste. Mit einem Wald, dem Gespensterwald. Natürlich bröckelt mit jedem Jahr mehr von der Küste ab, aber noch haben wir keine nassen Füße, noch steht mein Haus. Und solange die Ostsee nicht in meinen Garten schwappt, bleibe ich dort. Das sollte angesichts meines Alters auch gut machbar sein.« Jetzt mustert sie Liina etwas intensiver. »Besuchen Sie mich mal. Wenn Sie noch nie eine Steilküste gesehen haben, können Sie überhaupt nicht verstehen, wovon ich rede.«

Liina nickt, lächelt. »Vielleicht mache ich das. Ich frag mich dann einfach durch.«

»Wo steigen Sie aus?«

»Sie lassen nicht locker, was?«

»Wer nicht von hier ist und in diese Richtung fährt, hat meist nur ein Ziel, und das ist nicht, mit dem Fahrrad nach Nienhagen zu fahren.«

»Na gut. Ich bin neugierig. Ich will mir tatsächlich Lütten Klein ansehen.«

»Sitzt da jemand ein, den Sie kennen?«

Liina schüttelt den Kopf. »Nicht, dass ich wüsste.«

»Sie kommen nicht rein, das wissen Sie?«

»Ich lass mich überraschen, wie weit ich komme.«

Die Frau sieht aus dem Fenster, schweigt eine Weile, dann tippt sie Liina an und zeigt nach draußen. »Jetzt kommt Lichtenhagen, das Dorf. Das ist recht hübsch. Alte Backsteinhäuser, die alte Kirche ... Normalerweise steige ich hier aus und fahre mit dem Fahrrad weiter.«

»Normalerweise?«

»Ich denke, es ist besser, wenn ich noch ein Stück mit Ihnen mitkomme.«

Liina zögert. »Das ist sehr nett, aber wirklich nicht nötig.«

»Es macht mir nichts aus. Ich zeige Ihnen ein wenig die Gegend.«

Die Straßenbahn hält. Lichtenhagen Dorf. Liina steht auf, um die Frau vorbeizulassen. »Ich komme wirklich sehr gut allein zurecht«, sagt sie und klingt eine Spur harscher, als sie möchte. Sie merkt, wie sich Stress in ihrem Körper breitmacht. Wie ihr Blutdruck steigt und der Herzschlag schneller wird. Nur wenige Minuten, und KOS meldet sich, denkt sie. Sie weiß nicht, wie sie die Frau loswerden kann.

»Sie werden schon sehen«, sagt diese nur, packt Liina am Arm und zieht sie zurück auf den Sitz. Die Türen schließen sich, und die Straßenbahn fährt weiter.

»Das hier, rechts und links, das waren früher Kleingartenanlagen. Ganz früher. Und da, wo wir gleich anhalten werden, beginnt Lütten Klein. Wir werden direkt an der Mauer aussteigen müssen.«

»An der Mauer?«

»Sehen Sie, das wissen Sie alles nicht. Lütten Klein ist von einer Mauer umgeben, dahinter ist ein Wassergraben. Der gesamte Stadtteil ist ein Knast. Dachten Sie, es ist ein einzelnes Gebäude, in dem die Gefangenen untergebracht werden?«

»Ich weiß nur darüber, was in den Nachrichten war.«

»Es ist der gesamte Stadtteil. So, jetzt können Sie mich rauslassen, gleich kommt die Endstation. In mehr als einer Hinsicht.« Die Frau lacht und erhebt sich. Liina steht ebenfalls auf und hilft ihr mit dem Fahrrad. Wenig überraschend ist es ebenfalls blau. Kurz bevor die Straßenbahn hält, ertönt die Durchsage, dass es sich um die Endhaltestelle handelt und dieser Zug in einer Viertelstunde zurück zum Hauptbahnhof fährt. Es befindet sich außer den beiden Frauen niemand mehr in der Bahn.

»Warum kennen Sie Lütten Klein so gut? Haben Sie hier schon mal jemanden besucht?«, fragt Liina beim Aussteigen und schiebt das Fahrrad aus der Bahn.

Die Frau nimmt es dankend entgegen, sieht sich nach der Bahn um. Die Wagontüren schließen sich. »Gehen wir ein Stück?« Sie schiebt einfach ihr blaues Rad weiter. Liina folgt ihr.

»Früher war ich mit meinen Eltern öfter dort im Kino, und anschließend gingen wir chinesisch essen. Aber noch bevor ich alt genug war, um mir einen Film allein anzusehen, haben sie das Kino geschlossen.«

Die Haltestelle befindet sich im freien Feld zwischen dem Dorf Lichtenhagen und der Mauer, die die Vorzeigeplattenbausiedlung der ehemaligen DDR umgibt.

»Das hier war mal Gewerbegebiet«, sagt die Frau. »Aber

das ist so lange her. Da gab es noch das Kino.« Sie verliert sich in ihren Gedanken. Liina wartet ab, sie weiß, dass mehr kommt, wenn sie nichts sagt. Sie fragt sich, warum die freie Fläche hier nicht besser genutzt wird. So nah an Wohngebieten wird üblicherweise entweder Nahrung angebaut, oder man nutzt die Grünflächen zur Erholung. Diese ist offensichtlich sich selbst überlassen, abgesehen von den Gleisen, um die herum der Pflanzenwuchs im Zaum gehalten wird. Hier wächst nur Gras und niedriges Gestrüpp. Kaum Bäume, wenige Blumen. Ein Seeadler hockt auf einem abgestorbenen schmalen Stamm. Sekunden später erhebt er sich in die Luft.

»Während der Pandemien sind hier mehr Menschen gestorben als anderswo. Sie haben sich alle gegenseitig angesteckt«, sagt die Frau, und Liina braucht einen Moment, um ihr folgen zu können.

»Sie meinen den Masernausbruch in den 30ern?«

»Den und irgendwelche Grippeviren, irgendwas war immer, bevor man endlich die richtigen Mittelchen gefunden hat. Danach waren die alten Plattenbausiedlungen so gut wie leer. Toitenwinkel, Dierkow, Lichtenhagen, Lütten Klein und wie sie noch alle hießen. Ausgestorben, in nur wenigen Wochen. Wissen Sie, dass meine Mutter Virologin war? Sie starb als eine der Ersten an dem mutierten Masernvirus.«

»Das tut mir leid«, sagt Liina aufrichtig.

»Muss es nicht, aber danke. Es folgte jahrelanger Leerstand, und dann, als alle schon dachten, man würde diese Kästen endlich abreißen, kam jemand auf die Idee, daraus ein Gefängnis zu machen. Aus Toitenwinkel machen sie das nächste, das weiß noch niemand, aber ich bin mir ganz sicher.«

Sie sagt Gefängnis, und wahrscheinlich sagen das alle älteren Menschen. Die Regierung nennt es Integrationsunterbringung.

»Ich bin hier einmal in der Woche aus Neugier vorbeigekommen, um zu sehen, was dort gebaut wird. Wenn richtig was los war, kam ich sogar jeden Tag. Deshalb weiß ich, dass hinter der Mauer ein Wassergraben ist. Vieles weiß ich auch nur aus den Nachrichten, aber sehen Sie die Enten und Gänse und Kormorane?«

»Gibt es die hier nicht überall?«

»Doch, aber wenn Sie ihnen eine Weile zusehen, bemerken Sie, dass sie hier nicht nur kurz Halt machen, sondern einen festen Platz haben. Hinter der Mauer ist Wasser«, wiederholt sie. Als würde es einen Unterschied machen. Die Mauer ist drei Meter hoch und vermutlich mit Scherben und rasierklingenscharfem Metall versehen. Und alle paar Meter sind Videokameras und Bewegungsmelder installiert. Liina lässt den Blick über die Felder gleiten. Fragt sich, welche unsichtbaren Fallen dort wohl versteckt sind.

»Ich glaube, eine alte Bekannte von mir arbeitet dort«, sagt Liina.

Die alte Frau lächelt, weil sie endlich erfahren hat, was sie wissen wollte. »Man wird Sie trotzdem nicht reinlassen. Was haben Sie jetzt vor?«

Liina hebt die Schultern. »Keine Ahnung. Bis gestern wusste ich nicht mal, dass ich nach Rostock fahren würde.«

»Wenn Sie näher als fünfzig Meter kommen, lösen Sie den Alarm aus. Dann kommen Sie zwar rein, aber so schnell nicht mehr raus. Es sei denn, Sie verschwinden sofort, nachdem man sie dazu aufgefordert hat.«

»Sie kennen sich aus, was?«

»Ich war noch nie drin. Die einzigen, die ohne Probleme rein- und rauskommen, sind die Vögel.«

»Warum gibt es hier dann eine Haltestelle?«

»Für den Rechtsbeistand, den Vormund, die Menschen, die hier arbeiten ... Und für die wenigen, denen man einen Besuch bei Verwandten erlaubt. Als was arbeitet Ihre Freundin denn dort?«

»Sie ist nicht meine Freundin«, sagt Liina nachdenklich. Und weil sie spürt, worum es der Frau geht, gibt sie es ihr: eine Geschichte. »Wir haben uns mal gekannt, aber das ist sehr lange her.«

»So lange kann es nicht her sein, Sie sind doch noch ganz jung!«, lacht die Frau.

»Fünfzehn Jahre.«

»Das ist ja wie gestern.«

»Oder wie vor zwei Leben.«

Die Frau hebt neugierig die Augenbrauen.

Martha

Martha hatte für Liina keinen Nachnamen. Sie hatte sie nie gefragt. Trotzdem wusste sie sofort, dass es diese Martha war, als sie vor ein paar Jahren über die Nachrichtenkanäle erfuhr, wer die neue Integrationsunterbringung leiten würde. Zu der Zeit war sie in Finnland, ihr Bruder noch nicht lange tot. Martha Salzmann, Initiatorin der Einrichtung, las Liina. Innovative Ideen zur Integration von Menschen, die Schwierigkeiten hatten, den Alltag im Staat zu meistern, die sich nicht an den rasanten technischen Fortschritt gewöhnen konnten, die Akzeptanzprobleme mit gesetzlichen Vorschriften hatten. Natürlich war es das, was man früher Gefängnis genannt hatte. Es sollte nur eben ein neues Konzept für den Umgang mit Strafgefangenen her. Vor allem sollten sie nicht mehr so genannt werden, der Begriff Strafe, so empfand die Regierung, sei irreführend, schließlich böte man Hilfsprogramme an, von denen am Ende alle etwas hätten. Ganz im Sinne einer glücklichen Gesellschaft.

Liina sah sich ein Video mit der designierten Leiterin der Unterbringung an. Martha Salzmann sollte das Gemeinschaftsprojekt der Ministerien für Inneres, für Bildung und für Gesundheit in Rostock-Lütten Klein mit dem Ziel übernehmen, dass alle Strafgefangenen – oder Integrationsbedürftigen – des Landes dort unterkamen. Die genaue Zahl der Gefangenen war unbekannt. Liina wusste nur, dass es in dem Gebiet über zehntausend ehemalige Wohnungen gab. Niemand wusste, wie diese umgebaut wurden. Wie viele Gefangene dort unterkommen würden. Es war die Rede von tausenden neuen Arbeitsplätzen und einem weltweit einzigartigen Konzept.

In dem Video sagte Martha pressetaugliche Dinge. Sie sprach von Bildungsangeboten, Gesundheitsversorgung, Freizeit, Alltagsgestaltung. Sie sprach von flexiblen Unterbringungszeiten, was übersetzt wohl so viel hieß wie: Wenn jemand in der gerichtlich festgelegten Zeit nicht auf die Maßnahmen ansprach, musste der Aufenthalt entsprechend verlängert werden. Für Liina klang alles nach einem Camp für Gehirnwäsche, gepaart mit nicht besonders neuen Ideen zum Strafvollzug und einigen Ansätzen, die ein Gericht für Menschenrechte nicht gutheißen würde, wenn es ein solches Gericht noch gäbe.

Es waren zehn Jahre vergangen, seit Liina Martha zum letzten Mal gesehen hatte. Aber sie sah noch aus wie früher. Nur ihr Zopf war ordentlicher geflochten. Sie wirkte kühl, unnachgiebig, resolut, stark, doch wenn sie mal nicht aufpasste, konnte man in ihren Augen sehen, was für ein großes Herz sie hatte. Martha, die sich um die Kinder der Parallelen gekümmert hatte, die kranken und behinderten Kinder, die in der »normalen« Gesellschaft keinen Platz hatten, nicht erwünscht waren, nicht ins Bild passten.

Immer hatte sie sich gegen das System gestellt und es harsch kritisiert, Liina war davon überzeugt, dass auch Angst eine große Rolle dabei gespielt hatte, und jetzt sollte sie im Auftrag des Staates eine Integrationsunterbringung leiten?

In zehn Jahren konnte viel passieren.

Marthas Online-Profil wirkte echt. Hätte Liina sie nicht von früher gekannt, sie wäre nicht auf die Idee gekommen, dass es sich um ein Fake-Profil handelte. Jedenfalls nicht sofort. Glaubte man den Angaben, dann kam Martha aus München, hatte in Frankfurt Medizin, Psychologie und Sozialwissenschaften studiert, währenddessen immer wieder in renommierten Einrichtungen gearbeitet, im Anschluss war sie mehrere Jahre weltweit unterwegs gewesen, um an Krankenhäusern, Schulen und natürlich Integrationsunterbringungen (die im Ausland ähnliche Fantasienamen hatten) Erfahrungen zu sammeln. In den Jahren, in denen Liina sie gekannt hatte, war Martha angeblich in Nigeria und Südafrika gewesen, um die fortschrittlichste Weiterbildung zu erhalten. Nur die größten Talente erhielten die Möglichkeit, mit einem staatlichen Stipendium an renommierte Institute im Ausland zu gehen. Martha, so hieß es, gehörte dazu.

Es war keine Verwechslung. Es war keine Martha, die nur so aussah wie die Frau, die sie im Hinterland kennengelernt und mehrmals im Monat besucht hatte. Sie erinnerte sich an die Gespräche mit ihr über die Kinder, die dort lebten. Über die älteren Menschen und deren Lebensverläufe. Ihr fiel ein, wie Martha ihr das selbst angebaute Gemüse gezeigt hatte, die Kräuter, die Obstbäume. Wie sie ihr von den Schwierigkeiten erzählte, genug ernten zu können, um alle zu ernähren. Nicht nur wegen unberechenbarer Faktoren wie Wetter oder Schädlingsbefall, sondern auch wegen der Diebstähle, wenn Parallele aus anderen Gruppen nachts kamen und sich holten, was sie brauchten. Oder wenn, was deutlich häufiger geschah, eine Gruppe aus der Stadt kam – ob nun von Behördenseite gebilligt oder nicht – und mutwillig die Felder zerstörte. Deshalb das Misstrauen Fremden gegenüber.

Liina hockte stundenlang auf Särkänniemi am Seeufer, starrte auf das tiefe, manchmal spiegelglatte Blau des Näsijärvi, und versuchte sich vorzustellen, warum Martha beschlossen hatte, diesen Schritt zu gehen. Wollte sie das System »von innen heraus« beeinflussen? War sie es müde geworden, jeden Tag in Rebellion und Widerstand zuzubringen?

Und wieso waren die Parallelen überhaupt von einem Tag auf den anderen aus dem Hinterland verschwunden? Liina brachte das in ihrer Erinnerung immer mit Simona zusammen, weil sich einige Wochen nach ihrem gemeinsamen Besuch dort bereits alles für Liina geändert hatte. Dieser Gedanke war Unsinn – die Regierung wusste natürlich bestens über die Parallelen Bescheid, was hätte Simona schon verraten können? –, und doch ließ er sich nicht wirklich abschütteln. Zumal die Freundinnen nie mehr über das Thema sprachen. Selbst als die ersten Gerüchte aufkamen, die Parallelen hätten sich in der Alpenregion tief in den Bergen verkrochen, einige befänden sich auf der ansonsten unbewohnten Auricher Halbinsel, mieden sie es, das Gespräch darauf zu bringen.

Über Monate versuchte Liina zu recherchieren, was mit Martha und den Kindern geschehen sein könnte, aber alles, was die Parallelen betraf, schien im Internet wie ausradiert. Das Gebiet war nur wenige Monate später vollständig erschlossen, es gab Wasser, Strom und Internet, neue Siedlungen, neue Bahnverbindungen. Es wurden vorzugsweise ältere Menschen dort angesiedelt, die sich als naturverbunden und sportlich sehr aktiv definierten. Vor allem wurde ein riesiger Erholungs- und Freizeitpark angelegt, mit mehreren tausend Übernachtungsmöglichkeiten für Schulklassen und Familien. Dort konnte man klettern, wandern, im Aartalsee rudern und schwimmen, am Lagerfeuer so tun, als wäre man wirklich abseits der Zivilisation.

Die Rede war immer nur von der Erschließung eines jahrzehntelang unbewohnten Gebiets bei weitgehender Erhaltung historischer Gebäude.

Als sie wieder in Frankfurt war, versuchte Liina, Martha zu kontaktieren. Sie schrieb ihr von einem ihrer eigenen Fake-Profile, das so falsch war, dass man unmöglich auf sie kommen konnte. Sie nannte allerdings Tina als gemeinsame Bekannte, und dass der Mensch im Allgemeinen sich nicht so oft ärgern solle. Martha meldete sich nicht.

Einige Wochen später kontaktierte sie sie einfach unter ihrem echten Namen. Sie schrieb ihr eine neutrale, unverbindliche Nachricht, für den Fall, dass jemand anderes sie las. Wieder bekam sie keine Antwort, obwohl es auf Marthas Profil regelmäßige Aktivitäten gab. Dann hakte sie nach, ließ es klingen, als stellte sie eine Rechercheanfrage im Auftrag des Spielemuseums in Tampere. Irgendwas mit Gefängnis, irgendwas mit historischen Bezügen, irgendwas mit Expertin auf dem Gebiet gesucht. Sie erhielt eine freundliche, aber ablehnende Antwort (fühle mich geehrt, leider keine Zeit usw.), die auf keinen Fall von Martha selbst geschrieben worden war.

Für den Fall, dass die echte Martha doch gelegentlich in ihre Nachrichten sah, antwortete sie auf diese Absage und versteckte darin eine Botschaft, die nur Martha selbst als solche erkennen würde. Zwei Tage später schickte Martha ihr ein traurig lächelndes Emoji. Nur Sekunden nachdem sie es erhalten hatte, wurde es wieder gelöscht. Aber die Verbindung war da.

17

Olga muss lachen, als Liina ihr von der Dame in Blau, wie sie sie nennt, erzählt. »Natürlich, sie ist eine Institution«, sagt Olga. »Ich fürchte, sie langweilt sich da draußen in Nienhagen, aber sie kann nicht weg.«

»Warum nicht?«

»Weil sie dort zu Hause ist.«

Die beiden sitzen auf der Staumauer, die die Altstadt von der Warnow trennt, und schauen übers Wasser, die abgesoffenen Neubauten auf der Silo- und der Holzhalbinsel nur wenige Meter rechts von ihnen, der ehemalige Stadthafen ganz ohne Schiffe und Yachten zur Linken. Der Stadthafen ist jetzt ein Stück weiter westlich, wo vor Jahrzehnten die Neptunwerft und ein Umspannwerk waren. Überall ragen Geisterbauten aus dem blauen Fluss, der sich bis an den Rand des Plattenbauviertels Dierkow ausgedehnt hat. Olga sagt, man könne sogar ziemlich weit durchs Wasser waten, allerdings nur bis zum alten, natürlichen Flusslauf, der sehr tief ist. Manchmal kneippen ältere Menschen zwischen den leeren Gebäuden herum. Jugendliche verschaffen sich Zutritt und stöbern durch verlassene Büros und verwaiste Wohnungen, nutzen sie gelegentlich als Partylocation. Aber irgendwie ist die Angst vor dem Wasser mit dem Meeresspiegel gestiegen. Als erwarte man, den Seelen der Toten zu begegnen. Es heißt, während der Seuchenzeit in den 2030er Jahren hätten sich Hunderte im Stadthafen ertränkt, um einem qualvollen Tod zu entgehen, aber Olga weiß nicht, wie viel davon erfunden ist.

»Wie bist du sie losgeworden? Sie kann sehr anhänglich sein.«

»Das habe ich gemerkt. Ich musste hart verhandeln.«

»Aha? Müssen wir jetzt zu Kaffee und Kuchen antreten? Oder mit ihr gemeinsam musizieren?«

»Es geht ihr nicht einfach nur um Gesellschaft. Sie ist eine Geschichtensammlerin. Also habe ich ihr eine Geschichte gegeben.«

»Einfach so aus deinem Leben geplaudert?« Olga sieht sie verstört an.

»Ich habe ihr ein Märchen erzählt, wenn du so willst. Von einer alten Bekannten, die ich gern wiedersehen möchte, die hier lebt und arbeitet.«

»Du hast hoffentlich nicht mich damit gemeint.«

»Ich sagte doch, ein Märchen. Von einer guten Seele, die jetzt als Gefängnisärztin tätig ist, weshalb ich dorthin rausgefahren bin. Die Dame in Blau sagt immer ›Gefängnis‹.«

»Du warst in Lütten Klein?«

»Unverrichteter Dinge, ja.«

»Du wolltest da wirklich jemanden treffen?«

»Ich wollte es mir ansehen, aber man kommt nicht sehr weit.«

»Wen kennst du da? Keine Ärztin, oder?«

»Die Leiterin.«

»Bitte was?«

»Von früher. Aber das wollte ich nicht so gern preisgeben. Also habe ich eine Ärztin erfunden, ihr Charakterzüge meiner Schwester gegeben und ein paar Anekdoten aus unserer Jugend hinzugefügt. Die blaue Dame war sehr angetan und konnte mir danach überraschend viel darüber berichten, wie die Arbeitsschichten eingeteilt sind und wer wann mit welcher Bahn Lütten Klein verlässt. Und nebenbei auch, wer wo wohnt.«

»Diese Frau hat eindeutig zu wenig zu tun.«

»Sie ist das Gedächtnis dieser Stadt«, sagt Liina und lässt es absichtlich dramatisch klingen.

»Du kennst sie nach fünf Minuten besser als ich nach fünf Jahren.«

»Das ist meine geheime Superkraft. Ich dachte übrigens erst, sie sei um die achtzig.«

»Sie ist über hundert.«

»Wenn man sie sieht, möchte man sofort selbst über hundert sein.«

Olga nickt, geht aber nicht weiter darauf ein. »Woher kennst du die Leiterin?«

»Martha? Von früher.«

»Das bedeutet?«

Liina zögert eine Sekunde zu lang.

»Das bedeutet, du bist dir nicht sicher, ob du es mir erzählen willst«, sagt Olga beleidigt. »Gut, dann eben nicht. Gehört ja auch nicht zu unserer eigentlichen Story. Dann erzähle ich dir halt, was ich in der Rechtsmedizin erfahren habe.«

»Olga, warte, das hast du falsch verstanden, ich ...«

Olga spricht unbeirrt weiter. »Einiges davon stand auch in der Mail an dich, aber nicht alles. Es gibt seit ein paar Jahren immer wieder Todesfälle, bei denen die Verstorbenen nicht identifiziert werden können, und diese Todesfälle kommen zum größten Teil aus der Region Uckermark. Die anonymen Uckermarktoten haben wiederum eine hohe Übereinstimmung mit Toten, die vor ihrem Ableben gebissen wurden, nämlich hundert Prozent.«

»Totgebissen?«

»Nein, nur gebissen.«

»Direkt vor ihrem Tod oder irgendwann im Laufe ihres Lebens?«

»Beides. Bei einigen waren die Verletzungen so alt, dass man nur noch die Narben gesehen hat. Sie wurden offenbar ganz altmodisch genäht, und es gab keine anschließende Behandlung zur Entfernung des Narbengewebes. In anderen Fällen waren die Bisse bereits am Abheilen, nur ein paar Tage alt. Todesursächlich waren sie nie.«

»Vielleicht wurden Keime oder Viren übertragen? So was wie ...«

»Tollwut? Nein. Alle sind aus unterschiedlichen Gründen gestorben. Deshalb hat bisher niemand eine Verbindung gesehen. Bis auf Kaya Erden.«

»Sie war hier?«

Jetzt zögert Olga. »Für Recherchekram bin ich gut, aber wenn es wirklich wichtig wird, vertraust du mir nicht?«

»Das hat doch nichts mit dieser Sache zu tun. Es ist eine ganz alte Geschichte ...«

»Ja und? Du vertraust mir nicht.« Sie wischt sich nicht vorhandene Fussel von ihrem schwarzen Kleid.

»Ich erzähl es dir doch. Es ist nur nicht so wichtig im Moment.«

»Aha.«

Liina spürt die Sonne heiß im Rücken, die kühle Seeluft im Gesicht. Sie versucht, nicht allzu hörbar zu seufzen. »Ich war ein Teenager. Ich wollte wissen, wie die Parallelen leben. Sie hatten sich damals im Hessischen Hinterland angesiedelt. Und dort habe ich Martha kennengelernt.« Sie erzählt von Tina und von den anderen Kindern, die dort lebten. Sie erzählt, wie Martha nüchtern und sachlich versucht hatte, ihr klarzumachen, warum das Leben in der paradiesischen Stadt gar nicht so erstrebenswert war. Von ihrem Schock, als sie die Dörfer im Hinterland verlassen vorfand. Von ihrem Schock, als sie erfuhr, dass Martha die Leiterin der Integrationsunterbringung geworden war.

»Ich dachte, vielleicht sehe ich sie zufällig«, sagt Liina und lacht unsicher. »Ich war neugierig. Ich wollte mir diese Unterbringung ansehen, aber von außen sieht man nur die Mauer.«

»Weiß sie, dass du hier bist?«, fragt Olga.

»Ich habe ihr eine Nachricht geschickt. Jemand anderes liest mit, deshalb konnte ich nicht sehr konkret werden.«

»Ich dachte, sie wäre die Leiterin, nicht eine Insassin.«

»Mit der Vorgeschichte ...«

»Wie kommt jemand dazu, ausgerechnet sie für diese Position auszuwählen?« Olga schüttelt verwundert den Kopf.

»Weil sie weiß, wie nonkonforme Menschen denken?«

»Das erklärt aber nicht, warum sie die Seiten gewechselt hat.«

»Das würde ich sie gern fragen.«

Olga starrt schweigend den Kormoranen hinterher, die sich elegant in die Luft erheben. »Was für eine Nachricht hast du ihr denn geschickt?«

»Ein Straßenbahn-Piktogramm und ein Winke-Emoji.«

Olga schließt kurz die Augen und scheint durchzuatmen. »Manchmal ist Kommunikation wirklich hochkomplex.«

»Was soll ich denn machen? Ich habe keine Ahnung, wer es liest.«

»Hat jemand reagiert?«

»Die Nachricht wurde geöffnet, ich habe sie dann gleich gelöscht. So wie sie es gemacht hat, nachdem sie mir einmal ein Emoji geschickt hat.«

»Erwähnte ich schon, wie hochkomplex ...«

»Ja, ja.«

Olga murmelt etwas vor sich hin und schüttelt fassungslos den Kopf. »Frag mich das nächste Mal, wenn du verschlüsselt ...«

»Ich hab's verstanden! Und ich weiß selbst, wie Verschlüsselung geht. Sie weiß es aber wahrscheinlich nicht!« Liina merkt zu spät, wie laut sie geworden ist. Sie flüstert eine Entschuldigung, mehr zu sich als zu Olga.

»Okay. Und dann?«

»Ich saß noch eine Weile an der Haltestelle, dann bin ich zurückgefahren.« Liina hebt die Schultern. »Unsere allwissende Hundertjährige sagt, Martha habe eine Privatwohnung auf dem Gelände, aber sie hätte sie auch schon öfter nachts in Toitenwinkel gesehen.« Liina hofft, dass Olga ihr etwas dazu erzählen kann, sie selbst kann mit dem Ortsnamen nichts anfangen. Ihre Freundin starrt wieder fliegenden Seevögeln hinterher und zupft an ihren Haaren herum.

»Ich muss was essen«, sagt Liina schließlich mit Blick auf ihr Smartcase. »Und trinken. KOS beschwert sich gerade.«

Olga scheint wie aus einem fernen Traum zurückzukehren. »Aber sonst ist alles in Ordnung?«

»Absolut.« Sie wundert sich wieder darüber, wie gut es ihr hier geht. Sie fühlt sich nicht erschöpft, sie ermüdet nicht so schnell, ihr Herzschlag ist kräftig und regelmäßig, der Blutdruck im Normbereich. Fast könnte sie vergessen, dass sie nicht mehr das Herz hat, mit dem sie geboren wurde. Sie spürt auch kein Ziehen, keine Schmerzen im Unterleib.

Sie hat tatsächlich großen Hunger wie schon lange nicht mehr, und überlegt, was sie gern essen würde. In Frankfurt fiele ihr die Entscheidung leicht, aber in Rostock gibt es keine chinesischen Restaurants. Die Stadt ist dafür zu uninteressant. Chinesische Wohn- und Industrieviertel gibt es in den Megacitys. Ruhrcity ist fast ausschließlich in chinesischer Hand. Aus Rostock hat man sich zurückgezogen. Man sagt, wenn es kein Chinarestaurant mehr gibt, dauert es nicht lange, und der Ort wird zur Geisterstadt.

Oder jemand kommt und baut ein Gefängnis.

»Muss es jetzt sofort sein?«, fragt Olga.

»Demnächst. Warum?«

»Weil ich eine Notiz von Kaya habe.« Sie zieht ein Blatt Papier aus ihrer Bodybag und faltet es auseinander. Darauf sind handschriftliche Notizen. Liina denkt an das Gekrakel in Kaya Erdens Notizbuch. Auf diesem Blatt ist mehr zu entziffern.

»Woher ...«

»Kim hatte es noch. Kaya war vor einigen Wochen hier und hat dieselben Fragen gestellt wie wir. Kim stöberte für sie ein wenig im Archiv. Ein zweites Mal kam Kaya am Tag vor ihrem Tod. Sie hatte alles aufgeschrieben« – Olga wedelt mit dem Blatt – »und es Kim gezeigt. Was sie erzählt hat, war aber wohl recht lückenhaft und klang etwas wirr, so dass Kim nicht recht wusste, was damit anzufangen war. Kaya hat diese Notizen absichtlich zurückgelassen. Sie bat Kim, alles gut aufzuheben, bis vertrauenswürdige Menschen, die nicht für die Regierung arbeiten, ähnliche Fragen stellen. Sie hat außerdem Yassins Namen hinterlassen. Das hat geholfen.« Olga legt das Blatt zwischen sie. »Sieben Punkte. Sieben Personen, die gestorben sind und anonym in die Rechtsmedizin kamen. Kaya hat alles zusammengetragen, die Fälle verglichen. Ihre Recherchen reichen fünf Jahre zurück. Die Gemeinsamkeiten: nicht identifizierte Leichen, ähnlicher bis identischer Fundort. Außerdem Tierbisse, die allerdings unterschiedlich stark und zu unterschiedlichen Zeiten vor dem jeweiligen Tod zugefügt worden waren. Alle Leichen wurden direkt nach der Obduktion verbrannt. Ihre Asche hat man auf der Ostsee verstreut, da man ja keine Angehörigen benachrichtigen konnte. Es gab immer ein offizielles Schreiben vom Gesundheitsamt, so hatte alles seine Richtigkeit.«

»Du hast gesagt, dass sie aus unterschiedlichen Gründen gestorben sind«, sagt Liina und denkt angestrengt nach. »Aber gibt es nicht doch irgendeine Gemeinsamkeit? Irgendwas?«

Olgas Augen scheinen zu leuchten, als sie sagt: »In sechs Fällen sieht es danach aus, als wären diese Menschen jeweils an den Folgen eines Unfalls oder selbstverschuldet gestorben. Sie waren alle zwischen zwanzig und fünfzig. Zwei waren dehydriert. Einer hatte sich die Hüfte und die Schulter gebrochen und konnte offenbar keine Hilfe holen. Zwei sind erfroren, eine weitere hatte giftige Beeren gegessen. Aber nichts, das auf Fremdeinwirkung schließen ließe. Auch nichts, was auf Tiere schließen ließe.«

»Und der siebte Fall?«

»Moment, ich bin noch nicht fertig. Diese Leute haben noch andere Gemeinsamkeiten. Sie wurden in den letzten Jahren ihres Lebens zwar medizinisch versorgt, aber nicht so, wie es bei uns üblich ist.«

»Sie stammen aus dem Ausland?«

»Vielleicht, aber wie sind sie dann alle in die Uckermark gekommen?«

»Jemand lädt dort seine Toten ab?«

»Aber warum?«

»Ich verstehe nicht, was da los ist.«

»Sie waren nicht gechipt, sie trugen nichts bei sich, wodurch man sie hätte identifizieren können. Manche hatten Narben, die darauf hinwiesen, dass man ihnen den Chip entfernt hatte. Laut Isotopenanalyse haben sie hier gelebt. Sie wurden eben nur anders medizinisch versorgt und tauchten in keinem offiziellen System auf.«

Liina spürt ihr Herz schneller schlagen. »Die Parallelen«, sagt sie leise. »Sie sind in der Uckermark.«

»Damit du keine voreiligen Schlüsse ziehst«, unterbricht Olga ihre Gedanken, »alle diese Personen sind über Jahre mit Medikamenten behandelt worden, die auf bestimmte chronische Erkrankungen schließen lassen. Keine Medikamente, wie wir sie noch benutzen. Teilweise sind sie nicht mehr zugelassen. Teilweise sind sie vom Markt genommen, weil es die Krankheiten, die sie heilen sollen, nicht mehr gibt. Wenn es wirklich Menschen aus der Parallel-Community waren, dann waren sie dort in einer Art Krankenhaus oder Pflegeheim.«

»Sie sind vielleicht weggelaufen, wurden nicht rechtzeitig gefunden und sind hilflos gestorben.«

»Das wäre im Moment der logischste Ansatz.«

»Was ist mit dem siebten Fall?«

Olga tippt auf Kayas Notiz, auf den untersten Absatz. »Nur bei Nummer sieben, also unserer Schakaltoten, sind die Bisswunden ganz frisch.«

»Woran ist sie gestorben?«

»Das ist nicht klar. Die Obduktion konnte in ihrem Fall nicht durchgeführt werden, die Leiche wurde abends gebracht und verschwand in derselben Nacht. Man hatte nicht einmal mehr Blut oder eine Haarprobe von ihr.«

»Wie kann sie einfach verschwinden?«

»Das weiß Kim auch nicht. Morgens war die Leiche weg. Dafür war die Datei säuberlich ausgefüllt, Todesursache: Herzversagen. So als hätte es eine Obduktion gegeben.«

»Wow.«

»Was Kim aber noch gesehen hat, und was wir auch von deiner Landärztin wissen: Sie hatte selbst zugefügte Verletzungen, was bei psychischen Erkrankungen wie Borderline oder Depressionen vorkommen kann.«

»Sie hatte doch auch ein Medikament im Blut, Tranylcypromin, richtig?«

Olga nickt. »Und zwei Substanzen, die vermutlich noch nicht zugelassen sind oder aus einem anderen Grund der Geheimhaltung unterliegen. Es sieht aber so aus, als hätte sie all das bereits über einen längeren Zeitraum eingenommen, kannte also die Risiken. Ein Unfall ist zwar möglich, aber eine Selbsttötung oder eine Ermordung durchaus wahrscheinlicher.« Olga macht eine kleine Pause, wartet, ob Liina etwas sagt. »Ich spekuliere hier nur. Eine erste Blutanalyse wurde am Abend des Eintreffens noch gemacht, mit der Leiche sind aber auch sämtliche Proben verschwunden. Oh, und natürlich auch alle Fotos.«

»Aber die Blutanalyse …«

»Kam erst gegen Mittag. Hier ticken die Uhren etwas langsamer. Was durchaus auch sein Gutes haben kann.«

Liinas Gedanken können sich nicht ordnen, es ist zu viel, was nicht zusammenpasst.

»Viel interessanter als die nicht abschließend geklärte Todesursache dieser Person«, fährt Olga schließlich fort, »ist ihr Name. Oder vielmehr der Name, von dem Kaya Erden geglaubt hat, dass es der richtige ist.«

Liina nimmt das Blatt, hält es sich näher vor die Augen. Kayas Schrift ist sehr klein und akkurat, an manchen Stellen kürzt sie mit Kringeln ab und Zeichen, die sich nur schwer oder gar nicht entziffern lassen. Liinas Blick sucht in den untersten Zeilen einen Namen. Sie hält die zwei Buchstaben erst für einen Hinweis, dass es sich um ein Post Scriptum handelt, aber dann versteht sie: PS sind Initialen.

»Nein«, sagt sie. »Unmöglich. PS kann alles bedeuten.«

»Lies weiter, sie schreibt den Vornamen noch aus.«

»Es kann nicht Patrícia Silva sein. Du hast es dir doch selbst angesehen, das Video von ihrem Konzert. Da war diese Frau hier schon tot.«

»Um was wetten wir, dass das Video Deep Fake ist?«

»Das ist unmöglich«, wiederholt Liina. »Sie ist Simonas Frau. Ich habe Simona selbst getroffen, sie machte nicht den Eindruck einer trauernden Witwe.«

»Vielleicht weiß sie es noch nicht.«

»Dass Patrícia Silva verschwunden ist und jemand anders für sie Konzerte gibt?«

»Dass sie tot ist. Vielleicht glaubt sie zu wissen, wo ihre Frau ist. Und denkt, sie sei noch am Leben.«

18

Es ist nicht Özlems Art, unangekündigt aufzutauchen. Aber jetzt steht sie vor Olgas Haustür, ganz in Schwarz, und macht ein Gesicht, als sei sie bereit, auf der Stelle die gesamte Stadt zu sprengen.

»Hast du uns vermisst?«, fragt Liina.

Özlem schiebt sie wortlos zur Seite, wirft ihren Rucksack in den Flur und geht ins Wohnzimmer. Dort nimmt sie Olgas Smartcase, dann gibt sie Liina zu verstehen, dass sie ihres auch braucht. Liina gibt es ihr, und ihre Chefin schaltet bei beiden die Ortungsfunktion aus. Özlem ist völlig außer Atem, ein Schweißfilm bedeckt ihr Gesicht. Sie setzt sich auf einen Stuhl, lässt den Blick zwischen den beiden hin- und herwandern. »Ethan ist verschwunden«, sagt sie. »Ich weiß nicht, ob ihm was passiert ist. Oder ob er abgehauen ist.«

»Du meinst, er hat uns doch ausspioniert?« Liina spürt, wie ihr Herz pocht. Vor Wut.

»Keine Ahnung. Wir müssen mit allem rechnen.« Sie verzieht das Gesicht, als hätte sie Schmerzen. »Mein Instinkt sagt mir, dass er auf unserer Seite ist, aber was weiß ich schon.« Sie presst die rechte Hand auf den linken Oberarm. Liina bemerkt erst jetzt, wie bleich Özlem ist.

»Und diese ... wie heißt sie? Sanja?«

»Samira.«

»Hast du mehr herausgefunden? Ist sie die undichte Stelle?«

»Welche undichte Stelle?«, fragt Olga.

Özlem ignoriert sie. »Ich weiß es wirklich nicht. Vielleicht arbeitet sie mit Ethan zusammen. Vielleicht liege ich ganz falsch. Jedenfalls ist er verschwunden.« Sie unterbricht sich, schließt die Augen, atmet durch. Mit dem Handrücken wischt sie sich über die Stirn. »Samira habe ich zum Schein auf ein Projekt angesetzt, für das sie nach München muss. Damit ist sie aus dem Weg. Ethan kam heute Morgen nicht in die Agentur. Er ist nicht erreichbar. Die letzten Daten, die von seinem Smartcase ausgehen, sind von gestern Nacht. Da war er zu Hause. Niemand hat ihn gesehen oder etwas von ihm gehört.« Ihre Stimme wird immer leiser. Was sie als Nächstes sagt, kann Liina schon nicht mehr verstehen. Özlem sackt auf ihrem Stuhl zusammen und kippt zur Seite.

Olga fängt sie auf und legt sie behutsam auf den Boden. Dann läuft sie aus dem Zimmer, kommt nach einer Minute mit einem Verbandskasten und einer Wasserflasche zurück. Liina hat Özlem ein Kissen unter den Kopf gelegt. Sie spricht leise mit ihr, versucht, sie bei Bewusstsein zu halten. Özlem lässt sich etwas von dem Wasser einflößen, hustet, richtet sich mühsam auf und trinkt weiter.

»Besser?«, fragt Liina.

Ihre Chefin nickt. »Sorry, ich wollte euch nicht erschrecken. War alles ein bisschen viel heute.«

Olga kniet neben ihr und mustert sie eindringlich. »Ärmel hoch«, befiehlt sie schließlich. Özlem zieht den Stoff ihrer dunklen Bluse so weit bis zur Schulter, wie es geht. Sie hat einen Verband am Arm, den sie offenbar selbst angelegt hat. Er ist bereits durchgeblutet. Olga schneidet ihn ab, betrachtet die Wunde.

»Hast du viel Blut verloren?«

»Geht so.«

»Ich desinfiziere das erst mal, okay?«

Özlem nickt, schließt die Augen und atmet tief ein und aus.

»Wie ist das passiert?«, fragt Liina.

»Sieht aus wie ein Streifschuss«, sagt Olga.

Özlem nickt, beißt die Zähne zusammen und gibt einen tiefen, knurrenden Laut von sich, als Olga die Wunde desinfiziert. Liina streicht ihr beruhigend übers Haar.

»Gleich vorbei«, sagt Olga und klingt so einfühlsam wie die Ansage in einer Straßenbahn. »Ich muss das klammern. Die Wunde klafft zu weit auseinander, da helfen Wundnahtstreifen nicht. Okay?«

Liina hofft, dass Olga so etwas schon mal gemacht hat. Sie will sich nicht vorstellen, was Özlem mit ihr anstellt, wenn sie falsch klammert. Aber Olga scheint eine geübte Ersthelferin zu sein. Und Özlem eine Patientin, die selbst bei Geburtswehen nicht schreien würde, nur um ihre Würde zu wahren.

»Danke«, sagt Özlem, als Olga fertig ist.

Olga nickt nur.

Liina reicht Özlem die Wasserflasche, wartet geduldig, bis sie getrunken und etwas durchgeatmet hat.

»Wer war das?«, fragt Olga.

»Keine Ahnung. Ich kam gerade aus der Agentur.«

»Was, das ist mitten auf der Straße passiert?«, fragt Liina.

»Mitten im Büro wäre auch nicht ideal gewesen.« Özlem richtet sich unsicher auf, zieht sich am Stuhl hoch, setzt sich wieder hin. »Verdammt, ich weiß es doch auch nicht! Ich weiß nur, dass uns diese Uckermarkscheiße alle umbringt. Erst Yassin und Kaya, dann verschwindet Ethan, und jemand schießt auf mich.«

»Dr. Mahjoub«, sagt Liina.

»Was hat die damit zu tun?«

»Glaubst du, das war Zufall?«

»Ich weiß nicht, ob das was damit zu tun hat«, sagt Özlem und betastet vorsichtig ihren Oberarm. »Sie hat Selbstmord begangen, weil sie dir was Falsches gegeben hat.«

»Nicht nur was Falsches! Sie hat es mit Absicht getan! Ich hätte auch draufgehen können.«

»Aber ich sehe da keinen direkten Zusammenhang zu unserer Geschichte.« Sie steht vom Stuhl auf und schleppt sich zu dem Sofa, das am anderen Ende des Raums an der Wand steht. »Darf ich?«

Olga nickt, hilft ihr, es sich bequem zu machen, legt sogar eine Decke über sie.

»Ich hatte den ganzen Tag schon versucht, Ethan zu erreichen. Nachmittags wollte ich los, um nach ihm zu sehen. Da hatte ich längst das Gefühl, dass etwas nicht stimmen kann. Kaum war ich aus der Tür raus ...« Sie unterbricht sich, schließt die Augen, schaudert. »Ein paar Zentimeter weiter ...« Özlem berührt die Stelle über ihrem Herzen.

»Hast du jemanden gesehen?«, fragt Olga. »Oder weißt du, von wo der Schuss kam?« Liina will sie unterbrechen. Aber Olga lässt sich nicht aufhalten. »Das ist jetzt wichtig«, sagt sie. »Was hast du danach gemacht? Wie bist du da weggekommen? Hat man versucht, ein zweites Mal zu schießen?«

Özlem schüttelt immer nur den Kopf. »Ich weiß gar nichts, es ging viel zu schnell. Ich bin einfach wieder reingerannt. Ich wollte mich nur in Sicherheit bringen. In der Agentur hab ich die Wunde versorgt, und dann bin ich direkt zu euch.«

»Wie bist du aus dem Gebäude gekommen?«, fragt Liina.

»Es gab früher Tiefgaragen, sie wurden alle umfunktioniert, aber es gibt noch ein paar unterirdische Wege und Gänge, die offenbar nicht mal der Geheimdienst kennt.« Sie hat die Augen noch immer geschlossen. »Ich bin so müde. Ich muss jetzt wirklich ganz kurz schlafen.« Sie dreht sich mühsam auf die Seite und damit den beiden den Rücken zu.

»Also du meinst, es war der Geheimdienst? Glaubst du, sie sind dir vielleicht hierher gefolgt?«

Liina schüttelt verständnislos den Kopf, will Olga davon abhalten, Özlem weiter zu löchern.

Olga wirft ihr einen bösen Blick zu. »Wir müssen das doch wissen!«, zischt sie. Dann setzt sie sich wieder an ihren Schreibtisch, scheint sich auf das Konzertvideo von Patrícia Silva zu konzentrieren. Etwas beschäftigt sie ganz offensichtlich. Etwas, das nichts mit dem Video zu tun hat.

»Damit wir das abschließen können: Die Frau, die hier dirigiert, hat vermutlich eine gewisse Ähnlichkeit mit Silva. Ich würde sagen: Größe, Statur, Frisur, Alter. Aus der Ferne fällt es nicht auf, wer achtet schon auf die Dirigentin. Die Frage ist nun, warum so ein Aufwand, um niemanden merken zu lassen, dass Silva nicht da ist? Wer hat ihren Platz eingenommen, wer hat den Deep Fake veranlasst, was ist da los?«

Liina und Olga haben den Abend damit verbracht, Hinweise darauf zu finden, ob es sich bei dem Konzertvideo um eine Fälschung handeln könnte. Deep Fakes sind inzwischen so perfekt, dass es nur mit großen Aufwand möglich ist, sie von

Originalaufnahmen zu unterscheiden. Selbst die besten Programme haben Schwierigkeiten, Manipulationen in Ton und Bild zu finden. Die Konzertaufnahme ist nahezu makellos. Aber nach intensiver kleinteiliger Arbeit haben sie die ersten Fehler gefunden.

»Die Tote mit den Bisswunden ist Patrícia Silva?«, fragt Özlem und richtet sich auf. »Ganz sicher?«

»Wir sammeln noch Indizien«, sagt Olga. »Wir halten es für wahrscheinlich.«

»Aber ihr habt etwas herausgefunden? Ihr habt Material?«

»Wir sind noch dran, leg dich wieder hin.«

Natürlich hört Özlem nicht auf sie, steht auf und baut sich vor den beiden auf, ganz Chefin. »Reicht es für einen Beitrag?«

Olga schiebt sich mit dem Stuhl ein Stück vom Tisch zurück und verschränkt die Arme. »Es reicht längst nicht. Dazu bräuchten wir zuverlässiges Bildmaterial von der Leiche, am besten noch DNA, wir bräuchten Bildmaterial von der Person, die wirklich dirigiert hat, wir bräuchten so vieles mehr.«

»Es muss reichen«, sagt Özlem. »Ich will, dass ihr mir einen Beitrag schneidet. Dreißig Sekunden, lieber kürzer.«

»Dreißig Sekunden Spekulationen? Willst du die Agentur ruinieren, deinen eigenen Ruf gleich mit?«

»Ist das dein Problem?«

Olga schnappt nach Luft, braucht einen Moment, um antworten zu können. »Ja, doch, irgendwie ist das mein Problem. Ich mache das hier nicht als reine Dienstleistung.«

Özlem ist anzusehen, wie wenig ihr diese Antwort passt. »Du hast einfach keinen Blick für das große Ganze. Ich brauche etwas, um Simona Arendt aus der Deckung zu locken.«

»Und du meinst, mit solchen Luftnummern klappt das?«

»Es ist keine Luftnummer, wenn wir uns sicher sind, dass es der Wahrheit entspricht.«

»Wir haben keine Beweise!«

»Das weiß sie doch nicht.«

Olga zögert. »Du willst den Beitrag nur für sie?«

Özlem verdreht die Augen und sieht zu Liina, die stumm dem Schlagabtausch folgt. »Deine Freundin braucht doch sonst nicht so lange, um was zu kapieren.«

Sie muss riesige Angst haben, denkt Liina. Wenn Özlem so austickt, kann nur Angst um ihr Leben dahinterstecken. »Was stellst du dir vor?«, fragt sie sie. »Dass wir den Beitrag direkt an sie schicken? Dass wir ihn online stellen und sie kontaktieren, nach dem Motto: Wir wissen alles?«

»Beides ist möglich.« Özlem stützt sich auf die Stuhllehne, bleibt aber stehen.

»Und dann?«, fragt Liina.

»Sie soll herkommen.«

»Aha. Und dann?«, fragt auch Olga.

Özlem schüttelt den Kopf, fassungslos. »Dann reden wir mit ihr.« Sie merkt, dass sie sich erklären muss. »Sie soll uns garantieren, dass es aufhört. Dass wir nicht mehr in Gefahr sind. Sie soll mir erklären, wie es dazu gekommen ist. Warum Menschen sterben mussten. Ich will ihr dabei in die Augen sehen. Ich will wissen, ob sie die Wahrheit sagt!« Olga deutet auf ihren Bildschirm, aber Özlem lässt sie nicht zu Wort kommen. »Wir brauchen einen Ort, der sich nicht so einfach überwachen lässt. Und wo wir im Vorteil sind. Dahin soll sie kommen. Allein, ohne ihre Entourage vom Staatsschutz oder ihre Bodyguards oder wen sie da auch immer mitschleppt.«

Wortlos dreht Olga den Monitor so, dass die anderen ihn sehen können. Nachrichten rauschen durch. Sie wischt ein Bild zurück, tippt die Nachricht an, ein Film läuft ab. Zweiunddreißigjähriger Mann im Main ertrunken. Tragischer Badeunfall. Im Hintergrund ein Foto von Ethan. Liina öffnet andere Nachrichtenkanäle, vergleicht die Meldungen mit denen des Staatsfunks, aber überall finden sich dieselben Informationen.

Özlem sagt nichts, sie hat die Augen fest geschlossen, eine Hand an der Stirn, als müsse sie dringend nachdenken.

»Du kannst gern versuchen, mit Simona Arendt zu sprechen«, sagt Olga schulterzuckend. »Aber irgendwie habe ich den Eindruck, dass wir alle längst tot sind.«

19

Sie muss raus. An die Luft, in die Dunkelheit, allein sein. Die Atmosphäre im Haus ist unerträglich. Warum Özlem und Olga sich in dieser Situation derart bekriegen, versteht Liina immer noch nicht. Sie hat nur dadurch eine Schlägerei verhindert, dass sie sich bereiterklärt hat, Simona zu kontaktieren. Wenn sie kommt, haben alle ihr Ziel erreicht: Özlem kann mit ihr reden, Olga muss keinen Fake-Beitrag produzieren.

Also schrieb Liina ihre frühere Freundin über deren öffentliches Netzprofil an: Neben das Foto einer blühenden Schlüsselblume setzte sie ein »Danke für deinen Krankenbesuch!« Es waren Schlüsselblumen gewesen, die ihnen die Frau gegeben hatte, als sie sich nach ihrem ersten Ausflug ins Hinterland verfahren hatten. Seitdem war die Pflanze Simonas und Liinas gemeinsames Codewort für ihre Chats, für jede Art der Kommunikation.

»Wenn sie sich meldet, sag ihr nur, sie soll nach Rostock kommen«, hat Özlem vorhin gesagt. Und Olga: »Den richtigen Treffpunkt erfährt sie kurz vorher.«

Die Dame in Blau hat ihr gesagt, wie sie auf die andere Seite des Flusses kommt. Es gibt nur noch eine funktionierende Bahnbrücke, hat sie gesagt, Sie steigen am Hauptbahnhof ein in Richtung Kassebohm. Dann sind Sie auf der anderen Seite. Die Bahn fährt immer weiter am Wasser entlang, und kurz drauf sind Sie schon da. Es ist nicht weit. Es ist eine schöne

Fahrt, man sieht viel Wasser. Und Wasser ist magisch, finden Sie doch auch, oder?

Liina sitzt in der Bahn. In der Dunkelheit ist das Wasser nur zu erahnen, und sie denkt darüber nach, ob sie es tatsächlich magisch findet.

Früher einmal, als das Meer noch nicht so viel Land gefressen hatte, fuhr die Bahn bis zum Überseehafen und brachte von dort Touristen und Güter in die Stadt, hat ihr die Dame in Blau erzählt. Die Menschen, die jetzt auf dieser Strecke unterwegs sind, sehen nicht danach aus, als befänden sie sich im Urlaub. Sie sind fahl und dünn und wirken kränklich. Liina merkt erst jetzt, wie sehr sie an die gesunden Gesichter und die wohlgeformten Körper der Hauptstadt gewöhnt ist. Sie fragt sich, was das für Menschen sind, die eine längst aufgegebene Stadt nicht verlassen, obwohl sie hier eine schlechtere Infrastruktur, ein schlechteres Informationsnetz, schlechtere Lebensmittelversorgung haben. Obwohl KOS hier nur rudimentär funktioniert und zu wenige medizinische Dienste angeboten werden. Die trotz der vielen leerstehenden Stadtwohnungen jeden Tag den längeren Weg über den Fluss fahren und in Gebäuden bleiben, die seit Jahrzehnten nicht mehr saniert wurden. Und ihr fällt ein, was Olga über die Dame in Blau gesagt hat: Sie kann nicht weg, weil sie dort zu Hause ist.

Zu Hause, was für ein Konzept.

Niemand steigt in Kassebohm aus. Die meisten in Dierkow. Sie verschwinden in Plattenbaureihen, gemessen an Frankfurt sind die Bauten nicht allzu hoch, aber sie scheinen endlos breit zu sein. Was sie dank punktueller Beleuchtung sehen kann, sind gleichförmige Fassaden und Bauweisen. Die

Architektur wirkt beruhigend auf sie. Vielleicht wollen diese Leute nicht in der Altstadt wohnen, weil ihnen das Stadtbild zu unruhig ist.

Die Bahn bringt sie bis Toitenwinkel. Hier steigen die restlichen Leute aus, viele sind es nicht mehr, dann fährt der Zug wieder Richtung Hauptbahnhof zurück. Niemand spricht sie an, aber sie spürt die Blicke, sie weiß selbst, dass sie nicht so aussieht, als würde sie hierhergehören.

Es ist auf den ersten Blick langweiliger und ernüchternder als befürchtet. Hier ist fast nichts. Sie geht über stillgelegte Gleise und einen Trampelpfad entlang über leeres Gelände. Dahinter Plattenbauten. Man sieht den Gebäuden von weitem bereits an, dass sie nur noch zu einem geringen Teil bewohnt sind. Nicht nur wegen der wenigen Lichter. Die Traurigkeit, die sie umgibt, kann man greifen. Es tut Gebäuden nicht gut, leer zu stehen.

Anders als im Stadtzentrum sind die Wege weder beleuchtet noch befestigt, aber der Himmel ist sternenklar, und der fast volle Mond strahlt hell. Liina folgt den anderen, die nach und nach in den Gebäuden verschwinden, ohne miteinander zu reden. Sie geht zwischen den Plattenbaureihen entlang, in denen hier und da Fenster erleuchtet sind, die Straße ist aufgeplatzt, und Gras wächst aus den Rissen. Wieder Plattenbaureihen, hier brennen noch weniger Lichter. Dann ein Platz, von Gestrüpp überwuchert, sie hört Tiere darin herumraschen, vielleicht Katzen oder Hunde, vielleicht auch Vögel oder Ratten, Marder, Füchse oder Waschbären. Hier scheint das Wohngebiet zu enden, dahinter nur noch Dunkelheit. Sie bleibt stehen, wartet, nimmt die Atmosphäre in sich auf. Inmitten des Gestrüpps stehen zwei lange Betonbänke, leicht versetzt einander gegenüber. Der Beton hat deutliche Risse, aber etwas glänzt an der Rückenlehne der einen Bank. Liina sucht sich einen Weg durch das Gestrüpp, findet einen kleinen Pfad, offenbar geht hier manchmal jemand entlang, wenn auch nicht oft.

Das Glänzen kommt von einer Metallplatte mit einer Inschrift. Es lässt sich nicht mehr alles lesen, aber jemand hat sich Mühe gegeben, wenigstens das Meiste im unteren Teil wieder sichtbar zu machen und offenbar regelmäßig zu pflegen. Der Name Mehmet Turgut ist zu erkennen, *Februar 2004*, *menschenverachtend*, *rechtsextremistisch*, *Terror*. Sachte berührt sie mit den Fingern die blank geputzten Buchstaben. Sie sieht zu der gegenüberliegenden Bank, auch dort befindet sich eine Gedenkplatte, aber sie ist verdreckt, mit Farbe beschmiert, zerkratzt.

Liina setzt sich hin und macht ein Foto mit ihrem Smartcase. Sie schickt es an Marthas Account. Die Nachricht wird sofort mit »gelesen« markiert, und Liina löscht das Bild wieder.

Sie muss nicht lange warten.

»Rostock, klar. Lütten Klein, auch klar. Aber woher weißt du, dass du mich hier findest?«, sagt Martha ohne eine Begrüßung.

»Es gibt Technologie, die sich abschalten oder austricksen lässt. Und es gibt Menschen«, sagt sie. »Man hat dich gesehen.«

»Niemand hier interessiert sich für mich. Oder würde mit fremden Menschen reden.« Martha setzt sich auf die Bank gegenüber.

»Und doch huschen nachts Gestalten herum, die auf der Suche nach Geschichten alles sammeln, was ihnen über den Weg läuft.« Liina lächelt. »Danke, dass du gekommen bist.«

»Ich bin sowieso öfter hier.«

»Kümmerst du dich um diese Gedenkplatte?«

Martha schüttelt den Kopf. »Aber es tut gut zu wissen, dass es jemand macht.«

»Die Gegend passt zu dir. Ich dachte mir schon, dass du es nicht aushältst, auf dem Lütten Klein-Gelände zu wohnen.«

»Es ist eine große Wohnung. Oberster Stock, hell, Blick aufs Wasser. Reiner Luxus im Vergleich zu dem, was ich gewohnt bin.«

»Eben.«

Fast so etwas wie ein Lächeln. Martha sieht anders aus als früher. Ihre Gesichtszüge sind härter geworden, sie hat abgenommen, obwohl sie sich gesünder und regelmäßiger ernähren wird. Sie sieht so anders aus, älter, müder. Graue Haare durchziehen ihren akkurat geflochtenen Zopf. Ihre Kleidung ist makellos, was nicht zu der Gegend passt, und trotz der Dunkelheit lässt sich etwas Augen-Make-up erahnen. Liina versucht, die alte Martha zu erkennen, aber diese ohnehin schon distanzierte, rigorose Person scheint sich noch weiter zurückgezogen zu haben.

»Was machst du hier?«, fragt sie Liina.

»Eine Freundin besuchen.«

»Ich bin nicht deine Freundin.«

»Ich rede nicht von dir.«

Jetzt kommt ein echtes Lächeln. »Gut«, sagt sie. »Wer ist diese Freundin?«

»Du würdest sie mögen.«

Martha lacht leise auf. »Du meinst, du hast jetzt ein besseres Händchen dafür, wem du vertraust?«

»Du müsstest Simona mittlerweile besser kennen als ich«, sagt Liina. »Hat das Gesundheitsministerium nicht maßgeblichen Einfluss auf personelle Entscheidungen, was Lütten Klein angeht?« Sie ärgert sich im selben Moment, die Frage ausgesprochen zu haben.

Martha legt den Kopf zurück und schaut in den Sternenhimmel. »Die Idee ist doch gut, was spricht dagegen? Die Leute richten keinen Schaden an, jedenfalls keinen, der irgendjemand außerhalb von Lütten Klein betrifft, sie können vor sich hin leben oder etwas lernen. Sie haben Wohnraum, Verpflegung, medizinische Versorgung. Nur eben keine Freiheit, aber wo ist da wirklich der Unterschied zu euren paradiesischen Megacitys?«

»Freiheit war dir früher wichtiger als alles andere.«

»Vielleicht definiere ich Freiheit heute nur anders. Oder grundsätzlich anders als du. Ich bin weiterhin ganz bei mir.«

»Du tust immer noch so, als würdest du nicht dazugehören.«

»Ich gehöre auch nicht dazu.«

»Du hast eine leitende Position innerhalb des Systems.«

»Eine Person, die meinen Namen trägt, leitet Lütten Klein. Sie sieht so aus, wie ich jetzt eben aussehe. Sie hat einen Lebenslauf, der mit meinem Leben gar nichts zu tun hat. Diese Person ist erfunden. Ich spiele sie manchmal.«

Liina weiß, wohin es führen würde, darauf einzugehen.

»Sagst du mir, wie es dazu gekommen ist?«

»Ich hatte eine gute Idee. Ich setze sie um.«

»Einfach so?«

»Wie du siehst.«

Liina merkt, dass sie müde wird. Nicht wütend, nur müde. Nicht weit entfernt bellt ein Fuchs, und Liina sieht Martha lächeln, als gelte das Bellen ihr.

»Du hast tatsächlich keinen Kontakt mehr zu Simona«, stellt sie fest.

»Ich habe sie vor ein paar Tagen zufällig getroffen. Aber wir haben nicht mehr als Hallo gesagt.«

»Zufällig«, wiederholt Martha und lacht lautlos. »Die Dolmetscherin hat zufällig die Ministerin getroffen.« Sie richtet den Blick auf Liina. »Wer fängt an mit der Wahrheit?« Und als Liina zögert, sagt sie: »Du bist doch wegen Patrícia hier.«

Verlorene Jahre

Es war einmal. Eine junge Frau, die wegging und die Brücken hinter sich abriss – dachte sie jedenfalls. Ein paar Brücken hatte sie auch gar nicht selbst abgerissen. Sie war weggegangen, dann zurückgekehrt, und nun fand sie sich wieder in einem Trümmerfeld, das sie nicht verstehen konnte, weil sie nicht wusste, was in der Zwischenzeit geschehen war.

Es waren einmal. Zwei Frauen, die die Welt retten wollten, dachten sie jedenfalls. Den kleinen Teil Welt, den sie kannten, wollten sie irgendwie besser machen. Die eine hieß Martha, und sie kämpfte erbittert gegen das, was ihrer Meinung nach grundfalsch war. Sie blieb ihren Prinzipien treu und weigerte sich, auch nur einen Schritt nachzugeben. Die andere hieß Simona, und sie bewunderte Martha für ihren starken Willen und ihre Unerbittlichkeit, und sie wollte unbedingt so sein wie sie. Ehrlich gesagt war sie sogar ein wenig in sie verliebt. Martha, das wurde sehr schnell klar, konnte Simona nicht ausstehen. Das verletzte diese zutiefst, trieb sie aber auch an: Sie würde es klüger anstellen als Martha, weil sie jünger war und das System, dem sich Martha verweigerte, besser kannte. Nur von innen heraus, dachte sie, konnte man wirklich etwas tun, Macht ausüben, Veränderungen herbeiführen. Deshalb ging sie ein paar Jahre später in die Politik und wurde dort ausgesprochen erfolgreich. Auch privat fand sie ihr Glück und heiratete die Komponistin und Dirigentin Patrícia Silva.

Martha erzählt Liina, dass sie sich nach der Räumung des Hessischen Hinterlands mit den anderen in die Alpenregion flüchtete. Dort verteilte man sich über die Täler und versuchte, Versorgungsnetze aufzubauen. In der Nähe von Frankfurt hatten sie alles, was zum Überleben notwendig war, immer irgendwie erhalten. Jetzt waren sie von sämtlichen Städten abgeschnitten. Die Versorgung war von Anfang an schwierig bis katastrophal. Menschen verhungerten oder starben an Krankheiten, die mit den richtigen Medikamenten oder einfach nur durch bessere Hygiene leicht zu heilen oder zu verhindern gewesen wären. Die Gemeinschaft der Parallelen wurde immer kleiner, immer kaputter. Martha war kurz davor aufzugeben. Sie hatte ihr ganzes Leben darauf ausgerichtet, Schwächeren zu helfen und sich gegen den Perfektionswahn zu stemmen. Den Menschen, die nicht ins Konzept dieser Gesellschaft passten, die Freiheit zu geben, einfach so zu sein, wie sie waren. Zu leben. Jetzt war sie am Ende ihrer Kräfte. Sie musste sich eingestehen, dass sie den Kampf verloren hatte. Sie würden alle sterben. Die Regierung bekam, was sie wollte: Die Parallelen würde es bald nicht mehr geben.

Zu dieser Zeit trat Simona wieder in ihr Leben. Ausgerechnet Simona zeigte ihr mit einem Mal die Lösung für ihre Probleme auf: Wir planen eine ganz neue Art der Unterbringung für Menschen, die sich gesellschaftlich nicht einbringen können oder wollen, sagte sie. Ich will, dass du ein Konzept dafür entwirfst und sie leitest.

Du machst doch irgendwas beim Gesundheitsministerium, sagte Martha misstrauisch.

Ja, und ich bin im Planungsstab für die Integrationsunterbringung, mehrere Ministerien sind involviert, aber ich werde das einzig tragfähige Konzept vorlegen, dank dir, sagte Simona selbstbewusst.

Martha konnte sie immer noch nicht ausstehen. Sie wusste sofort, dass es Simona vor allem um ihre Karriere ging, auch wenn sie immer wieder behauptete, das System von innen heraus verbessern zu wollen.

Ich habe die KOS-Algorithmen entwickelt, damit sie die Gesundheitsversorgung optimieren, erklärte sie.

Du hast Algorithmen entwickelt, die diejenigen aussortieren, die sie als unwert erachten, hielt Martha ihr entgegen.

Nein, das ist deine Wahrnehmung. Außerdem arbeitet ein Team unter meiner Leitung daran, sie weiter zu verbessern und auch Menschen mit chronischen Krankheiten, mit physischen oder psychischen Einschränkungen einzubeziehen. Wir haben in der Grundprogrammierung Fehler gemacht, das gebe ich zu, aber Fehler sind dazu da, dass man sie korrigiert. Im Grunde könnt ihr zurückkommen und in den Städten wohnen, wir versorgen euch. Wenn es nicht klappt, werdet ihr anders untergebracht. Und dafür brauche ich dein Konzept.

Als Martha zögerte, schob sie nach: Ich weiß doch, dass ihr so nicht weitermachen könnt. Glaubt ihr im Ernst, wir hätten das nicht auf dem Schirm, was bei euch los ist?

Also sagte Martha zu. Unter einer Bedingung. Sie wollte ein Refugium für Menschen, die derzeit noch bei KOS durchs Raster fielen und als »nicht behandelbar« galten. Sie wollte ein Sanatorium, ein Pflegeheim für diese Menschen einrichten, und Simona sollte ihr dabei helfen, die Infrastruktur aufzubauen und es gleichzeitig geheim zu halten.

Wenn dein Integrationsgefängnis, oder wie ihr es nennt, fertig ist, können wir sie alle dorthin verlegen, sagte Martha.

Nach und nach, ja, sagte Simona. Wir müssen einen Schritt nach dem anderen tun.

Wenn du nicht Wort hältst, bin ich sofort raus, drohte Martha, und als sie Simonas ängstlichen Blick bemerkte, nur für den Bruchteil einer Sekunde, da wusste sie, wer die Stärkere in dem Spiel war.

Simona brauchte Martha für ihre Karriere und für ihr Gewissen. Sie musste es in eine bessere politische Position schaffen, um die Fehler, die sie bei der Programmierung von KOS gemacht hatte, beheben zu können – ohne dass es zu viele Leute mitbekamen.

In einem abgelegenen, schwer zugänglichen, vergessenen Teil der Uckermark wurde also eine Pflegeeinrichtung aufgebaut. Vorbei an den offiziellen Stellen, unter Mithilfe einiger weniger eingeweihter Personen aus dem medizinischen Umfeld, mit Hilfe einiger der Parallelen, die sich als Pflege- oder Putzkräfte oder für andere Arbeiten zur Verfügung stellten. Martha spannte so viele von ihnen ein, wie es ihr möglich war. Sofern sie einsatzfähig genug waren. Und noch nicht in eine der Städte umgesiedelt waren, wo sie sehr wahrscheinlich nicht mehr lange zu leben hatten.

Es entstand ein hochsensibles, hochverschwiegenes Netzwerk vornehmlich aus Ärztinnen, die immer nur so viel wussten, wie nötig war, um sich zu melden, sobald sie einen entsprechenden Fall vor sich hatten. Jemand, für den nicht KOS entscheiden sollte, ob das Leben lebenswert war oder nicht. Sie stellten zum richtigen Zeitpunkt Sterbeurkunden aus, und die Betroffenen kamen in die Pflegeeinrichtung, wo man sich um sie kümmerte und hoffte, ihnen noch ein paar gute Jahre zu bereiten.

Natürlich gab es Schwierigkeiten. Planung, Bau und Einrichtung der Integrationsunterbringung zogen sich in die Länge, so dass eine unauffällige Zusammenlegung mit der Pflegeeinrichtung immer weiter verschoben werden musste. Die Einrichtung war mittlerweile überfüllt, aber Marthas Leute taten, was sie konnten. Gelegentlich verschwand jemand, rannte in einem wirren Moment davon und verlief sich. Sie hatten Hunde, die das ehemalige Gutshaus bewachten, aber die Hunde reagierten vor allem auf Eindringlinge. Sie schlugen nicht immer an, wenn jemand, den sie bereits kannten, das Gelände verließ. Also wurden sie darauf trainiert, jede Person zu beißen, die nicht den richtigen Befehl kannte.

Trotzdem schafften es einige vom Gelände. Manche fanden den Tod. Wurden sie nicht vom Personal gefunden, landeten sie als Anonyme in der Rechtsmedizin.

Simona brauchte Zeit. Änderungen an der KOS-Programmierung vorzunehmen, war kein leichtes Unterfangen. In den Jahren schaffte sie den Aufstieg zur Ministerin, fand aber keine Möglichkeit, in die Algorithmen einzugreifen, ohne dass das gesamte Konzept von KOS gefährdet wäre. Die Regierung hatte sich KOS längst patentieren lassen und bereitete Verkäufe an Staaten auf der ganzen Welt vor.

Martha riet Simona, den Stecker zu ziehen. KOS musste eingestellt werden. Simona wusste, dass sie recht hatte, erbat sich aber immer wieder Zeit, wohl in der Hoffnung, doch noch eine geniale Idee zu haben, mit der allen geholfen wäre.

Aber der rettende Einfall kam nicht. Dafür versuchte vor etwa einer Woche eine Frau in einem schlichten grauen Trainingsanzug, sich Zutritt zu dem Gelände zu verschaffen. Sie wurde von den Hunden angegriffen. Sie wurde gebissen und gejagt. Und doch blieb sie zu lange hartnäckig und provozierte die Tiere nur noch mehr. Als ihr jemand zu Hilfe eilen wollte, ergriff sie die Flucht und verschwand im Wald.

Ein paar Stunden später starb Patrícia Silva an einer Hirnblutung, verursacht von dem Medikamentencocktail, den sie täglich nahm, und dem Stress, dem sie sich ausgesetzt hatte, im Beisein eines Sanitäters, eines Fahrers und zweier Zeugen sowie einer per Notruf aus Prenzlau zugeschalteten Ärztin.

20

Liina versteht sofort, warum Olga diesen Treffpunkt ausgewählt hat: Der alte Überseehafen ist der einsamste Ort. Man würde jeden Neuankömmling schon hunderte Meter vorab sehen. Die alten Hafenanlagen stehen zum Teil unter Wasser, die Löschkräne ragen wie riesige Kormorane im Mondlicht auf, der alte Kühlturm eines Kraftwerks wirkt wie ein gewaltiger Baumstumpf. Die obersten Decks eines abgesunkenen Luxuskreuzfahrtschiffs zeichnen sich schwarz vor dem Sternenhimmel ab. Von der Landseite her müsste man über flache, verwilderte Wiesen kommen oder über die aufgeplatzten Straßen oder die stillgelegten Gleise.

Liina ist hierhergelaufen, sie hat etwas über eine halbe Stunde gebraucht, und die Bewegung hat ihr gutgetan. Sie muss immer noch verdauen, was Martha ihr erzählt hat. Auch wenn sie längst nicht alles verstanden hat, glaubt sie jetzt nicht mehr, dass Simona diejenige ist, die den Auftrag gegeben hat, sie alle zu töten.

Im Osten wird der Himmel von schwarz zu blau. Nicht mehr lange, und die anderen werden kommen. Sie hofft, dass es Simona vor ihnen schafft, sie braucht ein paar Minuten allein mit ihr. Es gibt Dinge, die zwischen ihnen geklärt werden müssen. Liina sieht ein altes Ruderboot, durch dessen kaputte Planken Gräser und Löwenzahn wachsen, und setzt sich rein.

Immer wieder spielt sich in ihrem Kopf die Szene ab, wie

Patrícia Silva in einem dichten Wald über einen hohen Zaun klettert und auf ein riesiges altes Gebäude, das vielleicht einmal ein Gutshaus war oder ein kleines Schloss, zuläuft. Sie stellt sich das Gebäude verwinkelt vor, mit vielen Flügeln und Nebengebäuden und Türmchen, es wurde irgendwann einmal gelb gestrichen, aber der Putz blättert längst ab, die Fenster sind stumpf und vergittert, die schwere Holztür ist geschlossen, niemand weit und breit zu sehen, außer Patrícia, die jetzt stehenbleibt und sich umsieht. Große Schäferhunde sind mit einem Mal hinter ihr und springen wie in Zeitlupe auf sie zu, an ihr hoch, beißen zu. Sie fällt zu Boden, wehrt sich, schlägt nach den Hunden, kann sich befreien ...

Liina schüttelt die Bilder ab. Denkt daran, wie sie Patrícia vor vielen Jahren auf dem Unicampus kennenlernte. Sie hatte nicht viel mit ihr zu tun, erinnert sich aber gut an sie: eine starke Persönlichkeit, die einem so schnell nicht aus dem Kopf ging, eine leidenschaftliche Musikerin, eine begabte Komponistin. Sie kam aus Südamerika, und Liina hätte gedacht, dass sie nicht lange bleibt, sondern weiterzieht zu den Hot Spots der Musikszene, Lagos oder Maputo.

Sie wollte rein, nicht raus, denkt Liina.

Ihr fallen die Gerüchte ein, die es damals schon gab: Patrícia sei mal aufbrausend und aggressiv, dann wieder still und in sich gekehrt. Mal erschien sie zu jedem Anlass, dann verschwand sie wieder für längere Zeit. Eine wahre Künstlerin, hieß es damals mit einem Augenzwinkern. Exzentrisch eben. Andere diagnostizierten ihr Depressionen, wieder andere meinten, sie mache sich nur wichtig, um fehlendes Talent zu verschleiern. Wollte sie in die Pflegeeinrichtung, weil sie keinen anderen Ort mehr für sich wusste? Glaubte sie, dies sei die einzige, die letzte Hoffnung für sie auf Heilung ihrer inneren Qualen? So musste es gewesen sein. Warum sonst hätte sie auf das Grundstück gewollt?

Am östlichen Himmel wird der blaue Streifen ein wenig heller. Liina hört von den Bahngleisen her Schritte und erkennt an der Silhouette Simona. Sie ist allein. Liina steigt aus dem Boot und geht ihr entgegen.

»Bist du allein?«, fragt sie trotzdem.

»Natürlich. Und du?«

»Noch. Die anderen kommen bald.«

»Wer genau?«

»Zwei Kolleginnen. Freundinnen. Özlem und Olga.«

»Vertraust du ihnen?«

»Unbedingt.«

»Hat Yassin ihnen auch vertraut?«

»Ja.«

»Gut.« Die langsam einsetzende Dämmerung offenbart, wie müde Simona aussieht. Sie riecht verschwitzt, ihr kurzes Haar wirkt struppig. »Ich weiß nicht mehr weiter.«

Liina führt sie zu dem Ruderboot. »Setz dich.«

»Warum ist hier ein Ruderboot?«

»Jemand hat es wohl liegen gelassen.«

»Seltsame Gegend, dieses Rostock«, murmelt sie.

»Ich habe Martha getroffen«, sagt Liina.

Simona legt ihr eine Hand auf den Arm. »Was hat sie dir erzählt?«

»Ich verstehe jetzt einiges.« Liina nimmt Simonas Hand. »Mein Beileid. Das mit Patrícia tut mir leid.«

Schnell zieht Simona die Hand zurück und wendet das Gesicht ab, als wollte sie nicht, dass Liina ihre Tränen sieht.

»Wie hast du es geschafft, deine Aufpasser loszuwerden?«, fragt Liina, um sie abzulenken.

»Ich habe sie betäubt«, antwortet sie heiser. »Ich habe den beiden ernsthaft was ins Wasser gemischt, damit sie friedlich einschlafen. Hoffentlich war es nicht zu viel.«

»Und unterwegs?«

»Ich habe aufgepasst, Liina. Glaub mir. Ich kenne alle Tricks, theoretisch, ich hoffe, ich habe alles richtig gemacht.« Sie schüttelt den Kopf. »Ich wollte doch immer nur alles richtig machen.« Wieder versucht sie, nicht zu zeigen, dass sie Tränen in den Augen hat.

»Bestimmt hast du alles richtig gemacht«, sagt Liina sanft.

»Ich brauch dich jetzt.« Simona lächelt nervös. »Du musst mir helfen. Ihr müsst mir helfen. Wir müssen dafür sorgen, dass KOS abgeschaltet wird. Es darf nicht weiterlaufen, und die Regierung darf das Programm nicht an andere Staaten verkaufen.«

»Wollten dir Yassin und Kaya dabei helfen?«

Simona nickt. »Ich habe Yassin kontaktiert. Und ich wusste auch, dass bereits jemand herumstöbert.« Sie sieht sich um, als könne jemand in der Nähe sein und zuhören.

»Hier ist niemand.«

»Es ist so still. Bis auf das Wasser.«

»Du würdest es sofort hören, wenn jemand kommt.«

»Okay.« Sie sieht sich trotzdem noch einmal sorgfältig um, und Liina bemerkt, dass sich in ihren Augen mehr als nur Angst spiegelt. »Wir haben ein verschwiegenes kleines Netzwerk, und da hat Kaya eine Alarmglocke ausgelöst. Daher wusste ich, jemand ist dran. Zum Glück die Richtige. Es wäre eine Bombenstory geworden. Jetzt musst du es machen. Ich wollte dich eigentlich da raushalten.«

»Du wolltest ...?«

»Ich kenne deine Krankengeschichte. Ich muss sie kennen. Ich habe das Projekt genehmigt, es hat die höchste Geheimhaltungsstufe, und ich habe dich damals auch als Patientin vorgeschlagen.«

»Du?«

Simona lächelt etwas schief. »Natürlich ich. Glaubst du, solche Projekte können an mir vorbeilaufen?«

»Und Dr. Mahjoub ...?«

»Wann kommen die anderen?«, fragt sie fahrig.

»Bitte, erzähl mir alles, solange wir noch allein sind. Was war mit Dr. Mahjoub? Hat sie sich wirklich das Leben genommen?«

»Quatsch«, fährt Simona auf. »Warum hätte sie das tun sollen?«

»Weil sie mir die Abtreibungspillen verschrieben hat und es rauskam?«

»Ja, so lautet die offizielle Version für den internen Gebrauch.« Simona schüttelt verbittert den Kopf. »Nein, wirklich, sie konnte nichts dafür. KOS hat diese Entscheidung getroffen, und sie konnte sie nicht rückgängig machen. KOS hat seinen eigenen Rhythmus.«

»Warum hat sie sich dann umgebracht?«

»Sie wurde getötet. Von denselben, die Yassin und Kaya auf dem Gewissen haben.« Als sie merkt, dass Liina noch nicht ganz versteht, fügt sie hinzu: »Du bist in dem Projekt die wichtigste Patientin. Deshalb hat KOS sich für dein Leben und gegen das deines Kindes entschieden. Aus Sicht des Systems eine völlig logische Entscheidung. Dr. Mahjoub hätte dir weiterhin geraten, die Schwangerschaft abzubrechen, aber sie hätte nichts hinter deinem Rücken in die Wege geleitet. Sie war auf meiner Seite. Sie wollte mithelfen, KOS zu stoppen. Die Grundprogrammierung hat gravierende Fehler, weil sie ausschließlich vom gesunden, produktiven Menschen her agiert. Ich war viel zu dumm, als ich das Programm schrieb. Das ganze Team hat so verbohrt gedacht. Nur Gesundheit und Produktivität zählen. Wer nicht gesund genug oder produktiv genug ist, von dem gibt es auch keine verwertbaren Daten. Das System hat dazugelernt und denkt mittlerweile konsequent, dass Menschen unter einem bestimmten Maß an Gesundheit so fehlerhaft sind, dass sie entsorgt gehören. Ich kann es nicht rückgängig machen, ohne KOS komplett neu einzurichten, und man lässt mich das nicht tun.«

»Sind sie auch hinter dir her?«

»Ich bin keine Sekunde mehr allein. Irgendwann haben sie Verdacht geschöpft ...«

»Wer genau?«

»Staatsschutz. Geheimdienst. Regierung. Die, für die ich arbeite. Such es dir aus. Es blieb nicht unbemerkt, was ich vorhatte. Ich ging damit erst ganz offen um, bis ich merkte, wie wenig erwünscht es war. Ich wollte Menschen retten, Martha hat mir dabei geholfen, und ich dachte, es geht nur eine Weile so weiter, dann kann ich die KOS-Algorithmen ändern, aber ... Ich hab es nicht geschafft. Ich habe dein Kind auf dem Gewissen. Und Yassin und Patrícia und ...« Sie atmet schwer, ihre Stimme versagt.

Liina nimmt sie in den Arm. »Simona, bitte, erzähl mir, was mit Patrícia war. Lag das auch an KOS?«

»Wir haben alles versucht, es ging ihr immer schlechter. Diese beschissene Depression ... Manchmal konnte sie ganz normal arbeiten, manchmal hat sie nicht mal das Bett verlassen, tagelang nicht. Es wurde so viel ausprobiert. Sogar ein ganz altes Medikament. Dann hat sie zwei neue Wirkstoffe bekommen, die noch in der Testphase sind. Erst ging es etwas besser, dann war es viel schlechter als vorher. Sie hat daraufhin angefangen, alles durcheinander zu nehmen. Und dann dachte sie, nur noch Martha könne ihr helfen, es wurde zur fixen Idee. Ich habe Patrícia schon vor Monaten aus KOS rausgenommen, weil sie sonst ...« Simona hebt den Kopf und sieht Liina direkt in die Augen. »Ich habe ein Programm geschrieben, das die Frau, die ich liebe, umbringen würde, weil es sie als nicht lebenswert erachtet. Liina, was hab ich getan?«

Liina packt sie an den Schultern und hält sie auf Armeslänge von sich weg. »Wie soll eine Story von uns ausreichen, um KOS abzuschalten?«

»Ich wollte, dass Yassin und Kaya alles erfahren. Dass sie in die Uckermark kommen und die Leute, die wir vor KOS gerettet haben, filmen, und dann sehen ihre Verwandten sie und ...«

»Du hättest eine landesweite Panik ausgelöst.«

»Yassin hat das auch gesagt, er wollte anders vorgehen, erst Daten analysieren lassen und dann einzelne Fälle recherchieren, aber ohne jemanden zu traumatisieren.« Sie wischt sich mit dem Handrücken Tränen weg. Liina sieht in ihr das kleine Mädchen, dem sie in der Grundschule zum ersten Mal begegnete. »Er hat gesagt, er findet es gut, dass ich ihm Informationen gebe, aber er lässt sich von mir nicht diktieren, wie er die Story zu bringen hat.«

Liina lächelt unwillkürlich.

»Wir müssen aber sofort mit KOS aufhören, und ich weiß nicht, wie es anders gehen soll als über öffentlichen Druck.« Sie schreckt auf, dreht sich um. Liina hat es ebenfalls gehört, ein leise schnurrendes Geräusch von der ehemaligen Straße her, ein gelegentliches Holpern. Ein eMobil nähert sich. »Ich muss hier weg«, flüstert sie, will aufspringen.

»Das sind Özlem und Olga. Niemand sonst weiß, dass wir hier sind.«

»Das kannst du nicht wissen!«

»Ich habe die Ortungsfunktion von meinem Smartcase gekappt. Du sicherlich auch. Und niemand von uns hat ein Interesse daran, dass wir von den falschen Leuten gefunden werden. Also entspann dich.« Jetzt sieht sie das eMobil, ein Zweisitzer, sie glaubt, in der aufgehenden Sonne Olgas Dreadlocks flattern zu sehen.

Aber Simona ist alles andere als entspannt. »Ich weiß nicht, ich ... Ich habe Angst.«

Die Gestalt, die das eMobil fährt, winkt ihnen zu. Es ist Olga. Özlem sitzt hinter ihr. Sie stellen es ab und kommen zu dem Ruderboot.

»Wo hast du das Ding her?«, fragt Liina.

»Ich wohne hier, ich bekomme alles. Und nein, es lässt sich

nicht orten.« Olga sieht zu Simona, nickt ihr zu. »Mein Beileid«, sagt sie ernst.

Özlem ist ungewöhnlich still. Sie macht keinerlei Anstalten zu zeigen, wer die Chefin ist. Der Blutverlust, denkt Liina, vielleicht ist sie einfach zu schwach.

»Sie hat nichts damit zu tun«, sagt Liina. »Sie hat mit Yassin und Kaya zusammengearbeitet und ihnen Informationen gegeben. Sie hat sie dabei unterstützt, eine Story über KOS zu bringen.«

»Dann hat sie doch etwas damit zu tun«, sagt Özlem und klingt kalt.

»Ich wollte das nicht.« Simona schüttelt den Kopf. »Ich will nur dafür sorgen, dass KOS gestoppt wird.«

»Und dafür spannen Sie uns ein, Frau Ministerin?« Özlem lacht. »Stehen Sie doch einfach mal zu Ihren Fehlern. Sie haben KOS verkackt. Ihr Problem. Warum sollen wir es ausbaden?«

»Özlem, jetzt hör ihr doch erst mal zu. Du wolltest doch mit ihr reden, um ...«

»Sei still.«

»Hey! Sie hat nicht auf dich geschossen, okay? Sie hat auch nicht auf dich schießen lassen!«

»Aber sie ist der Grund, warum das alles passiert ist!«

»Sie hat ihre Frau verloren!«

Özlem erwidert nichts, bleibt auf Abstand. Olga setzt sich zu den beiden ins Ruderboot. »Haben Sie wenigstens die Urne Ihrer Frau bekommen?«, fragt sie sanft.

Simona nickt. »Aber es darf noch nicht offiziell sein. Sie wollen mich noch eine Weile quälen, glaube ich. Sie haben

Angst, dass ich anfange, über KOS zu reden, wenn ich auf Patrícias Tod angesprochen werde.«

Simona will gerade etwas erwidern, als Özlem dazwischenruft: »Okay das reicht jetzt. Ihr zwei verzieht euch besser, ich habe mit der Frau Ministerin einiges zu besprechen. Haut ab. Na los.«

»Ich gebe Ihnen jede Information, die Sie brauchen. Nur helfen Sie mir bitte! Es ist in unser aller Interesse, dass KOS eingestellt wird.«

»Nicht mein Problem«, sagt Özlem. »Ihr Fehler, Ihr Gewissen, Frau Ministerin. Olga, Liina, verschwindet.«

Olga steht langsam auf und streckt die Arme von sich weg. Jetzt erst sieht Liina, dass Özlem eine Waffe in der Hand hält.

»Du hast dich selbst angeschossen«, sagt Olga. »Ich hab's gewusst! Der Winkel, die Größe der Wunde, die Verbrennungen ...«

»Ach ja? Klugscheißerin.«

»Was ist das für ein Spiel?«, fragt Olga, immer noch die Hände halb erhoben.

»Ich kann Gallus behalten, wenn ich sie liefere.«

»Was?« Liina steht auf, will zu Özlem, aber die richtet die Waffe sofort auf sie. Das Sonnenlicht wird vom Lauf reflektiert und blendet sie für eine Sekunde.

»Deine Freundin hier hat meinen besten Freund auf dem Gewissen. Und Kaya. Und Ethan. Nach Yassins so genanntem Unfall kam jemand zu mir und sagte: Schnappen Sie sich die Ministerin, dann haben Sie die Verantwortliche. Liefern Sie sie ans Messer, machen Sie sie unschädlich. Dann ging es ihnen nicht schnell genug, Ethan verschwand, und man sagte zu mir: Sehen Sie, was passiert, wenn Sie nicht tun, was man Ihnen sagt? Und man gab mir noch mit auf den Weg: Falls Ihre Gefühle mit Ihnen durchgehen sollten, halten Sie sich nicht zurück. Wir würden uns erkenntlich zeigen. Was soll's? Gallus braucht Geld, um stabil zu bleiben.«

»Darauf hast du dich eingelassen?«

»Wie man sieht.«

»Und dein Gerede von der undichten Stelle?«

»Ablenkung.« Özlem verzieht verächtlich den Mund.

»Die haben dich verarscht. Simona hat mit Yassin gearbeitet. Sie wollte ihn doch nicht töten lassen!«

»Liina, ich glaube eher, du hast dich einwickeln lassen. Und jetzt verschwindet endlich, sonst muss ich euch auch noch abknallen.«

»Özlem ...« Olga deutet mit einem Finger in die Luft.

»Darauf fall ich nicht rein. Haut ab! Verzieht euch ins Ausland, macht, was ihr wollt, aber verschwindet! Und lasst euch bei mir nie mehr blicken. Es ist besser für alle. Na los!«

»Özlem, da oben«, sagt Olga sehr ruhig und bestimmt. Liina folgt Olgas Fingerzeig: Was sie aus dem Augenwinkel für eine Möwe gehalten hat, ist in Wirklichkeit eine Kameradrohne. Nur das Militär darf Drohnen einsetzen. Das Militär und der Geheimdienst. »Özlem, sie werden dich abknallen, wenn du ihre Drecksarbeit gemacht hast. Lass uns alle hier verschwinden.«

»Ich kann Gallus weiterführen«, ruft Özlem. »Ich geb das nicht so einfach auf!«

»Mit dem Geld für einen Mordauftrag?«

»Diese Frau bekommt, was sie verdient.«

»Sie war das nicht«, ruft Liina verzweifelt. »Bitte, glaub mir!«

»Özlem, die brauchen dich nur, um ihre lästige Gesundheitsministerin loszuwerden.«

»Warum sollten sie sie loswerden wollen!«

»Weil ich KOS stoppen werde! Dann verlieren sie nicht nur das Vertrauen der Bevölkerung, die ihre Daten gerade so arglos abgibt, sondern auch Milliardengewinne durch die anstehenden Verkäufe der Lizenzen ins Ausland.« Simona springt aus dem Ruderboot und geht auf Özlem zu.

»Auf diese Lüge hat man mich vorbereitet«, sagt Özlem, zielt und drückt ab. Die Kugel trifft Simona in die rechte Schulter. Sie wird herumgerissen und stürzt mit dem Kopf auf den Rand des Ruderboots. Obwohl fast taub vom Schuss, glaubt Liina zu hören, wie ihr Schädel bricht. Olga stürmt auf Özlem zu, rammt ihr die Faust gegen den verletzten linken Oberarm. Özlem schreit auf, lässt die Waffe fallen. Olga tritt ihr in den Bauch. »Schnapp dir die Waffe!«, ruft sie Liina zu, und Liina gehorcht, nimmt die Waffe und läuft Olga hinterher.

»Schnell!«, ruft Olga und startet das eMobil. »Steig auf, wir haben keine Zeit!«

Erst als Liina hinter Olga sitzt und die Waffe umklammert, versteht sie, was ihre Freundin gemeint hat: Eine zweite Drohne hat sich zu der Kameradrohne gesellt. Sie feuert eine Salve auf Özlem ab, die blutüberströmt zusammenbricht. Dann richtet sie sich neu aus und nimmt das eMobil ins Visier.

Später

Sie steht am Mund des Warnowtunnels, das schwarze Loch im Rücken, und lässt den Blick über das flache Land gleiten, weiter nördlich die Löschkräne und das abgesoffene Kreuzfahrtschiff und das Kraftwerk. Sie hat in den letzten vier Monaten versucht, nicht zu oft daran zu denken, aber heute war der Tag, an dem sie bewusst zurückgekehrt ist, sich allem ausgesetzt hat, den Erinnerungen, dem Schmerz. Es ist kein Jahrestag, kein besonderes Datum. Nur der Tag, an dem sie sich endlich stark genug dafür fühlte.

Sie ist den Weg ihrer Flucht abgelaufen, allerdings von der anderen Seite, wie um ihn von hinten aufzurollen. Von Lütten Klein aus über die große Brücke, die Mitte des 21. Jahrhunderts gebaut worden war, als man wusste, dass die Ufer bald überschwemmt sein würden, aber noch auf Individualverkehr setzte. Die Brücke führt direkt in den Warnowtunnel, der Übergang ist mit viel Beton gegen das steigende Wasser geschützt. Knapp achthundert Meter sei er lang, sagte Olga, aber in der einsamen Dunkelheit tief unter dem Fluss sind ihr die achthundert Meter endlos vorgekommen.

Sie waren mit dem eMobil im Schlingerkurs auf den Tunnel zugefahren, um der Drohne keine Möglichkeit zu geben, sie ins Visier zu nehmen. Es war ein Versuch, und er gelang gerade so, das eMobil bekam ein paar Treffer ab, Olga wurde am Fuß verletzt, Liina blieb wie durch ein Wunder verschont.

Olga lenkte sie in eine der dunklen Röhren, schaltete kein Licht an, fuhr einfach geradeaus weiter, immer weiter, bis das eMobil den Geist aufgab. Die beiden stiegen ab, drängten sich an die Wand, stolperten zu Fuß voran, ohne auch nur die Hand vor Augen sehen zu können. Erst als sie irgendwo stehenblieben, um Atem zu schöpfen, sagte Olga, dass sie verletzt war.

Im Tunnel verlor die Drohne entweder den Kontakt zu ihrer Basis, oder sie war für diese vollkommene Schwärze nicht ausgelegt. Sie kam nicht hinter ihnen her. Liina und Olga warteten, ob sie etwas hörten, warteten nahezu ewig, folgten dann weiter der eingeschlagenen Richtung, immer weiter, bis sie Licht sahen.

»Zwei Möglichkeiten«, sagte Olga. »Die Drohne wartet dort auf uns, und wir verrecken – hier drin, dort draußen, egal. Oder die Drohne wartet nicht, und wir müssen zusehen, dass wir verschwinden. Für immer. Bevor uns irgendwas oder irgendwer findet.«

Sie riskierten es, rannten über die Brücke, jede Sekunde darauf gefasst, niedergeschossen zu werden. Aber dann stand dort, wo die Straße an einer Mauer endete, der Mauer, die Lütten Klein umgab, Martha und hielt ein Tor auf.

Martha sagte ihnen nicht, woher sie wusste, was geschehen war. Sie weigerte sich, auf ihre Fragen zu antworten, und sie stellte selbst keine Fragen. Ein Mann versorgte Olgas Wunde und brachte sie in eine Wohnung, wo sie sich ausruhen konnten, wie er sagte, aber ausruhen war kaum das richtige Wort. Noch am selben Tag schaffte man sie an Bord eines kleinen Versorgungsschiffs nach Helsinki, ausgestattet mit neu programmierten Identitäten und einer Datei, in der Liinas Krankengeschichte minutiös rekonstruiert war.

»Du kannst dir doch denken«, sagte Martha zum Abschied, »dass ich mich nicht auf all das hier eingelassen hätte, ohne zu wissen, wie ich das System jederzeit verarschen kann.«

Martha, die Königin der Parallelen. Damals wie heute.

Liina sucht die Stelle, an der das Ruderboot liegt. Sie glaubt, sie gefunden zu haben, nur das Boot ist nicht mehr da. Nichts erinnert daran, dass hier zwei Menschen ermordet wurden. Sie setzt sich ins Gras, umklammert ihre Knie, stützt das Kinn darauf.

Vielleicht ist es ihr letzter Besuch hier. In Rostock und in diesem Land. Es gibt keinen Gedenkort für Yassin, den sie besuchen kann. Angeblich wurden die lebenserhaltenden Geräte bereits an dem Tag abgestellt, als Liina das Krankenhaus verließ. Seine Witwe verkündete seinen Tod online, mit dem Hinweis, keine Trauerbekundungen zu wünschen. Nicht, dass Liina auch nur daran gedacht hätte, sich bei ihr zu melden.

Ihre Eltern und ihre Schwester glauben, dass auch sie tot ist, sie weiß nicht einmal, was man ihnen erzählt hat, wahrscheinlich, dass sie einen Unfall hatte. Oder dass ihr Herz es nicht geschafft hat. Liina hat in den letzten Monaten gelernt, auf ihren Körper zu hören, ohne dass ein System sie überwacht. Das Gesundheitssystem der fennoskandischen Länderallianz ist noch sehr konventionell: Wer untersucht werden will, wird untersucht. Aber niemand wird kontrolliert. Noch haben sie dort keine KOS-Lizenz gekauft, aber der Tag wird kommen, und dann wird Liina wieder auf der Flucht sein.

Nein, sie hat keinen Grund mehr hierherzukommen, auch

wenn Martha ihr angeboten hat, für ihre Sicherheit zu sorgen und die Reisen zu organisieren. Sie glaubt Martha, dass sie im System gegen das System arbeitet. Martha hat geheime Verbindungen aufgebaut, sie ist die Spinne in einem riesigen Netz, das sie immer weiterwebt. Aber zugleich misstraut sie dieser Frau, die so unnahbar und kalt wirkt.

Eine Möwe kreist über ihr, lässt sich schließlich mit zwei Metern Abstand neben ihr nieder. Liina hebt etwas den Kopf, um sie anzusehen, aber die Möwe interessiert sich nicht für sie.

»Erkennt er mich?«, hat sie Martha gefragt, und Martha hat nur die Augenbrauen hochgezogen und geantwortet: »Probier's aus.«

»Ich trau mich nicht.«

»Er hat keine Schmerzen, es geht ihm so weit gut«, sagte Martha. »Sieh ihn dir an.« Sie öffnete die Tür zu einem hellen kleinen Zimmer. Bett, Sessel, Tisch und Stuhl, Schrank. Eine weitere Tür, vermutlich führte sie zu einem kleinen Badezimmer. Im Sessel saß ein junger Mann, so alt wie Liina, weiße Haut, blondes Haar, die Augen geschlossen, er trug Kopfhörer.

»Emil hört gern Geschichten. Er lässt sich den ganzen Tag vorlesen«, sagte Martha.

Liina schaffte es nicht, das Zimmer zu betreten. Ihr Herz pochte schnell und hart. »Kann er wieder laufen?«

»Nein. Aber er sitzt lieber im Sessel als im Rollstuhl. Im Rollstuhl nur, wenn er rausgebracht wird. Oder ins Bad muss.«

»Woher wisst ihr, dass er lieber im Sessel …«

»Du kanntest ihn nicht gut, oder?« Martha sah sie direkt an, und Liina erfror fast in dem Blick.

»Es war sehr kompliziert.« Sie schluckte. »Ihr kümmert euch gut um ihn.«

»Natürlich. Willst du ihn begrüßen?«

Sie schaffte es nicht. Sie konnte den Fuß nicht über die Schwelle bewegen. Der junge Mann im Sessel war ihr völlig fremd, sie spürte keine Verbindung zu ihm. Sie erkannte nichts Vertrautes in seinen Zügen. Gerade wollte sie sich umdrehen, als er die Augen öffnete und in ihre Richtung sah. Liina hielt inne, starrte zurück. Sein Blick schweifte weiter zu Martha, die jetzt an Liina vorbei ins Zimmer ging und ihm die Kopfhörer abnahm.

Emil lachte.

Martha hockte sich neben ihn, sprach leise zu ihm, und Liina wusste nicht, ob er sie wirklich verstand, aber er lächelte und nahm den Blick nicht mehr von ihr. Und Martha wirkte wie ein anderer Mensch, warm und weich, ganz ohne Fassade, ohne diese harte Schicht, die sie sonst mit sich trug wie einen Panzer.

Er erkannte Liina nicht, und ganz sicher vermisste er sie auch nicht. Es gab keinen Grund mehr hierzubleiben. Liina drehte sich um und ging.

Jetzt sitzt sie im Gras, die Möwe immer noch neben ihr, ganz so, als würden beide auf etwas warten. Oder wüssten nicht, wohin mit sich. Liina merkt, dass sie weint, aber nicht um ihren Bruder, nicht um ihre Familie. Sie weint wegen der Leere, die sie in sich spürt, weil sie nicht weiß, wo sie hingehört. Sie wird zurückgehen zu Olga nach Finnland, wo sich beide in der ständigen Angst bewegen, doch noch gefunden zu werden. Sie haben vor, noch weiter nach Norden zu gehen, auch wenn

Liina nicht weiß, ob man dort ihr Herz behandeln kann. Aber es ist im Moment die beste Idee, die sie haben.

Als die Möwe die Flügel ausbreitet, etwas herumtänzelt und sich schließlich aufschwingt, um in Richtung Küste zu fliegen, steht auch Liina auf. Sie sieht sich noch ein letztes Mal um, als wollte sie jedes Detail in sich aufnehmen. Dann geht sie zurück zum Tunnel und verschwindet in der Dunkelheit.

Zoë Beck
Die Lieferantin
Thriller
st 4964. 324 Seiten
(978-3-518-46964-4)
Auch als eBook erhältlich

»Knapp, knackig und sehr finster.«
Der Standard

London, in einer nicht allzu fernen Zukunft: Ein Drogenhändler treibt tot in der Themse, ein Schutzgelderpresser verschwindet spurlos. Ellie Johnson weiß, dass auch sie in Gefahr ist. Sie leitet das heißeste Start-up Londons und zugleich das illegalste: Drogen in höchster Qualität, per App bestellt, per Drohne geliefert. Anonym, sicher, perfekt organisiert. Die Sache hat nur einen Haken – die gesamte Londoner Unterwelt will ›Die Lieferantin‹ tot sehen.

»So komplex die Handlung, so rasant liest sich dieser Roman weg.« *taz. die tageszeitung*

»Ein packender und souverän erzählter Großstadtthriller.«
Der Tagesspiegel

»Ein atemberaubender Thriller.« *Kölner Stadt-Anzeiger*

suhrkamp taschenbuch

Weitere Informationen erhalten Sie unter www.suhrkamp.de
oder in Ihrer Buchhandlung.

**Simone Buchholz
Mexikoring**
Kriminalroman
suhrkamp taschenbuch 5024
247 Seiten
(978-3-518-47024-4)
Auch als eBook erhältlich

»Bremen braucht nicht mehr Polizei – Bremen braucht Batman.«

In Hamburg brennen die Autos. Jede Nacht, wahllos angezündet. Aber in dieser einen Nacht am Mexikoring, einem Bürohochhäuserghetto im Norden der Stadt, sitzt noch jemand in seinem Fiat, als der anfängt zu brennen: Nouri Saroukhan, der verlorene Sohn eines Clans aus Bremen. War er es leid, vor seiner Familie davonzulaufen? Hat die ihn in Brand setzen lassen? Und was ist da los, wenn die Gangsterkinder von der Weser neuerdings an der Alster sterben?

»Simone Buchholz arrangiert hartgesottene Dialoge, als wären sie ein lässiges Tischtennismatch – das ist hohe Schreibkunst.« *Oliver Jungen, Die Zeit*

»Simone Buchholz kann nicht nur spannend. Sie kann auch Liebe.« *Stephan Bartels, Brigitte*

suhrkamp taschenbuch

Weitere Informationen erhalten Sie unter www.suhrkamp.de
oder in Ihrer Buchhandlung.

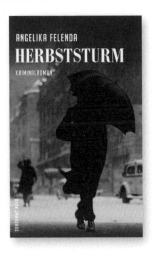

Angelika Felenda
Herbststurm
Reitmeyers dritter Fall
Kriminalroman
suhrkamp taschenbuch 4923
437 Seiten
(978-3-518-46923-1)
Auch als eBook erhältlich

Babylon München

Ermittlungen in zwei Mordfällen führen den unerschrockenen Münchner Kommissär Reitmeyer in die Kreise russischer Exil-Monarchisten. In ebenjene Kreise, in denen sein bester Freund, der Rechtsanwalt Sepp Leitner, die Tochter einer illustren russischen Adeligen suchen lässt. Doch was hat das Verschwinden der Anja Alexandrowa mit den beiden toten Männern zu tun?

»Angelika Felenda versteht es, Geschichte in spannende Krimis zu verpacken.«
Birgit Spielmann, Hessischer Rundfunk

suhrkamp taschenbuch

Weitere Informationen erhalten Sie unter www.suhrkamp.de
oder in Ihrer Buchhandlung.